Norbert Klugmann & Klaas Jarchow

SEA – DIE LEBENDEN UND DIE, DIE STERBEN

Norbert Klugmann & Klaas Jarchow

SEA

DIE LEBENDEN UND DIE, DIE STERBEN

Roman

KJM Buchverlag

1. Auflage September 2021

Simrockstr. 9a, 22587 Hamburg
www.kjm-buchverlag.de
ISBN 978-3-96194-121-6

Satz, Gestaltung: Svenja Wiese, Hamburg
Cover und Umschlaggestaltung: Rothfos & Gabler, Hamburg
Cover unter Verwendung von Fotos von Klaas Jarchow
und shutterstock_1801628893
Lektorat: Katrin Köhler, Hamburg
Korrektorat: Andrea Wolf, Hamburg
Herstellung: Eberhard Delius, Berlin
Druck & Bindung: CPI, Leck

Replace the cook, let no one leave alive

1

So ein Boot hat Warren noch nicht gesehen. Als er mit Charles einsteigt, blubbern die beiden Heckmotoren bereits im Leerlauf. Victor setzt zurück und richtet das Boot nach vorn aus, die Maschinen beginnen wie Turbinen zu surren. Ein Boot aus Aluminium. Statt eines Bugs hat es eine Klappe, die hydraulisch abzusenken ist. Zwölf Meter ist es lang. Der Steuerstand liegt leicht erhoben achtern. Davor befindet sich eine große glatte Fläche, Raum für Beladungen jeder Art.

Nach fünf Minuten sind sie eine gute Seemeile von der Ablegestelle entfernt. Victor hat sofort Tempo aufgenommen, so eng das Fahrwasser auch ist. Felsen weisen ihm den Weg. Ab und zu ist ein eiserner Stab als kleines Orientierungszeichen auf die Felsen gesetzt. Genauso viele Steine, wie aus dem Wasser ragen, liegen vermutlich auch darunter. Oder sehr viel mehr. Victor lenkt das Boot um eine Felsnase auf die offenere Wasserstrecke, vereinzelt sind richtige Seezeichen zu sehen, eine grüne, eine rote Tonne oder eine Pricke.

Victor steht im Steuerstand, er trägt eine Outdoorjacke mit den Initialen HH in Blau und Weiß. Er ist um die 40, schätzt Warren, hat braune Haare und leicht gebräunte Haut. Victor ist der Restaurantbetreiber auf ihrer Ferieninsel und ein bekannter Koch.

Links und rechts weichen die kleinen und größeren Inseln etwas zurück. Der schwedische Schärengürtel ist ein Archipel aus Abertausenden Inseln, winzigen, größeren und einigen richtig großen. Ein Inselgürtel vor der selbst schon zerklüfteten Felsküste des Festlands, eine urwüchsige Landschaft von traumhafter

Schönheit. Kein noch so schlechtes Wetter kann die Faszination schmälern, die diese Inselwelt auf den Menschen ausübt. Es ist die Landschaft der letzten Fischer und Schärenbauern, der Städter in ihren kleinen und großen Sommerhäusern, überwiegend alte Traditionshäuser, mit modernen Residenzen dazwischen. Wer hier ein Haus besitzt, ob groß oder klein, ist privilegiert.

Zum offenen Meer hin dünnt die Zahl der Inseln aus, sie werden baumloser und karger. Seehunde, Robben, Vögel sind die Bewohner. Nur vereinzelt finden sich noch schlichte Hütten und noch seltener Stege oder Brücken, um die Boote festzumachen. Hier und da steht ein Seezeichen, aus Steinen getürmt auf den Granit gesetzt. Es ist eine gefährliche Küste für die Schifffahrt, Seerevier für die Ortskundigen. Eine uralte Welt in einer langen, geschwungenen Bucht des erdumspülenden großen Meeres.

Wer hierherkommt, weiß von Victor Meyer. Er hat in Paris in führenden Restaurants gekocht, bevor er in seine schwedische Heimat zurückkehrte. Aufgewachsen ist er auf der Nachbarinsel, so steht es auf seiner Website. Von dort fuhr er sommers wie winters zur Schule, mit dem Boot, mit dem Schlitten. Damals fror die Ostsee noch zu, heute gibt es im Winter, wenn überhaupt, höchstens noch eine brüchige Eisschicht. Ein Grad Erwärmung, im Mittel, macht in den Spitzen viel aus. Die fehlenden Spitzen nach unten bedeuten: kein tragfähiges Eis im Winter. Die Spitzen nach oben bedeuten im Sommer Brandgefahr. Ein Funken genügt, das Feuer zu entzünden, das sich mit dem Wind über die Insel frisst. Die trockenen Kiefern werden keinen Widerstand leisten, gierig wird das Feuer voranschreiten bis ans Meer.

Seit fünf Jahren ist Victor wieder zurück. Seine Küche ist berühmt, sein hiesiges Restaurant auf ein Jahr im Voraus ausgebucht. Wer etwas wirklich Besonderes essen möchte, versucht, bei Victor einen Platz zu reservieren. Es ist Ehrensache, dass Victor persönlich mit am Herd steht. Nur wenn er krank ist, fehlt er. Es gibt keine freigehaltenen Plätze für Prominente. Kein Sternentester, kein Wallenberg, kein Ministerpräsident, kein Maersk, keiner von Abba bekommt Extrawürste. Alle müssen sich einreihen. Nicht, weil Victor ein Sozialist und Anhänger des skandinavischen Wohlfahrtsstaates wäre, sondern weil er von hier kommt. Hier waren immer alle gleich, und so soll es bleiben. Das sagt er. Das sagt auch seine Website.

Victors Boot gleitet über die offene Wasserfläche zwischen den bewaldeten Inseln in östliche Richtung, ihr Ziel liegt direkt vor ihnen. Am Westende sieht die Insel unbewohnt aus, auf der südlichen Seite sieht man Häuser und einen kleinen Hafen, dem sie sich jetzt nähern. Hinter einer aufgeschütteten Pier verbirgt sich ein ebenso kleines Hafenbecken, geschützt nach allen vier Seiten. Nur eine schmale Durchfahrt lässt Boote hinein. Hölzerne, dunkle Kähne liegen vertäut, daneben einige Fischpontons. Das sieht nach Mittelmeer aus und ist Skandinavien. Victor hat die Fahrt verlangsamt, das Boot gleitet auf den braun-rötlichen Granit des Ufers zu.

Victor nimmt nicht die Hafeneinfahrt, sondern senkt unmittelbar rechts davon, direkt am Ufer, die Bugklappe ab, um das Boot festzusetzen. Zur Sicherheit befestigt er ein auf der Pier liegendes Seil am Boot. »Da sind wir.« Victor spricht Deutsch. Mit der Hand weist er auf die Häuser, die kaum 50 Meter vom Ufer entfernt zu sehen sind. »Das ist das Restaurant«, er zeigt auf das etwas erhöht liegende Gebäude. »Und da links ist euer Domizil.« Hinter einem weißen Zaun steht das Kapitänshaus, das den Fotos im Netz ähnlich sieht. »Ihr könnt einfach hingehen, die Tür ist offen. Wenn ihr Fragen habt, kommt ins Restaurant. Wir sind meistens da.«

Charles und Warren haben große Rollkoffer dabei, Charles zusätzlich eine flache Computertasche. Solche Koffer sind nicht ideal für diese Landschaft. Auf dem flachen Stein am Ufer rollen sie noch gut, danach wird es beschwerlich. Ein Schotterweg schließt sich an, die Rollen der Koffer sind dafür nicht gemacht. Der Weg senkt sich, rechts und links steht Schilf. Der Weg zum Haus führt an einem Bretterverschlag vorbei, der sich bei Annäherung als Bootsgarage entpuppt, ein weiterer schwarzer Kahn ist darin vertäut.

Rechts vom Kapitänshaus steht ein lang gestreckter Schuppen, Werkstatt oder Vorratsraum. Zwischen Schuppen und Haupthaus liegt ein kleiner Hof, mit Rasen bewachsen, einzelne Granitköpfe ragen daraus hervor. Zwei steinerne Stufen führen zu einer Veranda hinauf, dem Eingang des Hauses. Charles und Warren lassen ihren Blick schweifen.

Das Haus liegt ein wenig höher als der schmale Schilfgürtel am Ufer, der Blick ist frei auf das vom Sonnenlicht glitzernde Wasser und auf die Nachbarinseln. Links, nach Süden, scheint die benachbarte lang gestreckte Insel fast mit ihnen verbunden zu sein. Nur ein sehr schmaler Streifen Wasser mit herausragenden Steinen ist zu sehen. Nach Westen erlaubt eine Durchfahrt den weiten Blick aufs Meer. Nach Norden schließt sich das kleinteilige Archipel an, durch das sie mit Victor gekommen sind.

»Und? Wie findest du es?«

Warren hebt einen Daumen. »Like«, sagt er.
»Der Makler hat nicht übertrieben. Coole Location.«
»Sehe ich auch so … Schauen wir rein.«
Sie öffnen die Verandatür und schieben ihre Koffer in das Haus.

2

»**Wollen wir** raus? Die Insel erkunden?«

Charles ruft durch das Treppenhaus zurück: »Ich komme gleich. Nehme nur noch meine Sachen aus dem Koffer …«

Sie gehen über das Gras zwischen den Gebäuden und öffnen die Pforte am Zaun, die mit einer Kordel befestigt ist. Nach rechts führt der Weg zum Restaurant. Warren schlägt den Weg ins Inselinnere ein, der leicht bergan geht. Nach wenigen Schritten führt eine hölzerne Treppe über einen nächsten Zaun hinweg. »Wahrscheinlich laufen hier Tiere«, sagt Charles, »daher die Zäune.«

»Was für Tiere denn?«

»Ich habe gelesen, eine Kuhherde mit Ammenkühen, ein paar Pferde.«

»Keine Bären, Elche, Wölfe?«

»Dafür musst du weiter in den Norden reisen … obwohl, ein Elch könnte schon mal auftauchen, die können ja gut schwimmen. Wildschweine übrigens auch.«

»Gibt es hier Schlangen?«

»Davon ist auszugehen.«

»Giftige?«

»Kreuzottern.«

»Woher weißt du das alles? Warst du schon mal hier?«

»Nicht direkt hier. Aber in Schweden sind einige der vermögendsten Familien zu Hause. Allein die Wallenbergs verwalten ein Vermögen von vielleicht 25 Milliarden Euro. Ich habe hier einige Kunden und besuche sie. Selten. Aber es gibt doch ein paar Anlässe. Ich war auch schon zur Elchjagd eingeladen.«

»Lass uns zu diesem Hof da gehen. Was ist das?«

»Das wird die Bauernstelle gewesen sein. Viel mehr Menschen werden auf dieser kleinen Insel nicht gelebt haben, ein Fischer, ein Bauer und ihre Familien.«

Sie gehen in Richtung des Hauses, über die glatten Steine hinunter zum Schotterweg, unter allem liegt hier Stein. Der Weg führt durch ein großes, einfaches Tor. Auch dieses ist mit einer Kordel geschlossen. Alle Zäune sind hölzerne Bauwerke. Ein, zwei Latten quer genagelt, ab und zu ein senkrechter Pfosten. In roter Farbe gestrichen, die Köpfe der Pfosten weiß abgesetzt.

Das Hauptgebäude des Hofs bildet mit weiteren Gebäuden eine Art Karree, in der Mitte des Hofgevierts liegt eine Feuerstelle. Das Haus ist größer als das Kapitänshaus, in dem Warren und Charles wohnen. Außer dem gepflegten Zustand weist wenig darauf hin, dass das Haus bewohnt ist. Halbseitig hängen innen vor den Fenstern weiße, altertümliche Gardinen, die wie selbst gehäkelt aussehen. Auf einer Hausseite lehnen hölzerne Gerätschaften an der Wand, Rechen, Harken und eine Schaufel. Hühner picken auf dem Geviert.

Der Schotterweg führt am Haus vorbei, an einer Wiese entlang und in den Wald hinein. Von dort nähert sich ein knatterndes Quad mit Anhänger. Jemand bringt Holz und kommt rasch näher. Das Quad wird auf das Geviert gelenkt und vor einem der Nebengebäude geparkt. Eine Frau steigt ab und beginnt, das Holz abzuladen. Es sind Teile eines Holzstammes, sehr schwere Stücke. Die Frau muss erhebliche Kraft aufwenden, um sie über die Kante des Anhängers zu heben und auf das Gras fallen zu lassen.

Sie trägt lange Hosen, feste Stiefel, ein grobes Hemd. Ihr Haar ist zusammengebunden. Einen Moment blickt sie zu den beiden hin. 100 Meter entfernt am Zaun können Warren und Charles ihr Gesicht nicht erkennen. Charles winkt kurz. Die Frau hält inne und nickt. Danach setzt sie ihre Arbeit fort.

Die Tür der Veranda am Haupthaus öffnet sich, ein Hund springt auf das Gras, läuft in Richtung der Frau. Auf halbem Weg bemerkt er die beiden und lenkt seinen Lauf in ihre Richtung. Er bellt. Die Frau pfeift. Der Hund stoppt und wendet sich in ihre Richtung.

»Was ist das für ein Hund?«, fragt Warren.

»Ein Elsässischer Wolfshund oder auch Deutscher Schäferhund«, antwortet Charles. Warren schweigt kurz, dann sagt er: »Ich mag ihn nicht.«

»Ich auch nicht sehr. Der hat ja einen gewissen Ruf. Ich wundere mich, dass die junge Frau so einen Hund hat.«

»Wie alt schätzt du sie?« »35, 40, höchstens…«

»Doppelt so alt wie ich.« Charles sagt: »Lass uns weitergehen. Vielleicht schaffen wir es einmal um die Insel.«

3

Warren und sein Vater gehen auf dem Schotterweg weiter Richtung Wald. »Es riecht gut hier«, sagt Warren. In der Senke der Wiese ist die Luft warm. »Wonach riecht es?«

»Ein klein wenig nach Minze, finde ich. Nach Frühling. Und nach Großmutter.«

»Nach Margret?«

»Ja. Missouri im Frühling. Da hat es auch so gerochen. Bevor die Sommerhitze kam. Dann roch es nicht mehr so. Dann musste man an den Fluss gehen, um Frische zu riechen.«

»Ich wusste nicht, dass du so genaue Erinnerungen daran hast. Du warst doch gar nicht so oft da.«

Sie gehen weiter, der Weg steigt zum Waldsaum an. Kurz vor dem Wald kommt ihnen Victor entgegen, er trägt ein Gewehr auf dem Rücken.

»Mit Gewehr?«, fragt Charles. »Was schießt du denn am helllichten Tag?«

»Ich nehme es immer mit ... Wir leben ja in der Natur und kochen mit dem, was die Natur uns bietet.«

»Was war es heute?«

»Nichts. Es ist selten, dass ich etwas schieße, so viele Tiere haben wir ja nicht auf der Insel. Das ist auf dem Festland anders.«

»Gehst du auch auf dem Festland jagen?« fragt Warren.

»Ja, sicher. Ich fahre rüber, mache aber keine Druckjagden mit, jedenfalls sehr selten.«

»Was machst du mit dem alten Laub und den Flechten, die du da hast?«

»Die gibt es nachher zu essen. Schaut doch mal vorbei.«

In Warrens Gesicht steht ein Fragezeichen. »Laub und Flechten essen?«

»Ja, klar. Solltest du probieren!«

»Okay …«

Überzeugt ist Warren nicht. Er findet Victor, wie er so dasteht, ein wenig verschroben, rätselhaft. Mit dem Gewehr, mit den gesammelten Sachen. Aber er hat dieses sehr moderne, geniale Boot. Victor ist ein besonderer Mann. Jedenfalls für Warren beim ersten Kennenlernen.

»Bis nachher.«

Charles und Warren setzen ebenfalls ihren Weg fort, als sie den Waldsaum erreichen, hören sie, wie das Quad wieder gestartet wird und der Hund vom Hof kurz aufbellt.

4

Der Schotterweg führt durch lichten Wald. Warren gefällt dieser Wald, es ist kein dunkler Tannenhain, durch den kaum ein Lichtstrahl auf den Boden dringt. Tannen stehen wie Soldaten. Hier gefällt es ihm besser, hier stehen die Bäume in unregelmäßigem Abstand. Kiefern. Buchen. Eschen. Einzelne Eichen. Unter ihnen wachsen Blaubeeren und Farn. Das Licht der Sonne fällt durch die Lücken zwischen den Blättern und durch die Blätter selbst. Dieser Wald wirkt wie eine freundliche Kathedrale der Natur.

Links und rechts wäre es nicht leicht zu gehen. Große Findlinge liegen zwischen den Bäumen, die Steine haben das ältere Recht in diesem Wald. Sie sind die eigentlichen Herrscher. Nichts kann sie verrücken. Kein Sturm, kein Waldbrand.

Bald lichtet sich der Wald, und Wiesenstücke grenzen links und rechts an den Schotterweg, alte Steinmauern begrenzen die Wiesen. Dann endet der Wald, und der Weg führt auf eine große Weide. Hier ist die Ammenherde zu sehen, von der Charles sprach. Einige Kälber sind dabei. Weiter hinten stehen auch Pferde. Zäune oder Steinmauern gibt es auf dieser Wiese nicht.

»Die können ja über die ganze Insel gehen …«, staunt Warren.

»Das ist wohl auch der Sinn der Sache«, entgegnet Charles. »Ich habe mich über die Zäune bei unserem Haus und um das Restaurant gewundert, aber jetzt verstehe ich. Es schützt vor den Herden. Sonst würden sie bei uns auf die Veranda kommen.«

»Lustig, sich das vorzustellen.«

»Halb lustig. Eine Kuh ist ein großes Tier, die stämmigen Pferde da hinten auch. Was sind das überhaupt? Norweger?«

»Keine Ahnung, damit kenn ich mich nicht aus.«

»Vielleicht Haflinger. Aber was machen die in Schweden? Das sind ja eher Gebirgspferde. Vielleicht ist der Besitzer ein Freund dieser Rasse.«

»Wem gehören die denn?«

»Ich weiß nicht, wem die Insel gehört. Victor ist nur Pächter. Er wohnt auf der Nachbarinsel und kommt mit seinem Rennboot zur Arbeit. So habe ich es jedenfalls verstanden …«

»Ich kann recherchieren.«

»Ja, mach das. Interessiert mich auch, in wessen Besitz die Insel ist.«

Auf der anderen Seite der Wiese ist eine Fortführung des Weges zu erkennen, deutlich schmaler als zuvor. Mehr ein Trampelpfad in geschlängelter Linie, der zwischen den Blaubeerpflanzen hindurchführt.

Die erste Wärme des Jahres lässt die Gerüche des Waldes aufsteigen, die Kiefern riechen stark. Soeben den Einschränkungen in der Pandemie entflohen, tut das den beiden sehr gut. Ohne Maske zu laufen, frei und tief einatmen zu können …

»Die Reise hat sich schon gelohnt«, sagt Charles. Schwedens pandemischer Sonderweg hatte sie gelockt, der bewusste Verzicht auf strenge Restriktionen. Daher die Entscheidung für diese Insel im Norden Europas, ein Eiland mit sehr wenigen Bewohnern. Begegnete man jemand, könnte man immer noch die Maske aufziehen, wenn das hier Standard werden sollte. Victor hat keine getragen, es war auch kein Thema an Bord gewesen.

Der weitere Weg führt auf ein kleines steinernes Plateau, von dem aus man über die Baumwipfel die anderen Inseln und das Meer sehen kann. Die gute alte Ostsee. Erst am Saum zum offenen Meer wird der Bewuchs der Steininseln lichter. Dort stehen keine Bäume mehr, höchstens einmal ein vom Wind gekrümmter Busch, und weiter weg sind einsame Leuchttürme auf den nackten uralten Steinen zu erkennen.

Weit draußen zieht die Silhouette eines Tankers vorbei, die lange flache Form mit den vielen Tanks, achtern der Aufbau mit der Kommandobrücke. Das Meer sieht ruhig aus, aber vielleicht täuscht die große Entfernung.

Direkt neben ihnen ragt die lang gestreckte Nachbarinsel weiter ins Meer hinaus. Zwischen beiden Inseln erheben sich kleine, umspülte Felsen aus dem Wasser. Auf der anderen Seite ihrer Insel sieht es wie ein Fjord aus, ein Sund. Vielleicht geht Victor dort drüben jagen, auf Elche, Schweine, Auerhähne? Gibt es an der Küste überhaupt Auerhähne oder leben die weiter im Binnenland, im nördlicheren Schweden? Sie könnten Victor fragen.

Ein paar Segler und Motorboote fahren durch den Fjord und biegen in die verzweigten Fahrwasser ab.

»Wäre cool, wenn wir da auch fahren könnten!«, sagt Warren.

»Wollen wir ja«, entgegnet Charles. »Wir holen uns Boote. Oder lieber Scooter oder Jetboote?«

5

*»**Am Strand** bei Gilleleje haben wir ein Kind gezeugt. Warmer Sand, der Geruch und das Geräusch des Meeres, des Kattegatts, dieser schöne Mann, ich eine junge vitale Frau, ein bisschen Alkohol … es war schön.« Ingrid sagt: »Ich weiß doch, Gun, wie ihr damals umeinander herumgesäuselt seid, Hannes und du.« Gun fährt fort: »Und die bekannten Monate später kam das Resultat zur Welt.«*

»Mir ist immer noch unbegreiflich, dass ich es nicht mitbekommen habe. Aber wir haben uns ja auch erst viel später richtig kennengelernt. Damals warst du eines dieser Mädchen von meinem Bruder … Wie hieß das Kind denn?« Gun schweigt einen Moment. »Ich hatte mir Pelle ausgesucht, aber das war nicht endgültig besprochen. … Es ist dann mit Hannes schwierig geworden. Er war viel unterwegs, du weißt ja, dass er damals schon politisch aktiv war … Vielleicht

hatte er auch andere Frauen, was weiß ich … Wir waren jedenfalls kein enges Paar, keine erwartungsfrohen Eltern. Am Anfang stand für mich auch im Raum, ob ich das Kind überhaupt bekomme. Aber Hannes hielt dagegen. Er wollte, dass es das Kind gibt.«

»Und dann? Als es da war?«

Gun blickt auf den Sund vor Kopenhagen und spricht weiter: »Hannes hat darauf bestanden, in eine Klinik zu fahren, die er kannte. Ich habe das mitgemacht. Das war ein Fehler.«

Ingrid fragt nach: »Was genau war ein Fehler?«

»Die Wahl dieser Klinik.« »Warum?« »Die Geburt wurde schwierig, das Kind steckte fest. Es musste wohl geholt werden, mit der Zange. Genau weiß ich das nicht, man sieht ja nicht, was die machen.«

»Und dann, als es da war?« »Ich habe das Kind nicht gesehen. Es wurde weggebracht.« Gun schweigt.

Dann fährt sie fort: »Mir wurde gesagt, es sei nicht lebenstauglich gewesen. Die Formulierung von Hannes war ›nicht lebenswert‹.«

»Du hast ein Kind geboren und es nicht einmal gesehen?« »Ja.«

»Und was wurde damit gemacht?« »Das weiß ich nicht.«

»Das geht doch gar nicht. Es gibt doch Papiere, vermute ich?!«

»Das wird die Klinik wohl alles geregelt haben. Ich sagte ja, die Klinik war ein Fehler.«

»Das war eine Klinik, die zur Bewegung gehörte …?«

»Ja, das habe ich viel später recherchiert. Da fanden auch Experimente statt, sogenannte Fruchtbarkeitsstudien und anderes Zeug mehr. Es ist ja ein ganzes Netzwerk.«

Ingrid nickt: »Ich weiß. Und wie ging es dir damit? Was haben Hannes und du dann gemacht?«

»Ich war noch ein paar Tage in der Klinik und wurde behandelt. Medikamentiert. Einmal war Hannes noch da. Dann wurde ich entlassen. Meine Familie hat mich abgeholt. Hannes habe ich erst mal nicht mehr gesehen …«

6

Warren und Charles kehren auf der östlichen Seite der Insel zurück. Diese Seite ist glatter, auch flacher, weist einzelne kleine Sandbuchten auf. An einer Stelle rinnt ein Flüsslein aus einem schilfbestandenen feuchten Gebiet in den Sund. Waldstücke und Wiesen und versumpfte Abschnitte wechseln sich ab. Unter allem liegt der große Stein, den man auf der anderen Seite des Sundes erneut aus dem Meer ragen sieht.

Sie kommen an einem größeren Verschlag vorbei, der auf eine Art Rampe führt. »Vielleicht verschifft der unbekannte Bauer hier seine Tiere?« Vielleicht gehören die Tiere einem Bauern, der gar nicht auf der Insel wohnt, sondern auf dem gegenüberliegenden Festland? Wird hier auf der Insel überhaupt noch Landwirtschaft betrieben? Sie wissen es nicht.

Am nordöstlichen Zipfel der Insel biegt ein betonntes Fahrwasser vom Sund ab, führt um die Inselspitze herum zum Hafen und weiter zu anderen Inseln, in das sich anschließende Archipel. Genau hier, halb im Windschutz des Waldes, steht ein weiteres Haus. Rot und weiß gestrichen, aus Holz auf Steinen aufgebaut, groß genug für eine kleine Familie. Wie alle Häuser hier hat es eine Veranda und einen niedrigen ersten Stock unter roten Dachpfannen. Offen und zugänglich liegt das Haus da.

»Zäune sind in Skandinavien selten«, sagt Charles. »Ich bin mal nahe Halden in Norwegen, etwas nördlicher, mit Geschäftsfreunden und deren Boot an eine verankerte Tonne gegangen. Mit dem Ding sind wir an Land gerudert und haben uns die Beine vertreten. Sind über die Steine geklettert und haben den Ausblick genossen. Dabei sind wir unbeabsichtigt auch über eine Art Terrasse gegangen, die zu einer Hausanlage gehörte. Nichts war abgezäunt. Einer der Geschäftsfreunde erkannte die Person, die dort im Gartenstuhl ruhte, niemand Geringeres als der norwegische Kronprinz. So ging es in Skandinavien vor einigen Jahren zu. Ich glaube, das ist noch immer so.«

»Und wer wohnt hier? Die schwedische Kronprinzessin?«

»Dafür ist es zu klein. Die hat ja ihre Schlösser ...«

Die beiden sind nahe an das Haus gekommen und biegen mit etwas höflichem Abstand um die Hausecke. Auf der dahinterliegenden Terrasse sitzt eine große Frau in einem Gartenstuhl, neben ihr steht ein Rollator, ein Edelrollator aus Holz, wohl Mahagoni. Kleine Schubladen mit goldenen Knöpfen.

»Guten Tag!« sagt Charles. »Wir wollen Sie nicht stören.« Die Frau lacht: »Ihr stört nicht, kommt näher.« Man spricht Englisch miteinander.

Sie bleiben mit etwas Abstand stehen. Sie ist sehr groß, und sie ist sehr voluminös. Charles schätzt sie auf deutlich über zwei Zentner. Die Frau lacht gern, das hat man gehört und sieht es ihr auch an.

»Sie haben einen sehr besonderen Rollator«, sagt Charles.

»Ja, der ist klasse. Habe ich mir von einem Bootsbauer machen lassen. Er ist stabiler, ich brauche was Kräftiges. Und ich kann wichtige Dinge mitnehmen!« Sie deutet auf die seitlichen Fächer. Ein Trinkglas ist zu sehen, eine Gin- und eine Tonicflasche. »Für einen kleinen GT sollte immer Zeit sein!« Sie lacht laut, Warren findet sie lustig.

»Ihr müsst euch aus dem Haus Stühle holen, das bekomme ich nicht so schnell hin. Wenn ihr einen Augenblick bleiben mögt …«

Charles sieht Warren an, er nickt: »Das machen wir gern. Wir sind neue Nachbarn, wohnen im Kapitänshaus am Hafen.«

»Ach, im Gustavsons… Ein gutes Haus. Hat Abendsonne. Genießt das! Hat Victor es euch vermietet?«

»Ja, über einen Makler.«

»Victor hat die Insel in Schwung gebracht, es kommen allerlei Leute, die sonst nicht hierherkämen. Sein Essen ist für mich etwas zu speziell. Mir reicht es einfacher. Ab und zu rollere ich aber zu ihm rüber. Ich brauche eine halbe Stunde, aber es geht.« Mit einem Stock klopft sie auf das Mahagoni des Rollators.

Charles und Warren haben Gartenstühle aus dem seitlichen Verschlag geholt, sie aufgestellt und sich neben die Frau gesetzt. Alle schauen in Richtung des vorbeiführenden Fahrwassers. Zwei Boote schieben sich gen Nordklippe der Insel. Ein hölzernes offenes Boot, das vielleicht ein Fischerboot war, sowie ein klassischer Schärenkreuzer, ein schmales Boot mit hoch aufragendem Segel.

»Wie lange bleibt ihr denn?«

»Das steht noch nicht fest, wir haben für einen Monat gemietet, vielleicht bleiben wir länger. Victor sagt, wir sollen uns schnell entscheiden, denn in den Sommermonaten kann er gut vermieten. Durch Corona kommen die Deutschen nicht, aber es gibt schwedische Anfragen. Wir müssen das also bald klären.«

»Du bist schon mit der Schule fertig?«, fragt sie Warren.

»Ja, das wurde im letzten Jahr erledigt, auf einem Gymnasium in Hamburg.«

»Du sprichst also Deutsch!«

»Ja, auch. Eigentlich bin ich Amerikaner, aber meine Mutter ist deutschstämmig.« Die Frau wechselt ins Deutsche: »Und jetzt, nach der Schule? Was hast du vor?«

»Geld verdienen. Mich umsehen.«

»Nicht studieren?«

»Erst mal nicht. Aber das kann noch kommen.«

»Warren hilft mir bei Recherchen, ich bin Finanzberater«, wirft Charles ein. Aber die Frau spricht weiter mit Warren: »Es schadet nicht, früh anzufangen, da hast du recht! 1000 x 1000 sind eine Million. Eine einfache Rechnung, um zu etwas zu kommen.«

»Was machen Sie denn?«

»Du kannst ruhig du sagen, wir sind in Schweden. Ich heiße übrigens Gun. Und du offenbar Warren, wie Warren Buffet. Der Vater hatte wohl ein Vorbild bei der Namenswahl …«

»Und was machst du nun?«

»Ich habe sehr, sehr viel gemacht in meinem langen, langen Leben, bis ich diesen Zustand erreicht habe. Eigentlich bin ich Ärztin. Aber ich habe viel nebenher gemacht. Wozu ich Lust hatte. Und mit Aktien gearbeitet. Das geht auch von hier aus, dafür muss ich nicht mobil sein.«

»Als Broker? Im Auftrag?«, fragt Charles.

»Nein, nein, nicht mehr. Microtrading. Alles auf eigene Kappe.

Die Maschinen machen die Arbeit.« Warren hakt ein: »Auf allen Märkten?«

»Im Prinzip ja. Es geht dann eben rund um den Globus, gern im vorbörslichen Handel.«

»Mit stochastischen Oszillatoren und Zeiteinheiten von einer Minute?«

»Ich höre, du bist Fachmann. Alle Achtung! Dafür habe ich ein bisschen länger gebraucht.«

»Bist du auch mit Kryptowährungen aktiv?«

»Wenig. Obwohl es mich zunehmend interessiert.«

»Mich auch!«

»Dann können wir darüber bei Gelegenheit ja ein bisschen intensiver sprechen, vielleicht kann ich noch etwas von dir lernen.«

»Gern, Gun.«

»Deal, Warren!«

Sie wendet sich zu Charles: »Du bist aber eher traditionell unterwegs und berätst die Vermögenden dieser Erde?«

»Im Prinzip ja. Aber das schließt nicht aus, dass wir das, was ihr da besprecht, nicht auch machen. Oder machen lassen.«

»Ihr seid die großen Tanker auf dem Meer des Geldes. Wir sind die kleinen Fischer. Ihr seid auf Walfische aus, wir sind mit dem Fishfinder auf der Suche nach Heringsschwärmen…«

»Na ja, die Bilder passen nie so ganz, aber es ist etwas dran.« Sie wechseln fröhlich zwischen Deutsch und Englisch.

Warren fällt etwas ein: »Gun, wem gehört eigentlich die Insel?«

»Im Prinzip dem schwedischen Staat. Alle, die auf der Insel sind, haben nur Nutzungsverträge, manche über sehr lange Laufzeiten.«

»Wird der Bauernhof noch bewirtschaftet?«

»Ja und nein. Henriette macht einiges, aber nicht systematisch. Ihr habt sie bestimmt schon gesehen oder ihr Quad gehört. Pächter ist eigentlich ihr Vater. Der hatte große Rosinen im Kopf, von ökologischer Landwirtschaft, auch Pferdezucht. Er hat die Haflinger auf die Insel geholt.«

»Das sind also tatsächlich Haflinger! Wir waren uns nicht sicher«, sagt Charles.

»Dafür muss man eine besondere Vorliebe haben. Der Alte hat für seine ökologische Landwirtschaft Gelder der EU bekommen. Und obendrauf noch Geld für die Unterstützung abgelegener ländlicher Räume. Aber das Umwelt- und Landwirtschaftsamt ist ihm auf die Schliche gekommen, seine Tierhaltung war unter aller Sau. Nomen ist hier mal Omen …« Gun lacht schallend, ihr Bauch wackelt. »Sie haben die Ställe geschlossen und die halb verhungerten Viecher weggebracht.«

»Und die Kuhherde?«

»Die gehört einem Bauern vom Festland. Sie kommen im Frühling und werden im Herbst wieder abgeholt. Mir fressen sie die Blumen aus den Kästen, ich habe ja keinen Zaun. Aber sollen sie ruhig … Nicht doch einen kleinen GT?«

»Nein, vielen Dank.« Charles setzt fort: »Wir wollen weiter, unser erster Gang über die Insel. Wir kommen gern wieder, wenn wir dürfen. Oder du kommst bei uns vorbei. Wo das Haus steht, weißt du ja!«

»Das machen wir so. Aber kommt ihr lieber. Ich bin nicht so viel unterwegs. Und wir …« dabei schaut sie Warren an, »wir nehmen uns Krypto vor, das finde ich spannend. Gib mir deine Mailadresse.«

Gun reicht Warren ihr Smartphone. »Tipp deine Daten ein, ich schick dir meinen Kontakt.«

Die Besucher stellen die Gartenstühle zurück in den Verschlag.

Gun hat sich kurz erhoben. Ihre Beine sind angeschwollen, die Füße stecken in orthopädischen Schuhen.

»Auf bald, ihr beiden. Schön, mal jemand mit Verstand zu sprechen.«

Beide winken ihr zu, als sie von der Terrasse auf den steinernen Inselboden am Ufer zurückkehren.

»Ich finde sie sympathisch und interessant«, sagt Warren.

»Schau mal, wer sie ist und was sie macht«, antwortet Charles. »Vermutlich hat sie eine längere Geschichte. Eine der entscheidenden Währungen ist immer, informiert zu sein.«

7

Am nördlichen Ende der Insel laufen die Steine flach ins Wasser. Man könnte sich über sie sanft hinein ins Meer rutschen lassen. Charles fasst ins Wasser. »Mit dem Schwimmen wird es noch etwas dauern. Auf den Scootern sollten wir uns auch warm und trocken halten.«

Sie kommen an einem alten Bootsschuppen vorbei, von dem zwei Schienen ins Wasser führen. Verwitterte Bohlen schützen eine kleine Halle vor Wind und Wetter. Die Verschlüsse sind einfache schmiedeeiserne Haken. Durch ein Fenster an der Seite kann man in der Halle ein altes Boot liegen sehen, das sowohl zu segeln als auch zu rudern ist. Wahrscheinlich wurde es für den Fischfang im nahen Revier gebaut. Für die offene See sind seine Bordwände viel zu flach.

Die beiden gehen weiter. »Wollen wir kurz bei Victor vorbeischauen?«, fragt Charles.

»Ja, können wir machen!« Warren will einen Eindruck davon bekommen, was der berühmte Koch praktisch macht.

Sie gehen den Weg, den sie bei der Ankunft gelaufen sind, in entgegengesetzter Richtung. Diesmal zweigen sie auf den erhobenen Vorplatz des Restaurants ab. Auf dem Plateau stehen schwere Holztische und Bänke. Eingedeckt wurde nicht, offenbar findet draußen noch keine Bewirtung statt.

Vater und Sohn betreten das Haus durch den kleinen Verandavorbau, der auch hier nicht fehlt. Das Restaurant besteht aus einem großen Raum rund um eine offene Feuerstelle. Darin steht ein einziger großer Holztisch mit 16 Stühlen. Die zentrale Feuerstelle dominiert den Raum. Über ihr führt ein großer Kaminzug durch das Dach. An Haken und auf Gestellen gibt es mehrere Koch- und Bratmöglichkeiten.

So eine rustikale Feuerstelle mitten im Restaurant hat Warren noch nicht gesehen. Erst das Boot, jetzt dieses Restaurant, Victor ist wirklich ungewöhnlich. Warren ist fasziniert.

Nach rechts schließt sich die Küche an. Keine Showküche, sondern der Arbeitsraum der Köche und Helfer. Eine Tür führt nach draußen, auf den hinter dem Haus gelegenen Hof. Zwei Quads parken dort. In den gegenüberliegenden Schuppen lagern vermutlich die Vorräte. Ein kleiner Toilettenschuppen ist mit einem Herz gekennzeichnet. Sauber aufgeschichtetes Holz lagert unter einem Dachvorsprung. In einem kleinen Zwinger liegt Victors Hund. Victor hat den Rundgang der beiden bemerkt und sich zu ihnen gestellt.

»Kochst du nur auf dieser Feuerstelle?«, fragt Warren.

»Klar, mit normalen Herden können auch andere kochen …«

»Geht das denn?«

»Logisch, das hat Tradition, ist althergebracht, es braucht aber Übung, wenn man so kochen will wie wir.«

»Wie viele seid ihr denn?«

»Die du da am Tisch sitzen siehst. Wir arbeiten zu sechst. Wir machen gerade unsere Tagesbesprechung für die Gäste, die sich angemeldet haben. Es werden 14 Gäste. Zwei haben abgesagt, wir schauen, ob andere nachrücken wollen. Wir sind eigentlich immer ausgebucht.«

»Holst du die Leute selbst mit dem Boot rüber?«

»Selten, das machen andere. Oder die Leute kommen mit ihren eigenen Booten.«

»Was gibt es denn zu essen?«, will Charles wissen.

»Das entwickeln wir gerade. Es gibt immer etwas aus den Vortagen, das weiterverarbeitet werden muss. Oder Fischer haben uns Fisch gebracht. Oder ich hatte Jagdglück. Heute gibt es eine kleine Vorspeise mit den Flechten und Blättern, die ich mitgebracht habe. Die habt ihr ja gesehen.«

»Was machst du damit?«, will Warren wissen.

»Mit den Flechten belege ich heute nur einen Fisch. Der dann mit Waldbrühe serviert wird. Für die Waldbrühe brauche ich die Blätter, die mit Pilzen, Moos und Blättern vom letzten Jahr aufgesetzt wird.«

Warren staunt. Charles schmunzelt und sagt: »Ich habe schon gehört, dass du einen gewissen Ruf hast.«

Zu Warren sagt er: »Victor kocht ausschließlich mit dem, was die heimische Natur bietet. Und das auf höchstem Niveau. Man muss lange vorher buchen. Manche meiner Kunden beklagen sich, dass sie Monate auf einen Platz warten müssen.«

»Hier geht es gerecht zu, wir kochen für alle, für das Volk, ohne Unterscheidung. Die Natur macht auch keinen Unterschied, warum sollen wir das machen?«

»Ich weiß, du bist knallhart. Da kann die dickste Motoryacht kommen und dir zehnfaches Geld bieten, das interessiert dich nicht. Habe ich gehört!«

»Ist doch klar. Wir machen das für alle.«

Charles fragt: »Für alle oder nur für Schweden? Wer ist das Volk, für das du kochst?«

Victor hebt die Augenbrauen.

»Warum fragst du das?«

»Man hört ein wenig …«

»Du scheinst viel zu hören … Wir kochen für alle, die sich bei uns anmelden.«

Victor will die Fragerei offensichtlich beenden: »Lebt euch auf der Insel ein. Wenn ihr zwischendurch etwas probieren wollt, könnt ihr gern kommen. Für die Menüs sind wir in nächster Zeit ausgebucht, aber ihr seht ja, manchmal wird ein Platz frei, wenn Leute absagen. Das ist dann sehr kurzfristig.«

Er reicht den beiden einen Kanten Brot, bestrichen mit Butter.

»Frisch aus dem Ofen. Ungebleichtes Vollkornweizenmehl und gesalzene Butter.«

»Das Salz macht ihr aber nicht selbst?!«, fragt Charles.

»Nein, wir dreschen auch nicht. Aber wir machen echtes Essen … Schmeckt es?«

Das Brot ist leicht warm und schmeckt fantastisch, findet Warren. Er nickt. »Schmeckt nach Erde.«

Bisher haben sie Englisch gesprochen, jetzt wechselt auch Victor, wie Gun, ins Deutsche: »Dann weißt du, was wir hier machen. Mit dem Wissen der Vorväter aus unserer schwedischen Erde. Wenn du Lust hast, kannst du gern bei uns ein bisschen lernen, solange ihr hier seid.«

»Das klingt gut, danke, Victor! Darauf komm ich zurück.«

Victors Deutsch klingt fast akzentfrei. Aber sein Okay bleibt schwedisch gefärbt: »Okej«, sagt er. »Wir müssen jetzt … Macht es gut!«

Victor setzt sich wieder an den Tisch zu den anderen.

Charles und Warren verlassen das Haus durch die Veranda. Nach rechts führt der Schotterweg zum kleinen Hafen, nach links zum Haus mit der Frau auf dem Quad, Henriette hat Gun sie genannt. Hinter dem gegenüberliegenden Schuppen und hinter einem Zaun sieht man die Kuhherde.

Einige grasen, die meisten liegen und verdauen. Ob die Butter von ihnen ist?

Warren will Victor beim nächsten Treffen fragen.

8

Abends machen Warren und Charles noch einen kleinen Rundgang über die fast schon nächtliche Insel, bevor sie zu Bett gehen. Der Mai ist der Monat des Vorscheins, Vorschein des Sommers und kommenden Lichts. Der helle Streifen über dem nördlichen Horizont ist noch sehr schwach, aber das Sommerlicht ist schon zu erahnen.

»Wir sind hier fast auf der Höhe der Südspitze von Grönland, deutlich nördlicher als New York«, sagt Charles. »Das merkt man«, sagt Warren, »ich weiß nicht, ob es stimmt oder woran es liegt, aber hier hat alles mehr Weite, und man merkt, dass die Sonne hinter dem Horizont bleibt und nicht vollkommen verschwindet.«

Auf dem Meer liegt ein blasssilberner Schimmer. Die letzten Gäste des Restaurants sind mit dem Boot übergesetzt worden, im Gästehaus brennen einige Lichter. Offenbar bleiben einige Besucher bis zum nächsten Tag.

Durch die Fenster des Restaurants sieht man Victor in der Küche beim Feierabendbier sitzen. Es ist elf Uhr abends, es ist genug getan für einen Tag. Morgens beginnen sie um zehn mit der Frühstücksrunde, vorher ist Victor manchmal in der Natur, wenn er jagen will, noch vor dem Morgengrauen.

In Kürze wird er mit seinem Boot auf die Nachbarinsel fahren. Die anderen schlafen im zweiten Schlafhaus, das für die Betriebsangehörigen reserviert ist. Ein Übernachtungszimmer steht auch im Restauranthaus zur Verfügung, manchmal bleibt Victor dort oben, wenn es noch später geworden ist. Victor hat ihnen das auf der Überfahrt erzählt.

Warren und Charles gehen am Zaun des Bauernhofes entlang. Der Hund schlägt an, er ist angekettet. Die Verandatür öffnet sich, ein Scheinwerfer leuchtet den Zaun ab, im Schatten des grellen Lichts sieht man schemenhaft eine Gestalt.

»Ist gut, Wolfi«, ruft die Stimme auf Deutsch. Der Hund kommt an die unterste Steinstufe der Treppe, die zur Veranda führt. Die Gestalt wirft ihm etwas hin, der Hund fängt es noch im Flug und zerkaut es. Es knirscht laut, vielleicht ein Knochen. Der Scheinwerfer erlischt. Einen Moment bescheint die Lampe die Person. Es ist die Frau, die das Quad fuhr, Henriette. Sie hat blonde Haare, die mit einem Tuch zusammengebunden sind.

Am Zaun hängt ein hölzerner Briefkasten, auf dem der Name »Olsen« steht. Darunter »Bornholdt«. »Ob sie hier allein wohnt?«, fragt Warren leise.

Ein Vogel schlägt an, im Wald knackt es. Vom Meer kommt der lang gezogene Ruf einer Möwe.

In den Ästen rüttelt es kurz. Eine Eule?

Hinter dem Bauernhaus biegen Charles und Warren nach links ab. Ihre Schritte auf dem Schotter sind das lauteste der Geräusche.

Bis die Melodie von Warrens Handy brüllt. Das helle Display scheint durch seine Jackentasche.

»Es ist Mama.« Warren drückt den grünen Hörer: »Hallo! Wo bist du?«

»Hi, Baby. Ich bin in Spanien. Wir kehren gerade in ein Refugio ein. Um elf ist Verschluss, dann muss man drinnen sein. Wo steckt ihr?«

»Wir sind jetzt auf der Insel in den Schären, machen gerade noch einen Rundgang, sind auf dem Rückweg.«

»Ist das Haus schön?«

»Einfach, aber auch schön, ja.«

»Würde es mir gefallen?«

»Ja, klar, es liegt toll, nicht weit vom Wasser.«

»Gib Charles einen Kuss … Ich muss rein. Ich bin froh, dass es hier offen hat. Die meisten sind wegen der Seuche geschlossen.«

Man hört, wie sich eine Tür öffnet, eine Angel quietscht. Dann sagt Sidney noch: »Die Seuche bringt das Böse hervor …«

»Wie meinst du das?«

»Ich muss Schluss machen, Schatz, ich ruf wieder an.«

»Wie lange pilgerst du noch?«

Warren bekommt keine Antwort mehr. Das Display schaltet sich aus, es ist wieder stockdunkel.

Charles greift seine Hand: »Lass uns zum Haus gehen. Es wird kühl.«

Ihre Füße tasten über den Weg. Die Nacht ist eine dunkle Wand.

Kurz vor dem Haus lichtet sich der Wald, und sie sehen das Meer. Ruhig liegt es da, ein Stück des Himmels spiegelt sich trotz der tiefen Dunkelheit.

Ihre Augen sehen Lichtspuren so fein wie die Aromen, die die Flechte in Victors Waldbrühe hinterlässt.

9

Gun sitzt auf der Bank am Hafen. Warren sitzt neben ihr. Victors Boot kommt um die Nordecke der Insel gefahren, wie immer in sehr schnellem Tempo. Gun sieht gern auf das Meer und auf die Boote und Yachten, die die Insel passieren.

Ihr Gesprächsthema ist Geld, das magische Fluidum. Gun sagt: »Die Welt des Geldes lebt von der Alchemie. Geld ist künstliches Gold und überwindet die Vergänglichkeit. Es kann beliebig angehäuft werden, ohne zu verderben.«

Victors Boot ist jetzt nah zu sehen, Martin, einer aus Victors Belegschaft, lenkt es um eine grüne Tonne und fährt im großen Bogen auf den Hafen zu. Victor steuert heute nicht selbst.

»Was weißt du von den Kryptowährungen? Und wieso hast du dich damit beschäftigt?«

»John hat mich gebeten, mir das mal anzusehen.«

»Wer ist John?«

»Mein Freund. Mamas Freund. Papas Freund.«

»Und wo ist John gerade?«

»Er segelt eine Transpazifik-Regatta mit. Da jetzt auch die großen Yachten auf Foils unterwegs sind, will er das mal ausprobieren. In Australien hat er vor fünf Jahren den fünften Platz bei den Weltmeisterschaften der *Motten* gemacht.«

»Das sagt mir alles gar nichts. Warum wollte er das mit den Kryptowährungen wissen?«

»Es interessiert ihn, für wen sie interessant sind. Aber vermutlich steckt noch mehr hinter seiner Frage.«

»Und für wen sind sie interessant?«

»Für ziemlich viele. Jetzt interessieren sich ja schon traditionelle Anleger wie Blackrock dafür und auch Banken. Aber sie sind auch interessant für Spekulanten und Transaktionen jeder Art.«

Das Boot ist angekommen, die Gäste gehen an ihnen vorbei in Richtung Restaurant. Martin fährt mit einem Quad plus Anhänger an ihnen vorbei und grüßt.

»Was für Transaktionen?«

»Na ja, die Art, die nicht nachverfolgt werden sollen.«

»Sind die Kryptowährungen so etwas wie ein Geld-Darknet?«

»Eigentlich das Gegenteil, aber sie bieten Transfermöglichkeiten, die nicht über die Banken laufen.«

»Und damit nicht einfach nachvollziehbar für staatliche Stellen sind.«

»An sich muss man auch Gewinne der Kryptowährungen versteuern.«

»Aber um die Steuern geht es vielleicht gar nicht primär. Es geht darum, Gelder von A nach B zu schaffen und dabei nicht auffällig zu werden.«

»Ja, das geht. Wenn man das System und die Technik beherrscht.«

»Ich habe mich bisher damit nicht beschäftigt, vielleicht sollte ich es tun. Das erklärt mir dann, wo manche Summen hingeflossen sind.«

»Von wem? Von dir?«

»Nein. Aber von anderen Leuten. Arbeitet dein Vater damit?«

»Er hat es für die norwegische Regierung und einen Fonds von denen gemacht. Aber das wurde aus Umweltgründen beendet.«

»Aus Umweltgründen?«

»Ja, für das System der Kryptowährungen braucht es unglaublich viel Strom. Die Überweisung mit einer Kreditkarte benötigt nur ein bis zwei Wattstunden elektrische Energie. Für Krypto-Transaktionen mit zum Beispiel Bitcoin braucht es etwa 300 Kilowattstunden. Norwegen hat deswegen 2019 die Subventionierung des Mining, des digitalen Geldschürfens, eingestellt. Sicherlich macht Norwegen noch mit, aber Charles hat sich zurückgezogen. Obwohl ihn seine Kunden drängen, wenigstens einen Spielanteil drin zu behalten. Tesla zum Beispiel will erheblich investieren. 17 oder 20 Prozent Steigerung sind immer drin. Da kannst du mit deinen Raus-rein-Strategien auch gut eincashen.«

»Erklär mir, wieso das die Umwelt so stark belastet. Das habe ich noch nicht verstanden.«

»Das ist die Rechen- und Rechnerleistung, ohne die geht das alles ja nicht. Es gibt eine Studie, die besagt, dass die isländischen Bitcoin-Produzenten allein mehr Strom verbrauchen als alle anderen isländischen Haushalte zusammen.«

»Das ist krass!«

»Es gibt aber auch andere Kryptowährungen, die ohne die Rechenleistung der Teilnehmer arbeiten.«

»Du kennst dich gut aus, Warren. Alle Achtung! Ich bin früher stehen geblieben. Ich hab noch die Maschinen für das Microtrading angeworfen, darüber bin ich aber nicht hinausgekommen.«

Gun beginnt, sich zu erheben, was sie Mühe kostet.

»Ich mache mich auf den Weg zu Victor. Die sollen mich mit dem Quad rüberfahren, mir tun heute die Beine weh. Ich muss die Bandagen wechseln. Hilf mir bitte hoch.«

Warren stützt Gun beim Aufstehen.

»Soll ich Bescheid sagen, dass sie dich abholen?«

»Das ist eine noch bessere Idee, Warren! Klasse. Machst du das?«

»Klar, ich bin gleich zurück.«

Warren läuft zum Restaurant, Victor ist nicht amüsiert: »Das passt momentan gar nicht. Typisch Gun. Wir sind in der Essensvorbereitung … Ich ruf Jette an, vielleicht kann sie das machen.«

Warren eilt zurück zu Gun, die auf den dunklen Bohlen der Pier steht und die vertäuten Fischerkähne betrachtet. Kurz darauf ertönt das Geräusch eines Quads, Warren erkennt die Frau vom Bauernhof. Henriette.

Sie hält bei Gun und gibt ihr zu verstehen, dass sie hinter ihr aufsteigen soll. Dann sagt sie: »Junge, schnall den Rollator auf den Gepäckträger. Pass auf, dass er senkrecht steht, sonst läuft Guns guter Gin aus.« Die Frau spricht in scharfem Ton. Und sie spricht Deutsch, auch mit Gun.

Gun hat Mühe, auf das Quad zu steigen. »Wie sieht's aus?«, fragt sie Henriette. »Hat der Alte seine warme Milch, Keks und Schokolade gehorsam zum Frühstück gegessen?« Gun lacht laut.

Der Frau entlockt der Spruch nicht einmal leichtes Lächeln.

Sie lässt die Kupplung kommen, Gun muss sich an ihr festhalten und zwinkert Warren zu.

10

Charles weckt Warren: »Victor holt uns ab, bringt uns nach Vaxholm, er muss da etwas holen. Wir mieten dann da die Scooter. Also jetzt nur ein kurzes Frühstück, dann gleich runter zum Hafen …«

Warren liegt in seinem Zimmer im ersten Stock, in weißer Bettwäsche und unter einem Federplumeau. Nachts war es kühl im Zimmer. Die Elektroradiatoren arbeiten, um für akzeptable Temperaturen zu sorgen. Warren hat sie auf niedrige Stufe gestellt. Ohne Ventilator, er mag die verwirbelte Luft nicht. Auch das Geräusch des Ventilators stört ihn. Bei Geräuschen ist er sensibel. Von Charles weiß er, dass er nach seiner Geburt den Kopf zur großen Uhr gedreht hat, die im Kreißsaal hing und deren Zeiger Minute für Minute mit einem minimalen Geräusch einhakte. Warren ist so geblieben: aufmerksam, allen Tönen und Geräuschen zugewandt und ausgeliefert. Der Junge hat Charles um den Austausch eines Laptops gebeten, weil ihm der eingebaute Lüfter zu laut war. Sidney, Warrens Mutter, hat ihn als »Indigo-Kind« bezeichnet, ein Kind mit besonderen sinnlichen Fähigkeiten. Nichts, was Warren gefreut hätte. Er will mit dieser Art Einsortierung nichts zu tun haben.

»Mit den Scootern ist es okay für dich?«

»Klar, wieso?«

»So ganz ohne sind die ja nicht … Es ist laut.«

»Aber das ist Lärm, den wir selbst machen!«

»Eine feine Unterscheidung!«

»Lass es uns probieren, ich freue mich!«

Warren setzt seine Füße auf den wollenen Läufer vor dem Bett. Er mag das Zimmer und das Haus. Warren hat das Gefühl, in etwas »drin« zu sein. Das hat man in modernen Bauten nicht in gleicher Weise, hier ist es anders, es fühlt sich lebendiger für ihn an. Vielleicht liegt das am schweren Holz in den Wänden? Das Holz und die Lage auf den uralten Steinen – ist es das?

Ein geschlossener Ofen steht in seinem Zimmer, jeder Raum hier hat einen Ofen. Angefeuert haben sie sie aber nicht, nicht im Mai! Der Ofen ist verputzt und mit stumpfer, vergrauter weißer Farbe gestrichen.

Die Fenster weisen in drei Richtungen. Nach Norden zur Landspitze, nach Süden Richtung Restaurant und Richtung Westen zum Hafen. In der Durchfahrt der benachbarten Insel sieht man Victor heranpreschen.

»Victor ist auf dem Weg«, ruft Warren nach unten.

»Dann komm! Lass uns kurz frühstücken. Wahrscheinlich geht er erst noch ins Restaurant … Dann haben wir noch einen Augenblick …«

Charles hat auf der Veranda bereits eingedeckt, etwas Müsli, Saft, Kaffee für sich.

»Wollen wir mal Brot backen?«, fragt Warren, als er unten ankommt.

»Wenn Victor uns ein Rezept gibt, das gut funktioniert? Warum nicht …«

»Fragen wir ihn. Das haben wir noch nie gemacht … Ich habe Lust darauf.«

11

»**Wer hatte** eigentlich diese Idee?«, fragt Charles.

»Du«, sagt Warren trocken.

»Okay. Und wollen wir es noch?«

Vater und Sohn stehen in Vaxholm beim Wasserscooter-Verleih, einer winzigen Bude mit kleiner Steganlage Die Scooter liegen auf Gummimatten.

»Wie Orcas, die rutschen bei den Vorführungen in Florida auf so eine Gummimatte, holen sich einen hingehaltenen Fisch und lassen sich wieder ins Bassin zurückrutschen. Falls sie nicht schlechte Laune haben und den Trainer gleich mit ins Wasser ziehen …«

Vermieter Petter präsentiert seine Scooter, reicht die Schwimmwesten, den Sicherungsschlüssel und erklärt die Geräte.

»Ihr seid noch nicht gefahren?«

»Nein, aber wir haben Sportbootführerscheine.«

John hat Warren vor zwei Jahren im Winter überredet, die Prüfung zu machen. »Genauso nützlich wie ein Autoführerschein«, sagte er.

»Es ist nicht viel anders als Motorradfahren«, Petter lacht. »Nur ohne Räder …«

Petter trägt kurze Hosen, für ihn hat die Saison begonnen. Auf seiner rechten Wade prangen drei Runenzeichen. Ein Zeichen sieht aus wie ein zackiges S.

»Was bedeuten die Runen?«, fragt Charles.

»Wasser, Feuer und Sonne. Cool, oder?«

»Ja, ganz okay. Die S-Rune sehe ich aber nicht so gern. Damit wurde viel Unheil angerichtet.«

Petter schaut Charles prüfend an, äußert sich aber nicht weiter.

»Die Scooter kosten 2500 Kronen pro Tag, Sprit kommt obendrauf. Ihr wollt sie zwei Tage haben?«

»Ja, fürs Erste. Wir melden uns morgen, ob wir verlängern wollen. Wir probieren sie aus.«

»Ist okay, ich habe im Moment keine Anmeldungen, und die Touristen sind noch nicht da. Seid ihr im Urlaub?«

»Eigentlich nicht, wir sind einfach eine Zeit hier. Wir haben ein Haus bei Victor gemietet …«

»Das Kapitänshaus! Da lässt es sich jetzt gut leben – und gut zu essen bekommt ihr auch … Wie geht es Jette? Ich habe sie lange nicht gesehen …« »Wir haben sie nur kurz gesehen, sind ja auch gerade erst angekommen.« »Jette ist die Herrin der Insel! Vielleicht ist sie noch mit Victor zusammen. Zumindest war sie es.«

»Bist du oft auf der Insel?«

»Mittsommer manchmal, auf den Festen. Aber selten. Früher war mehr los. Da gab es richtige Jagden und Übungen. Victor hat dafür etliche Fahrzeuge rübergebracht. Coole alte Dinger, war ein richtiger Aufmarsch. Es wurde auch gut gesoffen. Und Frauen waren ja auch da. Zwischendurch wohnte da eine Art Großfamilie. Die sind aber alle weg. Jettes Vater ist wohl ziemlich krank. Den habe ich lange nicht mehr gesehen.«

Warren will auf seinen Scooter. Er trägt einen Trockenanzug, den sie geliehen haben.

Petter schiebt Warrens Scooter ins Wasser. Er schwabbelt ein wenig wie eine Ente. Charles' Scooter folgt.

»Die haben 90 PS, fahren bis zu 50 oder 60 km/h. Fangt zum Eingewöhnen langsam an! Rund um Vaxholm müsst ihr sowieso aufpassen. Es sind nur acht Knoten erlaubt, beim Kastell sogar nur fünf. Wenn ihr dann rausfahrt, könnt ihr machen, was ihr wollt. Wenn ihr die Scooter schrottet, müsst ihr sie bezahlen. So ist die Regel. Aber ihr habt ja genug Geld.«

»Wie kommst du darauf?«

»Ihr seht so aus.«

»Ach, das kann man sehen?«

»Bei euch würde ich sagen, es ist genug da.« Charles kommentiert das nicht.

Er hat sich wie Warren auf den breiten Sitz geschwungen, den Drei-Zylinder-Motor gestartet und gibt mit dem Drehgriff etwas Gas. Der Scooter ruckt sofort an, er muss sich festhalten. Warren macht es genauso und schiebt sich neben ihn.

Petter winkt und geht zurück zu seiner Bude.

Sie fahren langsam am Kastell vorbei, links liegt die Stadt, rechts die alte Wehranlage. Die Motoren blubbern. Die Scooter fühlen sich wie Wasserpferde an.

Nach Norden öffnet sich die Durchfahrt. Langsam drehen sie die Gasgriffe weiter, die Scooter gleiten schneller über das Wasser. Warren muss sich an den Griffen festhalten und klemmt sich mit den Beinen auf dem gepolsterten Sitz fest. Es steckt Kraft unter dem Sitz.

Charles hat weiter aufgedreht und zieht in einer leichten Linkskurve über das Wasser.

Warren beschleunigt ebenfalls. Einfach geil, denkt er. Richtig geil!

Charles steuert um eine Felsnase herum in die schmale Durchfahrt zwischen zwei kleinen Inseln. Die steinernen Ufer steigen steil an, links und rechts liegen hölzerne Häuser, dicht am Ufer stehen Bootshäuser, eine Steganlage führt am Ufer entlang. Die Durchfahrt ist äußerst eng. Am Ufer stehen Schilder, die eine Geschwindigkeitsbegrenzung von fünf Knoten fordern. Sie drehen die Gasgriffe zurück, die Motoren blubbern leiser, Wasser strudelt aus den Ausgängen des Saug- und Schubsystems.

Nach der Durchfahrt öffnet sich die See wieder. Richtig frei ist sie noch nicht, mit den flinken Scootern hat man schnell die nächste Felsinsel, die nächste Tonne, den nächsten kleinen Leuchtturm erreicht.

Wasser spritzt auf, wenn Charles und Warren durch die Wellen vorbeikommender großer Schiffe fahren.

Ein großes Passagierschiff schiebt sich durch das Gewimmel der kleinen Inseln. Es sieht aus, als hätte es sich in eine nicht zu ihm passende Landschaft verirrt. Die Passagiere sehen von der Höhe des Decks vermutlich schon die offene See.

Charles und Warren passieren das große Schiff, von oben wird gewinkt.

Hinter der folgenden Felsennase sehen sie ihre Insel vor sich, über das offene Wasser preschen sie darauf zu. Vorbei an Guns Haus umrunden sie die Nordspitze in gemäßigter Fahrt und steuern Richtung Hafen.

»Lass uns in das Schilf vor unserem Haus fahren«, ruft Charles. »Da liegen sie sicher.«

Es macht Spaß, die Scooter ins Schilf gleiten zu lassen. Die Spitzen liegen dann knapp vor den Ufersteinen.

Warren bringt die Leine, die am Bug befestigt ist, an Land und bindet sie an einen Zaunpfahl.

»Reicht erst mal, oder?«, fragt Charles.
»Ja, war gut. Aber jetzt hab ich auch Hunger!«
»Lass uns zum Haus hochgehen.«

12

*»**Ich geh zurück** nach Deutschland, ich werde dort studieren«, kündigt Hannes an.*

»Da ist gerade ziemlich viel los an den Universitäten! Überleg dir das«, erwidert sein Vater.

»Und noch was, ich habe beantragt, deinen richtigen Namen anzunehmen: Bornholdt. Nicht Olsen nach Mama.«

Sein Vater ist perplex. Mit vielem hat er bei seinem renitenten Sohn gerechnet, aber nicht damit.

»Darf ich fragen, warum?«

»Ich mag deinen dänischen Verräternamen nicht. Ich verstehe nicht, warum du deine Herkunft verleugnest.«

»Immerhin ist es der Name deiner Mutter …«

»Aber nicht dein deutscher Name, nicht der unserer deutschen Familie!«

»Ich bin aus Deutschland hierhergekommen und wurde Däne. Ich fand es richtig, dann auch den dänischen Namen anzunehmen. Eine Geste gegenüber dem Gastland, das mich so hervorragend aufgenommen hat. Und auch eine Geste deiner Mutter gegenüber. Was hast du dagegen?«

»Du vertuschst damit, welchem Volk du angehörst. Du bist ein

Verräter, ein Deutscher, der sein Land verraten hat. Du hast Juden nach Schweden gebracht.«

»Ich habe es mitorganisiert, ja. Was hast du dagegen?«

»Du hast gegen das Reich gearbeitet. Darauf hätte nach dem Kriegsrecht eine Erschießung stattfinden müssen.«

»Hast du mir gerade die Erschießung gewünscht?«

Hannes antwortet nicht, er ist erregt. Er sagt, was er denkt und was ihn umtreibt, und er hat eine Grenze überschritten.

Er ist dabei, seine Familie zu verlassen, um sich einer, wie er es nennt, »viel größeren Sache« zu widmen.

Sein Vater fragt: »Wohin gehst du?«

»Nach Hamburg.«

»Was studierst du?«

»Recht.«

»Das immerhin ist keine schlechte Wahl.« Hannes' Vater ist 65.

Er wird seinen Sohn Hannes Olsen, der bald Hannes Bornholdt heißen wird, in diesem Leben nicht mehr sehen, sobald Hannes jetzt das Haus verlässt.

13

Das Quad fährt an der kleinen Bucht entlang, in die das Rinnsal aus dem schilfigen Innern der Insel mündet. Die dicken Reifen rollen über das Bächlein hinweg, rechts zur Bucht liegt grobkörniger Sand, einige Kiefern stehen nah am Wasser. Auf der anderen Seite der Bucht liegt ein Campingplatz, ein Wohnwagen- und

Ferienhausplatz. Zelte sind kaum zu sehen. Der sandige Strandabschnitt ist eine Ausnahme in der Felsenlandschaft. Zerriebener Stein, über Jahrtausende gepresst, zu Sandkörnern gemergelt. Eine der wenigen Stellen, an denen nicht nur das Ufer flach ins Wasser führt, sondern es auch flach im Wasser weitergeht. An den Steinufern sind in der Regel nicht weit vom Ufersaum große Tiefen zu erahnen.

Ein kleines Motorboot wurde auf den Strand gezogen, die dazugehörige Gruppe aus Frauen und Männern hat Campingstühle mitgebracht und lagert nun unter den Kiefern.

Das Quad fährt weiter den Weg entlang. Es ist eher ein breiter Trampelpfad als ein richtiger Weg. An vielen Stellen ragen die Wurzeln der an der Seite stehenden Bäume aus dem Boden. Wer hier fahren will, braucht Geländegängiges, das vierrädrige Quad ist dafür genau richtig. Rechts liegt das Zaungeviert für die Rinder, von dort aus können sie aufs Festland gebracht werden. Hier löst sich der Weg in einen schmalen Pfad auf. Henriette Olsen hält das Quad an. Ein kleines Stück geht sie zu Fuß weiter und nähert sich dem Haus von Gun, die an der Seite auf einer Bank sitzt.

»Lässt dich das Arschloch auch mal weg?«, fragt sie zur Begrüßung. Gun spricht Deutsch.

»Das Arschloch ist mein Vater«, antwortet Henriette. »Ich bin ein großes Mädchen und kann schon gut für mich selbst entscheiden, Tante Gun.«

Henriette ist nicht bilderbuchschwedisch strohblond, ihr Haar geht ins Bräunliche. Sie trägt Arbeitskleidung, eine grüne Latzhose und Clogs mit Gummisohlen.

Sie setzt sich: »Brauchst du irgendwas?«

»Ich könnte mal wieder einen Mann gebrauchen, einen kräftigen, bitte. Oder eine kräftige Frau, das sehe ich nicht so eng.« Sie lacht, und ihr Bauch lacht mit.

»Bitte, Gun, lass das. Du erzählst immer den gleichen Mist. Seit Jahren. Hast du gerade einen Gin Tonic gehabt?«

»Papperlapapp. Apropos, es gibt einen neuen Kerl auf der Insel. Wohnt im Kapitänshaus, wirklich süß. Der wäre was für dich. Du solltest nicht immer alle Regionen deines elenden Körpers selbst bedienen. Das ist bekanntlich des Teufels! Dir wird die Hand abfallen, mit der du dich zum Stöhnen bringst. Und auf diese Weise wird das nichts mit dem Erhalt der Rasse, Schätzchen! Ich helfe dir gern aus mit einem Buch, damit kannst du deine Fantasie anregen.« Wieder wackelt ihr Bauch.

»Deine kranken Fantasien wiederholen sich endlos, Gun. Das ist ermüdend! Du hattest eindeutig einen Gin zu viel …«

»Wieso das denn? Du machst es dir doch selbst. Oder läuft noch was mit Victor? Der hat drüben sein Mädel, das wissen wir doch beide …«

»Den Jungen habe ich schon gesehen. Er kam mit einem älteren Mann bei uns vorbei. Woher kennst du sie?«

»Sie waren hier, beide. Gute Leute. Insbesondere der Junge hat was drauf. Etwas, das uns nützen kann. Sogar sehr nützen.«

»Was soll das sein?«

»Warte es ab. Du wirst schon sehen.«

»Brauchst du nun etwas?«

»Ich hab alles. Du kannst mir ein paar Eier bringen. Besser wäre, du bringst Eier und machst bei der Gelegenheit gleich Essen. Das wäre fast schon freundlich.«

Gun blickt sie herausfordernd an, dann einschmeichelnd: »Machst du das für Tante Gun, deine alte Tante Gun? Zum Dank erzähle ich dir dann auch ein Geheimnis …«

»Du und deine schlüpfrigen Geheimnisse, vielen Dank. Wahrscheinlich wieder so eine Schauergeschichte, eine deine fantasierten Bettgeschichten mit einem Neger oder Araber …«

»Araber nie! Keine Muselmanen!! No Islam!«

»Gun, hör auf!«

»Du kennst das doch von zu Hause. Aus der Brutstätte der neuen deutschen Rasse!«

Guns Bauch wackelt nicht. Und Henriette reagiert nicht auf Guns Provokationen.

Gun wechselt den Tonfall: »Übrigens, Schatz, morgen ist der Todestag deiner Mutter. Kommst du rüber?«

»Deshalb frage ich ja. Ich komme, klar.«

Gun ergreift Jettes Hand. Langsam bahnen sich Tränen ihren Weg über Guns Gesicht.

»Ich werde da sein, Gun. Wir machen es uns schön.« Sie drückt Guns Hand.

Für Henriette fühlt es sich an, als würde ihre Hand in einen Schraubstock geraten.

Guns Hände haben enorme Kraft.

14

Warren hat seine Wanderschuhe angezogen, Charles empfahl sie ihm dringend. »Sneakers reichen nicht.«

»Wieso denn nicht?«

»Wenn du in Missouri losgehst, ziehst du auch richtige Schuhe an, bevor du querfeldein läufst.«

Auf der Insel gibt es kein Querfeldein, findet Warren. Hier ist alles Gestein, alles ist auf Stein gestellt, gebaut oder gelagert. Die Häuser, die Wege, auch die Erde. In den Senken und Spalten des Gesteins haben sich Sand und Erde angesammelt, und vor allem Wasser. Alles hier ist alt und uralt, außer den Lebenden, die gerade auf der Insel sind.

Hinter dem Hof von Henriette ist Warren auf die Wiese gewechselt. Der Kettenhund beobachtet ihn, bleibt aber ruhig. Die junge Frau ist nicht zu sehen, das Quad steht auf dem Hof.

Ein wenig mulmig ist Warren wegen der Kühe, besonders wegen der männlichen Rindviecher. John hat ihm Geschichten von Schweizer Kampfkühen im Wallis erzählt und dass es die auch in Südamerika gibt. Wie sieht es hier aus mit der Friedfertigkeit? Er hat keine Erfahrungen mit Rindern.

Auf der Wiese steht das Wasser in kleinen Senken, Warren muss über sie hinweglaufen. Kräftiges Gras wächst hier, von Disteln und Sauerampfer durchsetzt. Warren kennt nur eine Handvoll der Arten, einige zeigen gelbe, andere blaue Blüten.

Die Sonne scheint, die Kühe haben sich weitläufig verteilt. Auf der anderen Seite sind wieder die Pferde zu sehen. Warren schlägt einen Bogen um die Herde und hält Abstand. Sicher ist sicher!

Unter dem blauen, wolkenlosen Himmel weht kühle Luft. An fast allen Seiten ist die Wiese von Wald begrenzt, der Schotterweg führt mittig hindurch. Am rechten Rand liegt der Hof mit seinen Nebengebäuden.

Aus dem Schornstein des Haupthauses steigt leichter Rauch. Vielleicht backt die Frau Brot, so wie Victor es macht. Einen alten Ofen gibt es in dem Gebäude sicherlich. Die Frau fängt an, ihn zu interessieren. Wohnt sie dort allein mit dem Hund? Der Scooter-Verleiher hatte von ihrem Vater erzählt …

Richtung Hafen und Ufer öffnet sich die Wiese, ein höherer Granitrücken ist an ihrem Ende zu sehen. Durch einen Spalt im Stein scheint ein Trampelpfad über die Wiese zu führen.

Die Insel ist klein, aber es gibt viel zu entdecken. Ein eigener Kosmos.

Warren betritt den Wald, hier wechselt die Atmosphäre. Das Licht der Sonne wird gefiltert, es kommt aber gut hindurch, die Bäume stehen nicht eng. Ihre Blätter zeichnen am Boden ein Schattenmuster aus Sonnenlicht.

Der Granit bestimmt, was leben darf. Nur hier und da können sich Sämlinge zu einem stabilen Stamm auswachsen. Farne und Gräser, niedrige Büsche, Blaubeerpflanzen, Moose in unterschiedlichem Grün in den Senken. Und Flechten. Victors Flechten?

Manchmal muss Warren klettern. Vor ihm liegt eine Senke, die mit schwarzer Erde gefüllt ist, Kiefernnadeln liegen darauf, Blätter vom Herbst oder noch älter. Manche sind schwarz.

Etwa 30 Meter weiter steigt die Senke wieder an und wird gekrönt von zwei Steinblöcken, riesigen Findlingen, die oben aneinanderstoßen. Unten lassen sie einen mannshohen Durchgang frei. Die Erde davor hat die Wärme der Sonne aufgenommen und strömt Aromen aus. Dass Victor hier Inspirationen für sein Kochen bekommt, kann Warren sich gut vorstellen.

Nur noch wenige Schritte ist er von den riesigen Steinen entfernt. Warren tritt in den steinernen Tunnel ein. Über seinem Kopf ist erstaunlich viel Platz, sicher ein Meter. Nach wenigen Schritten öffnet sich die Steinschleuse wieder und führt auf einen kleinen Platz in der Mitte von drei weiteren mächtigen Steinen. Rechts von ihm liegt ein Koloss, der fünfmal so hoch ist wie Warren. Zwischen den Baumwipfeln klafft eine Lücke, Sonnenlicht fällt schräg herein. Warren verharrt in der Mitte dieser Steinkathedrale.

Irgendetwas passiert hier, das er nicht kennt, es geht über Bits und Bytes hinaus, und über seine gewohnten Wahrnehmungen. Er denkt: Irgendwie habe ich Kontakt mit dem Licht.

Seltsam, aber real. Ich bilde es mir nicht ein.

Er durchquert den gegenüberliegenden Steintunnel. Der normale Wald liegt wieder vor ihm, mit den Lichtflecken, den Moosen und den anderen Pflanzen. Er ist wieder draußen, alles ist wieder normal. Warren bemerkt, dass etwas von dem, was er empfunden hat, in ihm bleibt.

Auf dieser Seite der Steinkathedrale führt ein Pfad weiter, ganz leicht in den Boden getreten, man muss genau hinsehen, um ihn zu erkennen.

Auf den Stamm einer Kiefer ist mit gelber Farbe ein Zeichen gemalt, etwas Radähnliches. *Oder eine Sonne,* denkt Warren. Wie aus zwölf eckigen Zeichen zusammengemalt.

15

Den Weg zurück nimmt Warren über die Felsen am Ufer. Jetzt kann er es erkennen: Die Kühe haben einen Zaun zwischen sich und dem Granitrücken, der zum Wasser abfällt. Sie können nicht zum Ufer und zum Hafen gelangen. Wenige Hundert Meter vom Hafen entfernt wurde eine Steganlage gebaut, einige Motor- und Segelboote liegen daran vertäut. Am Ufer ist eine Grillstelle eingerichtet und ein hölzernes Toilettenhäuschen aufgebaut.

Warren passiert die Anlage und geht am steinernen Ufer weiter.

Der kleine Hafen vor dem Restaurant besteht aus einer Mole, auf deren linker Seite Victor mit seinem Boot anlegt. Ein hölzerner Steg und Schwimmpontons bilden die andere Seite des Hafens, einige Pontons aus Beton zweigen quer davon ab und schließen das kleine Becken. Sie sorgen dafür, dass die Wellen gebrochen werden. Im Hafen liegen zwei der alten, schwarzen, offenen Fischerkähne, die gesegelt und gerudert werden können, wie Warren am Mast und an den Dollen für die Riemen erkennt. Die Boote sehen aus wie Seeräuberschiffe, kleine *Black Pearls*. Rechts von der Steganlage, auf dem kleinen Vorplatz, hängen Reusen und Netze an Pfählen, zum Flicken oder Trocknen.

Beim Blick auf das Restaurant entdeckt er Charles, ein Glas Weißwein steht vor ihm auf dem Tisch. Beim Näherkommen erkennt Warren zudem Brot und Butter.

»Na?« Warren setzt sich zu Charles, der etwas in sein Smartphone tippt. »Ebenfalls: Na! Warte … Ich bin gleich fertig.«

Das Haus mit dem Restaurant liegt auf einem Fundament aus behauenen Steinen, darüber beginnt die Verschalung mit rot gefärbten Hölzern. Die einfachen Fenster sind weiß gestrichen und sauber gegen das Rot abgesetzt. Warren hat gelesen, dass Rot und Weiß so etwas wie Protestfarben im Süden Schwedens waren, in den Landschaften nahe an Dänemark. Im Süden des heutigen Schweden ging es jahrhundertelang zwischen den Nachbarn immer wieder hin und her mit Eroberungen von Landstrichen.

Über dem hinteren Eingang in die Küche ist eine 1888 ins Holz geritzt. Rechts von der Jahreszahl steht eine 20, links eine 4. Das Datum der Einweihung oder des Richtfestes?

Charles schaltet das Display aus: »Wie war der Rundgang?«

»Sehr okej …!« Warren hat sich das »Okej« statt des amerikanischen »Okay« angewöhnt, so klingt er ein klein wenig schwedisch. Und ein wenig nach John, der Okay mit einem leichten asiatischen Singsang spricht.

»Der Wald ist ziemlich cool«, berichtet Warren, »bemerkenswert, aber auch speziell, etwas furchterregend.«

»Mitten am Tag, bei Sonnenlicht?«

»Vielleicht nicht furchterregend, aber rätselhaft, ungewöhnlich. Die Stimmung.«

»Inwiefern?«

»Es gibt Stellen, da ist der Wald anders.«

»Wie anders?«

»Schwer zu sagen … Nicht nur Wald, Bäume, Farne. Irgendwas ist da.«

»Wird mein Sohn jetzt esoterisch? Bist du doch ein Indigo-Kind?«

»Quatsch! Aber es gibt besondere Stellen, die irgendwie lebendig sind …«

»Vielleicht hast du mit den Indianern in Missouri zu viele Ausflüge gemacht?«

Warren stutzt. »Ja, die Indianerfreundin von Mama, die hat mir solche Stellen im Wald gezeigt, das stimmt!«

Warren kommt auf Konkreteres zurück: »Was machen die Geschäfte?«

»Ich muss vielleicht kurz nach Oslo. Es soll ein Treffen geben, beim Pensionsfonds, mal mehr als nur Zoom.«

»Wann fliegst du?«

»Vielleicht fahr ich auch mit dem Auto, ich weiß noch nicht. Vielleicht morgen.«

»Ich tippe auf Learjet …«

»Auch möglich, ja.«

»Was liegt denn an?«

»Ich treffe mich mit Managern des Auslandsfonds in der Norge Bank. Offiziell geht es um ein Beratungsmandat. Für mich aber auch darum, die Kollegen für Anlagen bei meinen Kunden zu interessieren, ob im Oman, Indonesien oder hier in Schweden.«

»Der norwegische Staat investiert gewaltige Summen …«

»Ja, der Fonds hat insgesamt ein Volumen von über einer Billion Euro, investiert wird weltweit in Aktien, Anleihen und ein wenig auch in Immobilien.«

»Schon für die Zeit nach der immer noch sprudelnden Erdölförderung.«

»Richtig. Du kennst dich aus!«

»Was gibt es heute bei Victor im Restaurant?«

»Dorsch. Steckrüben. Enteneier. Gammelost. Und irgendwas mit Wacholder.«

»Was ist Gammelost?«

»Ein Käse aus Sauermilch. Nichts für dich.«

»Den Dorsch hat er aber nicht selbst gefangen ...«

»Glaube ich auch nicht, aber vielleicht war er mit einem Fischer draußen. Zwischen den Schären wird es kaum Dorsch geben, da muss man weiter raus.«

»Und die Enteneier hat er aus den Nestern geklaut ...«

»Anders geht es wohl nicht ...«

»Aber die Steckrüben?«

»Bestimmt selbst angebaut. Hast du die Gemüsefelder gesehen?«

»Nein, wo?«

»Die liegen ein Stück im Inselinneren, geschützt vor dem Wind hinter Steinmauern, mit Sonneneinstrahlung, gut eingehegt!«

»Komisch, sonst zäunt man ja die Tiere ein. Hier wird eingezäunt, was vor den Tieren geschützt werden soll. Und die dürfen auf der ganzen Insel rumlatschen. Wir fragen Victor, wie er es macht.«

»Was?«

»Die ganze Sammlung, das Jagen. Vielleicht nimmt er uns mit auf die Jagd.«

»Das glaube ich eher nicht. Aber fragen können wir. Lass uns jetzt zum Haus gehen.«

Ihre Scooter sind neben der Bootsgarage angebunden. Gestern waren sie wieder unterwegs und sind bis an die Schärengrenze gefahren. Zeitweise war es ein wilder Ritt, draußen stand etwas mehr Welle. Es war schwierig, die Scooter im Zaum zu halten. Und es ging sehr auf den Rücken und die Wirbelsäule. Kein reines Vergnügen mehr. Morgen werden sie sie zurückbringen. Warren ist das recht. Er ist ohnehin noch mit dem Wald beschäftigt.

16

Martin steuert Victors Boot, Warren steht neben ihm im Ruderhaus. Vor dem Steuerrad ist auf einem Messingschild *Enhet* eingraviert. Offenbar der Name des Boots.

Warren googelt die Bedeutung auf seinem Smartphone. *Gerät* ist die eine Bedeutung, *Einheit* die andere. Der Name ergibt für Warren nicht sofort Sinn.

Martin sagt: »*Einheit* ist doch ein guter Impuls? Und *Gerät* scheint ein Codewort zu sein, für eine berühmte Rakete. Das hat jedenfalls Victor gesagt, als ich ihn gefragt habe.«

»Okej«, antwortet Warren. »*Rakete* passt ja auch zum Boot, das stimmt.«

Warren deutet auf das Fahrzeug, das vor dem Steuerhaus auf der Ladefläche des *Geräts* steht: »Was ist das für ein seltsamer Wagen?«

»Ein alter Schwimmwagen. Der ist für Jette, soll ich am Hafen parken. Damit kann sie über See zur Nachbarinsel fahren, da darf man dann auch mit dem Auto fahren. Aber erst mal muss sie den Wagen wohl noch warten. Sonst hätte sie damit ja auch selbst fahren können.«

»Sieht schrill aus!«

»Finde ich auch, aber interessant!«

»Wie alt ist das Auto?«

»Jette sagt, mehr als 70 Jahre! Ein deutsches Fabrikat.«

Der Schwimmwagen besitzt die olivgrüne Farbe militärischer Fahrzeuge. An seiner Seite sind Spaten und Paddel befestigt, der Auspuff liegt hinten oben auf dem Auto. Es hat vier Gummiräder, vorn ist ein Reserverad montiert. Hinten sieht man eine Antriebsschraube, umrahmt von einem Metalltunnel.

»Das wird im Wasser eine ziemlich lahme Ente sein, so langsam kann ich mit der ENHET kaum fahren …«

Warren lacht. Victors Rakete und daneben dieses hässliche Auto-Entlein!

»Kennst du Jette gut?«

»Nein. Wir sehen sie nur ab und zu, manchmal holt sie Essen. Victor besucht sie natürlich öfter. Sie waren mal zusammen. Oder sind es noch … Wer weiß …«

»Wohnt noch jemand auf dem Hof?«

»Ihr Vater, glaube ich. Ihm gehört wohl das Haus, übrigens auch das Restaurant … Aber vielleicht gehört es auch schon Jette … Warum interessiert dich das?«

»Ich bin immer ein neugieriges Kind gewesen, haben meine Eltern gesagt.«

»Wo steckt denn deine Mutter, der Mann ist ja wohl dein Vater, richtig?«

»Ja, Charles ist mein Vater. Meine Mutter ist gerade auf Wanderschaft, Pilgertour nennt sie das, in Spanien. Das ist aber in Corona-Zeiten nicht so einfach … Vielleicht kommt sie noch, wenn das da unten nicht klappt und alles gesperrt ist.«

Warren wird wehmütig ums Herz. Er würde Sidney gern wiedersehen, in den letzten Jahren waren sie wirklich selten zusammen, zu selten. Viel häufiger als früher lebte er bei Charles. Und auch John war kaum bei ihm. Alles hat sich verändert. Es war nicht mehr so wie in Hamburg an der Flusstreppe.

Ihr Haus wurde dort jetzt von einem jungen Mann betreut, der

»Individual Services« anbietet und nach den zeitweise nicht genutzten Häusern sieht, nach der Post, den amtlichen Schreiben. Helena, die frühere Haushälterin und Pflegerin, hat ihm diese Aufgabe übertragen. Sie macht jetzt viel Altenbetreuung. Der Mann kümmert sich um das Haus von Sidney und Warren, um das Haus ihres Nachbarn Amor, um das des Reeders, der vor fünf Jahren gestorben ist, und um das von Almut, der Frau, die wegen des Attentats vor bald 50 Jahren inhaftiert worden war.

Vor fünf Jahren war viel Bewegung in die Häuser an der Flusstreppe gekommen. Danach hat sich Warren meist dort aufgehalten, wo sein Vater geschäftlich zu tun hatte, vor allem in New York. Sidney hat sie zwischendurch dort besucht, John auch ab und zu.

Die Reise auf die Schäreninsel sollte eine Abwechslung und ein Urlaub werden. Aber nach wenigen Stunden und Tagen hatten die Geschäfte Charles schon wieder eingeholt.

Warren bedauert das, aber er ist keineswegs sauer. Er kennt die Regeln, die sein Leben und das seiner Nächsten bestimmen.

Er bleibt auf der Insel, auf deren steinigem Ufer jetzt die Bugklappe von Victors Boot aufliegt. Auch wenn Charles ein paar Tage nicht da ist.

Martin fährt ein Quad rückwärts über die Klappe an Bord und an den Schwimmwagen heran. Er kuppelt den Wagen an, zieht ihn langsam an Land, stellt ihn bei den Netzpfählen ab.

Ein militärisch anmutendes Auto, das erst auf den zweiten Blick als Schwimmfahrzeug zu erkennen ist. Es passt nicht auf die Insel.

Jette ist offenbar anderer Meinung.

17

Warren hat sich ins Haus zurückgezogen, seinen Laptop angeschaltet und beginnt zu recherchieren.

Über Victor gibt es keine Wikiseite, aber eine Vielzahl von Einträgen. Victor Meyer wird 1982 geboren, jedenfalls schließt Warren dies aus den Altersangaben, die er findet. Er ist also 38 Jahre alt. Victor hat Koch in Deutschland und Frankreich gelernt, zuerst in bodenständigen deutschen Restaurants gearbeitet, danach zunehmend in renommierten Häusern. Bei Wettbewerben schneidet er hervorragend ab. Eine Zeit lang führt er selbst ein kleines Restaurant in Paris und erkocht sich dort seinen ersten Stern. Die Nachbarinsel, auf die Victor abends meistens zurückfährt, verzeichnet bei mehreren Gebäuden einen Hark Meyer als Eigentümer. Victor taucht nicht als Besitzer auf. Hark Meyer ist vermutlich Victors Vater oder Onkel.

Warren findet heraus, dass Victor als Junge aktiver Fußballer in deutschen Klubs gewesen sein muss, auch in Hamburg. Bisher hielt Warren den Koch für einen Schweden, er hörte ihn Schwedisch sprechen, Englisch auch. Deutsch nur selten. Wie kommt er als Junge nach Hamburg? Ist die Angabe auf seiner Website Fake? Da steht, er komme von der hiesigen Nachbarinsel und sei auch dort aufgewachsen. Ist er überhaupt Schwede?

Ein anderes Foto zeigt Victor in seiner französischen Zeit nicht als Koch, sondern als Demonstranten, offenbar in Paris, hinter einem Banner des Front National. Die meisten Einträge drehen sich jedoch um das *Victors*, das Restaurant auf der Insel. Man findet Berichte von Gästen, die sich darüber aufregen, dass sie nicht bevorzugt behandelt werden und dass die Wartelisten zu lang sind. Wer es aber vor die Teller im *Victors* geschafft hat, lobt die Kunst der neuen skandinavischen Küche auf dem Niveau des berühmten *Noma* in Kopenhagen. Was Victor hier macht, ist aber noch etwas anderes, der Vergleich zum *Noma* passt nicht. Victor kocht mit einer ganz eigenen, radikalen Kompromisslosigkeit, nur mit dem, was aus der eigenen Region stammt. Der Meister dieser Küche war Magnus Nilsson in Mittelschweden, der sein *Fäviken* inzwischen geschlossen hat. In seiner Nachfolge sieht man Victor. Neue Schwedische Nationale Küche nennt ein Journalist die Ausrichtung seines Restaurants.

Warren sitzt auf der Veranda, eine leichte Abendbrise drückt Wellenfelder auf die See zwischen den Inseln. Die kleinen Wellenkämme reflektieren die Sonnenstrahlen, auf dem Wasser flimmert es. Die goldenen Lichter wandern mit den Windfeldern über die Fläche vor der benachbarten Insel, auf der Victor sein Zuhause hat.

Hark und Victor Meyer. Einiges bleibt noch zu recherchieren, Warren wird darauf zurückkommen.

Jetzt trägt er Henriette Olsen in die Suchmaske ein.

Henriette ist 40, zwei Jahre älter als Victor, Jahrgang 1980. Offenbar Dänin, nördlich von Kopenhagen geboren. Warren stößt auf eine Familienseite, die ausweist, dass die Familie Olsen von der Insel Fejø stammt. Der Großvater von Henriettes Mutter Ingrid war dort Kapitän eines Frachtseglers. Der Stammbaum der Familie führt nach Deutschland und Norwegen, offenbar gab es einmal einen bekannten norwegischen General in der Familie. Warren staunt, wie eng im Norden alles familiär verbunden scheint. Norwegen, Dänemark, Deutschland, die Olsen-Sippschaft ist multinational. Frühes Europa. Vielleicht ist das hier normal?

Henriettes Mutter hieß Ingrid Olsen und wurde 1943 in Kopenhagen geboren. Ihr Vater ist derselbe Jahrgang, Paul Linstad. Beim Klicken durch die digitalen Archive fällt Warren der Großvater auf, 1904 geboren als Ferdinand Bornholdt in Bremen, offenbar ein Deutscher. Nach dem Zweiten Weltkrieg nimmt er den Namen seiner Frau Fredrikke Olsen an und heißt nun Ferdinand Olsen.

Über ihn gibt es sogar einen Wiki-Eintrag. Früh in den 20er Jahren tritt er in die deutsche NSDAP ein und in den 30er Jahren wieder aus. Trotzdem arbeitet er in verschiedenen Funktionen für den NS-Staat: als Handelsattaché, für das Auswärtige Amt, überwiegend in Kopenhagen. Beschrieben wird eine verdeckte Aktion in den letzten Kriegsjahren, in der er in Zusammenarbeit mit dänischen und schwedischen Reedern 5000 dänische Juden nach Schweden übersetzt und damit vor der Deportation nach Deutschland rettet. Die Holocaust-Gedenkstätte Jad Vashem führt ihn mit dem Ehrentitel »Gerechter unter den Völkern«.

Warren blickt vom Laptop auf, draußen dämmert es langsam. Über dem Festland haben sich Wolken gebildet, die Feuchtigkeit aus den Wäldern kondensiert in der kälteren Luft des Abends. Es wirkt wie eine graue Wand, die langsam näher kommt.

Die Wasserfläche vor der Insel nimmt den grauen Ton auf, das Gold der Wellenspitzen ist verschwunden. Bis zur Nachbarinsel sieht die Wasserfläche wellig aus, ruppig und verschlagen.

Von rechts nähert sich Victors Boot mit eingeschalteten Positionsleuchten. Erst sieht Warren das grüne Licht, dann wechselt es zum roten. ENHET biegt zur Insel ein.

Bei Annäherung kann Warren Victor im Steuerstand erkennen, er fährt selbst. Vorn auf der Ladefläche steht eine Männergesellschaft in Anzügen, mit Schlips und Kragen.

Warren sieht, wie Victor sein Boot an den Stein heranfährt und die Bugklappe absenkt.

Die Männergesellschaft bewegt sich an Land, Victor kommt aus dem Steuerhaus. Mit ihm Henriette, die Warren vorher nicht sah.

Die beiden schließen zu der Gesellschaft auf und gehen Richtung Restaurant.

18

Wie nicht anders zu erwarten, bleibt Charles länger in Oslo. Das findet Warren weniger gut. Um eine sturmfreie Bude geht es ihm auf der Insel nicht. Was der Vater und sein einziger Sohn in diesen Tagen gemeinsam unternehmen, ist für beide sehr ungewöhnlich.

Dieses einfache Haus ist nicht nach Charles' Geschmack. Wenn ländlich, dann eher Martha's Vineyard oder die Bermudas. Hier in den Schären natürlich Sandhamn. Aber es ist diese Insel geworden und dieses einfache Haus. Was war Charles' Idee dazu? Will er etwas nachholen? Warren weiß es nicht, er hatte sich Bedenkzeit erbeten, dann aber eingeschlagen. Und er findet es gut hier. Gut, und sehr ruhig.

Warren entschließt sich, Gun zu besuchen. Die Frau ist rätselhaft, interessant und warmherzig, eine besondere Kombination. Über den Schotterweg geht er nach Norden und weicht auf den Trampelpfad am Ufer aus.

Gun sitzt draußen auf der Bank. Sie trägt einen weiten langen Rock, darunter sieht man käsig weiße Füße, die Haut wie Pergament. Sie schnauft leicht bei jedem Atemzug.

Offensichtlich freut sie sich, Warren zu sehen.

»Wo steckt dein Vater?«

»Ist bis morgen in Oslo.«

»In Geschäften?«

»Ja, Pensionsfonds.«

»Oh, là, là, da geht was. Fetter geht es ja nicht.«

Warren fragt: »Du tradest nach wie vor?«

»Ja, aber nur das Nötigste. Was soll ich hier anderes machen? Mich um die Kühe kümmern? Die werden sich kaum an das halten, was ihnen die dicke Tante Gun sagt.«

»Wie lange bist du schon auf der Insel?«

»Ich bin nur im Sommer hier, sonst lebe ich in Kopenhagen.«

»Bist du Dänin?«

»Ja, das bin ich. Auch wenn ich Svensson heiße. Aber das kommt von meinem ehemaligen Mann.«

»Svensson klingt eher schwedisch.«

»Das stimmt, aber hier im Norden ging es ja immer hin und her. Da war schnell mal ein Name über den Sund gesprungen.«

Die beiden sprechen Englisch, manchmal wechselt Gun aber auch in die deutsche Sprache, die sie auch ziemlich gut spricht.

»Und was hast du früher gemacht? Du hast nicht immer getradet?«

»Nein, das mache ich erst im Alter, ich muss ein bisschen zu tun haben. Eine Zeit lang war ich Ärztin, das habe ich wohl schon erzählt. Ganz normal im Krankenhaus. Das habe ich bis zur Frühpensionierung durchgehalten, danach habe ich diverse Dinge ausprobiert. Und nebenbei bin ich fett geworden.«

»Wie das?«

»Das fragt man aber nicht, junger Mann ... Na gut, wenn du schon fragst, es gibt da ein paar Wunden, die sich bei mir nicht geschlossen haben, ein paar Ereignisse, die nachgewirkt haben, da habe ich es laufen lassen. Nebenbei trinke ich auch gern ...«

Warren wartet, ob noch mehr Erläuterungen kommen.

»In meinem ersten Leben war ich ziemlich propper. Propper kennst du? Fix und fidel, mit allen vier Beinen mitten im Leben. Ich habe auch zwei Kinder ... Aber lassen wir das jetzt! Ich wollte dich doch noch nach diesen Bitcoin-Geschichten fragen. Du kennst dich damit aus?«

»Theoretisch, selbst mache ich damit aber nichts.«

»Ich hab verstanden, dass das Geldtransfers ohne Banken sind, mit technischer Absicherung, mit viel Rechnerleistung.«

»Das ist richtig. Es geht aber nicht nur um Geldtransfers. Du kannst Bitcoin oder Ether als Währung für alles verwenden, kannst Kapitalgesellschaften damit gründen. Die ersten Staaten sind da schon sehr engagiert, auch die Schweiz, die man ja sonst immer für bodenständig und konservativ hält. Oder große Firmen. Und natürlich die Banken selbst. Es gibt aber auch Banken, die ihren Angestellten den Handel mit Bitcoin ausdrücklich verboten haben, in Schweden zum Beispiel.«

»Kann man damit Grundstücke und Häuser kaufen?«

»Ja, klar.«

»Und man kann, wie schon gesagt, Gelder damit transferieren, auch große Summen.«

»Yap.«

»Und das wird nicht geprüft?«

»Das ist ein selbstprüfendes System. Das sind quasi gegenseitige Beglaubigungen auf einem speziellen, technischen Weg.«

»Also doch ein Finanz-Darknet!«

Warren überlegt.

»Das trifft es nicht, aber ich verstehe, dass man das so sehen kann. Klar kann man da auch krumme Geschäfte machen. Wie überall.«

»Könntest du als Computerfreak die Transaktionen sichtbar machen? Bestimmte Transaktionen?«

Warren überlegt wieder.

»Nein, fast nicht. Dafür ist das System zu gut. Höchstens wenn man Zugangsdaten hat, dann natürlich.«

Offenbar hat Gun gehört, was sie wissen wollte. Sie schlägt vor, etwas zu trinken.

»Das kann ich doch holen«, sagt Warren. »Sag mir, wo ich etwas finde.«

»Du gehst einfach in die Küche, dort findest du alles, sogar ein Tablett.«

Warren biegt um die Hausecke, die Tür nach innen ist offen. Das Wohnzimmer wird von einer riesigen Bücherwand beherrscht. Auf einem älteren Foto ist eine sitzende Frau mit einem Baby im Arm zu sehen, am Rahmen steckt eine dänische Flagge aus Papier.

In der Küche findet Warren eine Karaffe, Gläser, Saft und Wasser. Er mischt eine Schorle. Ein kleines Tablett mit eingefassten Fliesen hilft ihm, die Getränke zu befördern.

Beide nehmen einen Schluck. Vor ihnen liegt der Sund. Zwischen ihnen und dem gegenüberliegenden Ufer weht ein frischer Wind, er hat Wellen mit kleinen Schaumkronen aufgeschoben.

Der Platz, an dem Gun und Warren sitzen, liegt geschützt.

»Wie ist es gekommen, dass du dich mit Geldgeschäften auskennst?«

»Das liegt in der Familie, väterlicherseits. Meine Mutter interessiert das gar nicht.«

»Wo ist sie?«

»Sie ist pilgern, also wandern, in Spanien.«

»Allein?«

»Bestimmt nicht lange allein …«

»Was heißt das denn?«

»Sie ist in der Army of Love, wie sie es nennt. Aktives Mitglied. Da findet sich schnell ein Objekt, dem sie sich mit Liebe nähert.«

»Das klingt altertümlich und nicht nur ein klein wenig frivol. Gefällt mir. Vielleicht ist es auch sehr modern!«

»Ja, das kann auch sein.«

Gun räuspert sich: »Es ist möglich, dass ich dich brauche, um etwas Konkretes mit diesen Kryptowährungen herauszufinden. Darf ich dich dann darauf ansprechen?«

»Ja, gern, Gun. Um was geht es denn?«

»Das sage ich dir noch. Wann kommt dein Vater zurück?«

»Spätestens übermorgen.«

»Gut, komm immer gern vorbei, wenn du magst.«

Warren will gehen, dann fällt ihm noch etwas ein: »Ist Victor eigentlich Deutscher?«

»Nein, der ist Schwede. Aber die Familie ist schwedisch-deutsch.«

»Und Hark Meyer ist sein … Onkel?«

»Richtig, das ist sein Onkel. Woher kennst du den?«

»Ich kenn ihn nicht, bin im Netz über ihn gestolpert …«

Zurück nimmt Warren den Schotterweg durch den Wald. Einmal muss er Platz machen, Henriette kommt ihm auf ihrem Quad entgegen. Er stellt sich an den Wegrand, auch sie muss ausweichen. Für einen Moment sind sie sich nahe.

Henriette Olsen ist eine schöne Frau.

19

»Hi, John!«

»Hi, Warren!« Die beiden haben sich zum Zoomen verabredet. Sie sind es gewohnt, sich auf Distanz zu verständigen.

»Wie geht es dir da oben, wie geht es Charles?«

»Charles ist gerade auf Business-Reise, in Oslo bei den Banken.«

»Norwegen ist ein besonderer Staat. Ich fand es dort immer wie in einer riesigen Volkshochschule … Alles geregelt. Keine Proteste, keine Auseinandersetzungen, keine Attentate. Jedenfalls nicht mehr in den letzten Jahrzehnten.«

»Da gab es doch diesen Nazi.«

»Breivik. Du hast recht. Obwohl, er war oder ist kein Nazi. Er ist Islamhasser, wenn ich mich richtig erinnere. War er nicht Mitglied der English Defence League?«

»Da kenn ich mich nicht aus.«

»Diese Leute, ultrarechts und islamkritisch, sehen sich als Verteidiger der jüdisch-christlichen Tradition. Jüdisch-christlich! Du vermutest richtig, dass das nicht zu den Nazis passt. Aber das spielt keine Rolle. Es geht wild durcheinander, und am Ende kommt Massenmord dabei heraus«

»Interessierst du dich für diese Leute?«

»Ich habe sie auf dem Schirm. Sicher ist sicher. Es ist nützlich, ihre kruden Symbole zu verstehen, da gibt es kuriose Sachen. Zahlenkombinationen spielen bei denen eine große Rolle. Oder Buchstabenkombinationen.«

»Was für Zahlenkombinationen?«

»Na ja, nimm 18 oder 88.«

»Und was soll das heißen?«

»Zähl im Alphabet durch, dann weißt du es. A ist 1.«

Warren braucht nicht lange. »A und H. H H.«

»Und?«

»Was und?«

»Was könnte das bedeuten? Du darfst an einen bekannten deutschen Massenmörder denken …«

»Adolf Hitler … und HH?« »Heil …«

»Okay, ich verstehe.«

»Da gibt es vieles, was auch international funktioniert. Zum Beispiel steht 28 für B und H.«

»Und das heißt?«

»Blood and Honour, eine rechtsextreme amerikanische Gruppierung, inzwischen verboten. Aber die 28 ist ja unverfänglich, wird weltweit genutzt.«

»John?«

»Ja?«

»Wie sieht das in Schweden aus? Gibt es hier solche Gruppen?«

»White Power gibt es da auch. Ich glaube, eine Gruppe heißt *Nordische Kraft*.«

»Wo bist du gerade?«

»Ich bin in Acapulco.«

»Mexiko!«

»Schau mal!« John dreht seinen Laptop, auf dem Bildschirm erscheint rötlicher Sandstrand in der Sonne und anbrandendes Meer. Die Kamera befindet sich in einiger Höhe.

»Bist du in einem Hochhaus?«

»Achter Stock.«

»Und das ist der Pazifik?«

»Ganz genau, right, man.«

»Gehst du surfen?«

»Klar, das lass ich mir doch nicht entgehen!«

»Und was machst du sonst noch?«

»Surfen ist schon das Wichtigste … Na ja, ich treffe ein paar alte Freunde.«

»Alte Freunde klingt immer nach irgendwas anderem …«

»Alte Freunde sind manchmal auch einfach alte Freunde. Wir tauschen uns aus. Die haben hier kein leichtes Leben, Mexiko ist bekanntlich kein sehr friedliches Land, aber es gibt Möglichkeiten.«

»Möglichkeiten wofür?«

»Geld zu machen.«

»Verstehe. Dabei hilfst du ihnen …«

»Vor allem helfe ich ihnen, es zu behalten.«

Warren lässt seinen Blick auf das Meer gleiten.

»Wir sind beide am Meer, John.«

»Ja, das stimmt, bei dir ist es mehr ein Meeres-Blinddarm …«

»Das würde ich nicht sagen, es sieht auch nicht so aus. Es ist wunderschön!«

»Warren, du kommst ja richtig aus dir raus!«

»So sieht es nun mal aus.«

»Das ist doch schön!«

»Finde ich auch.«

»Schön, mit dir zu sprechen, Warren. Lass uns das bald wieder tun, ich muss jetzt leider Schluss machen … Guck noch mal!«

John dreht seinen Laptop wieder zum Pazifik. Warren kontert mit einem Gegenschwenk über das Schärengewässer.

»Oh, coll!«, sagt John. Er sagt nicht cool, er sagt coll.

Warren wundert sich: »Du meinst: cool.« John geht nicht darauf ein.

»Bis bald!« sagt er. »Bis bald!«, antwortet Warren.

Beide schalten ihre Kameras auf Schwarzbild.

20

Man sieht den Fluss von hier aus nicht, aber er ist nah. Wie überhaupt jeder Teil des Ortes, der am Hang oder auf dem Geestrücken angesiedelt ist, eine klare Ausrichtung hat: nach Süden, zum Fluss hin. Die lange Flusschaussee, die aus der Stadt über zehn Kilometer herführt, endet hier. Durch Parks und über Wege führt die Route von hier hinunter zum Fluss, in zehn Minuten ist man am befestigten Ufer.

Das Haus in der Nebenstraße der Flusschaussee könnte einen Anstrich vertragen. Um die vorletzte Jahrhundertwende gebaut, hat es schon bessere Zeiten erlebt. Ein stattliches Bürgerhaus mit braunen Fensterrahmen, mit Beletage, zweitem Stock und Dachgeschoss. Eine harmonische Architektur, die Fenster nicht zu groß oder zu klein, mit einer Veranda zum Süden, einem Balkon darauf in der ersten Etage und Gauben im Dach.

Hannes Bornholdt besichtigt das Haus mit Hark Meyer, dem Seniorpartner der Kanzlei, in der der junge Rechtsanwalt arbeitet. Er hatte Glück, gleich nach dem langen Studium diese Chance zu erhalten. Den Ausschlag gab seine Mitgliedschaft in der Aktionsgemeinschaft unabhängiger Deutscher (AUD). Hannes kam während der hohen Zeit der 68er-Revolte in die Stadt: mit ihren Protesten, Sit-ins, Institutsbesetzungen. Das bekannteste Plakat dieser Zeit benannte den Gegner im Lehrkörper: »Unter den Talaren Muff von 1000 Jahren.« In dieser Zeit kam es zu erstaunlichen weltanschaulichen Allianzen. Gegen den Vietnamkrieg der US-Amerikaner war auch Hannes. Kritik am Vietnamkrieg übte auch die AUD. Eine der bekanntesten Personen rund um Hamburg in diesem Kreis *ähnlich Gesinnter war ein Bauer aus Schleswig-Holstein. Ehemaliges Mitglied der SA, SS-Bewerber und NSDAP-Mitglied. Vertreter des Pantheismus und rassistischen Heidentums. »Gegen die Vertreibung aus unserer Erbmasse« – so lautete eine seiner Forderungen. Hannes Bornholdt fand diesen Mann und seine Ansichten faszinierend, er folgte ihm zu Arbeitseinsätzen auf seinem Hof. Bald trat Hannes in die AUD ein. Deren Vereinssatzungen und rechtliche Angelegenheiten regelte der Rechtsanwalt Hark Meyer.*

Ein Kontakt entstand, der ein Leben lang halten sollte. Im ersten Schritt verschaffte Meyer Hannes Bornholdt die Möglichkeit zum Berufseinstieg. Im zweiten Schritt half er ihm mit einer Bankbürgschaft beim Erwerb des Hauses in der Nebenstraße der Flusschaussee. »Nimm das Haus, das kann nicht schaden. Dann hast du was unter den Füßen.« So hatte es Meyer gesagt.

Meyer war nur sechs Jahre älter als Hannes, aber bestens verdrahtet in alle Richtungen der guten Gesellschaft. Im noblen Flussvorort ließ sich für den Anfänger einiges an Kontakten herstellen, der junge Anwalt konnte sinnvolle Aufgaben für die Kanzlei hier vor Ort übernehmen. Nimm hin, Vogel, und gib reichlich zurück!

Der Bauer aus Schleswig-Holstein gehörte später zu den Gründungsmitgliedern der Grünen und wurde auf der Liste zum Europa-Parlament weit oben platziert. Aus diesem Zusammenhang schied er bald aus und blieb einige Zeit Mitglied im Weltbund zum Schutz des Lebens, *dessen deutsche Sektion 2001 geschlossen wurde. Der Bauer blieb ein bekannter Vorreiter für Bioregionalismus. Kauft bei heimischen Bauern ein! Auf der norddeutschen Scholle!*

In dieser Zeit war Hannes Bornholdt schon lange Mitglied der Nationaldemokratischen Partei Deutschlands (NPD).

21

Warren interessiert sich für die aktuelle Speisekarte bei Victor. Er ist hinübergewandert und bemerkt dabei, was für eine angenehme Gewohnheit es sein kann, vom eigenen Haus über kurze Wege zum Nachbarn zu gelangen. Das ist in Manhattan anders. Das hier ist irgendwie … *smooth* kommt Warren in den Kopf, geschmeidig, vor allem auch: frei. Er wundert sich über diesen Gedanken und freut sich daran.

Er steht vor der Schiefertafel, die vor dem Restaurant aufgestellt wurde.

Rib-Eye-Steak vom Elch, angebraten und auf dem Grill gar gezogen. Blumenkohlblätter, leicht getrocknete Hagebutten, Hagebuttenessig. Das klingt ganz gut. Die Vorspeise Lachsrogen in einem warmen Teigschälchen mit getrocknetem Schweineblut interessiert ihn weniger. Gibt es auf der Insel Schweine? Beim Elch hätte er die Frage, ob Victor ihn selbst geschossen hat.

Warren vermutet, dass Victor von Jägern aus der Umgebung kauft. Neulich war eine Gruppe hier, in der traditionellen grünen und braunen Kleidung, mit Langwaffen und Hunden. Sie haben bei Victor gegessen, sind aber auch zum Hof hochgegangen.

Beim Nachtisch hätte Warren Appetit auf das Himbeereis und den Joghurt, das gibt es aber nur mit geriebenen Rüben. Rüben? Noch seltsamer findet Warren den Kiefernborkenkuchen. Darunter kann er sich gar nichts vorstellen.

»Hallo, Warren.« Eine junge Frau aus dem Team spricht ihn an.

»Hi. Man kennt mich also schon …«

»Klar, du warst doch ein paarmal hier.«

»Und du bist …«

»Eva. Blond, schwedisch, Eva.«

Warren grinst, die ist gut.

»Willst du was essen?«

»Noch nicht. Ich war nur gespannt, was ihr heute macht.«

»Ich empfehle dir den Elch und das Eis.«

»Hätte ich sowieso genommen.«

»Kannst du mal sehen! Hatte ich mir auch gedacht. Du bist sonst eher Fast Food gewohnt, nicht wahr? Da wirst du das Normalste aussuchen. Damit der Sprung nicht so furchterregend ausfällt.«

»Könnte stimmen«.

Sie ist also auch schnell im Kopf. Warren findet sie immer besser. Außerdem ist sie tatsächlich blond! Schwedisch blond. Augenfarbe? Bernsteinbraun. Ist das nicht schwedisch ungewöhnlich? *Dazu jetzt bloß nichts sagen! Die würde ihm das sofort zurückspielen …*

»Willst du also was?«

»Brot. Und Butter.«

»Gute Wahl, Bruder. Komm mit!«

Warren folgt Eva die Stufen zum Eingang des Restaurants hinauf und wartet auf der Eingangsveranda. Die Veranden sind hier wichtig. Alle Häuser besitzen diesen lichten Vorbau. Als Entree, als Übergang zwischen draußen und drinnen. Charles und er lieben ihre Veranda schon nach kurzer Zeit. Dort sitzen sie in der Helligkeit, im Licht, draußen, aber geschützt.

Eva kommt mit Brot und Butter zurück. »Wie macht man Butter?«, fragt Warren.

Sie freut sich über die Frage: »Wir machen es natürlich traditionell. Wir schöpfen Rahm ab und lagern ihn in Holztrögen im Erdkeller. Nun verrichten die Kleinlebewesen ihr großes Werk …«

Beim Thema Butter wird Eva dramatisch. Sie reißt die Augen auf und gestikuliert, als wäre sie eine Figur in der Geisterbahn.

»Der vergorene Rahm wird zu Butter geschlagen, gewaschen und heftig gesalzen. Die Butter ist dann fast ein Jahr alt. Je älter, desto ranziger und kräftiger.«

»Ranziger?«

»Probieren, Stadtindianer. Nicht gleich Igitt schreien!«

»Wieso Stadtindianer?«

»Ich kann ja nicht gleich Dummkopf sagen.«

»Nett. Und ab wann sagst du Dummkopf?«

»Wie spät ist es jetzt? In fünf Minuten frühestens.«

Eva hat ihn fest im Blick. Das ist für Warren schön und schrecklich zugleich. Er ist es nicht gewohnt, so offensiv angegangen zu werden. Und er hat noch nicht so viel Erfahrung mit dem, was zwischen Frau und Mann so passieren kann.

»Bist du neulich mit dem Scooter gefahren?«

»Ja. Hatten wir ein paar Tage ausgeliehen.«

»Hättest mich mitnehmen können, auf der Bank ist Platz für zwei.«

Warren staunt: »Klar. Hätte ich theoretisch machen können.«

Eva setzt nach, in ihrem Englisch, das wie Muttersprache klingt. »Beim nächsten Mal Bescheid sagen!«

»Ist leider nichts weiter geplant …«

»Du strengst dich kein bisschen für mich an …«

Warren sammelt sich. Was für eine einschüchternde Art, Gäste anzusprechen. Und faszinierend.

»Willst du segeln? Du gammelst sonst ja nur den ganzen Tag rum …«, fragt sie nun.

»Womit denn?«

»Mit den Kähnen da unten.« Eva weist zum Hafenbecken.

»Die schwarzen Dinger da?«

»Die schwarzen Dinger! BLACK PEARL 1 und BLACK PEARL 2.«

»Die kann man segeln?«

»Klar. Wenn man es drauf hat … Hast du?«

»Ja und nein, nur ein bisschen, nicht super.«

»Aber ich. Also: Machen wir es?«

Nichts lieber als das, denkt Warren, bleibt aber cool: »Klar, sag Bescheid.«

»Klar, sag Bescheid …« Sie äfft ihn nach.

Warren grinst: »Gern, Eva!«

»Na bitte, geht doch. Genug geplaudert, ich muss arbeiten. Ich sag Bescheid!«

»Cool«, entgegnet Warren.

Sie verschwindet in der Küche. Wie sie sich umdreht, ist geil.

Innerhalb von fünf Minuten wächst der Insel für Warren Magie hinzu. Erst die Begegnung mit den Steinen, jetzt die Begegnung mit Eva. *Things happen,* denkt Warren.

Etwas passiert.

Bin ich am richtigen Ort? Wo ich hingehöre?

22

Dieses Gebäude hat Warren bisher nicht beachtet, es liegt auf halbem Weg vom Restaurant zum Hof, am Ende einer kurzen Kette von Gebäuden, die vermutlich früher alle zum Hof gehört haben oder noch dazugehören. Rechts an das Gebäude wurde ein Verschlag für die Hühner gebaut, ihr Auslauf mit Maschendraht verkleidet. Die Hühner laufen auf dem Weg und den angrenzenden Grasflächen herum und picken.

Eines der Tore des lang gestreckten Gebäudes steht halb offen. Warren sieht, dass darin das Schwimmauto geparkt ist, und tritt näher heran. An der Wand des Gebäudes ist ein kleines Schild angebracht, blau, mit den goldenen Sternen der EU. Im Jahr 2007 wurde das Gebäude gefördert. Abgelegene Regionen erhalten Gelder zum Erhalt und zur Eindämmung der Landflucht. Auf dem Schild wird das Haus als *Heimatmuseum* bezeichnet.

Warren besieht sich das Äußere des Gebäudes genauer. Es ist ein alter Holzbau, ein großer Schuppen mit großen Toren, Luken unter dem überragenden Dach. Hier wurde etwas gelagert. Heu, Stroh, Korn? Vermutlich wurde es auf dem Dachboden aufbewahrt und über die Luken wieder herausgebracht.

Durch das halb offene Tor sieht er das Schwimmauto.

Warren bringt sein Gesicht nahe an die Bretter. Da stehen weitere Fahrzeuge. Für ihn sehen sie nach alten Armeefahrzeugen aus, nicht nach landwirtschaftlichen Nutzfahrzeugen. Zwei Motorräder sieht er, alle Fahrzeuge in grün-braun-olivfarbener Tönung.

Er geht weiter am Gebäude entlang, späht auch hier durch die

Ritzen. Hölzerne Tonnen, Gabeln, Forken, Netze, Schautafeln. Das scheint der Teil zu sein, der »Heimatmuseum« ist. Offenbar ist die Nutzung des Gebäudes zweigeteilt.

Ob die Militärfahrzeuge Henriette gehören? Laut Martin gehört ihr zumindest der Schwimmwagen. Was will sie damit? Soll das »Heimatmuseum« um ein »Automuseum« erweitert werden? Er will Eva fragen, was es damit auf sich hat.

Eva … Sie ist bereits in seinem Kopf.

Warren geht weiter Richtung Hof und öffnet das Tor, das die Kuhherde vom Marsch auf das Restaurant abhält. Hinter dem Tor liegt ein zugewachsener Tümpel, vielleicht war das früher der Feuerlöschteich.

Ihm kommt alles ein wenig antiquiert vor, zwar bewohnt, aber schon in der Umwandlung zu anderer Nutzung als früher. Oder auf dem Weg zum Verschwinden.

Vielleicht sieht es auf vielen Inseln so aus. Die alten Nutzungen sind vorüber. Jetzt entsteht Bedarf an Sommersitzen, wie es Gun ja schon macht. Vielleicht nimmt dieser Trend gerade noch einmal zu, mit fortschreitender Digitalisierung ist es für viele Menschen ja egal, von wo aus sie arbeiten.

Charles ist online, Warren kann sehen, dass er eine Nachricht an ihn einspricht.

Warren spricht selbst in sein Smartphone: »Hi, Paps, auf dem Rückweg? Ich fände es cool, wenn wir noch mal ein Motorboot mieten würden. Was meinst du?«

Dann kommt auch schon der File mit Charles' Nachricht: »Hi, Warren, ich bin noch nicht auf dem Rückweg. Muss nach Kopenhagen. Da gibt es das jährliche Treffen bei der weltgrößten Container-Reederei, reichlich Emissionshäuser werden erscheinen, da trifft sich toute l'affaire, the whole business. Ich nehme teil. Nicht vergnügungssteuerpflichtig, aber was soll's … Some golden buckets to fill. Es wird furchtbar werden, alle in einem großen Hotel. Auf dem Zimmer Ölsardinen zur Begrüßung, damit man eine Grundlage für die Drinks der langen Nacht hat. Hilft aber wenig. Ich muss tricksen, mir bekommt das routinierte Saufen gar nicht …«

Die Sprachnachricht bricht ab, offenbar hört Charles jetzt erst, was Warren geschickt hat.

Dann setzte er fort: »Die Idee mit dem Motorboot ist gut, machen wir! Check schon mal, welche es in Vaxholm gibt, und such was aus. Ich kann das Boot auf dem Rückweg mitbringen. Ich melde mich noch, wann ich komme. Bei dir alles okay?«

Warren tippt: »Take care! Behandle deine Leber wie einen guten alten Freund. Ich kümmere mich um das Boot. Hier alles okay. Sogar ein bisschen mehr als das.«

Der letzte Satz erfordert eigentlich eine Nachfrage von Charles. Aber dafür ist offenbar keine Zeit mehr.

23

Das hat Warren noch nicht gesehen: Kühe im Wald. Sie sehen zu groß darin aus und auch ein wenig unbeholfen. Die ersten treten aus dem Wald wieder heraus, stehen auf dem Schotterweg vor ihm, trotten am Zaun des Hofes entlang zur Wiese zurück.

Warren kommt es vor, als ob sie einem bestimmten Ablauf folgen und innerhalb eines Tages einen Kreisweg zurücklegen. Abends kommen sie dann in der Nähe des Restaurants an. Danach verschwinden sie wieder. Wo sie nachts sind, wüsste er gern.

Den Schäferhund interessieren die Kühe nicht. Er bellt, als er Warren sieht. Henriette sitzt auf der Veranda, sie isst gerade. Sie blickt zu ihm herüber. Auf dem Quad war sie ihm nah, da hat er sie erstmals deutlich gesehen. Glattes blondes Haar, längliches Gesicht. Ihre Haare wirkten kräftig und schwer zu bändigen. Ihr Blick war direkt gewesen, ohne Ausweichen. Hat sie ein Piercing in der Nase? Aber das kann ein Lichtreflex gewesen sein.

Es sieht aus, als stünde ein Rollstuhl auf der Veranda. Warren meint, Rückenlehne und Räder zu erkennen. Genau ist es nicht zu sehen. Schon gar nicht, ob jemand im Rollstuhl sitzt. Aber warum sonst soll dort ein Rollstuhl stehen? Warren weiß es nicht, aber es interessiert ihn. Genauso wie ihn interessiert, was historische Armeefahrzeuge im »Heimatmuseum« zu suchen haben.

Warren nimmt sich ein Herz und öffnet die Pforte. Der Hund springt sofort an, streckt die volle Länge der Kette in Richtung des Ankömmlings. Er bellt, springt an der gespannten Kette. Es dauert eine Weile, bis sich die Tür öffnet.

»Aus, Wolf! Aus!«, ruft Henriette scharf. Der Hund stellt das Bellen ein, die Kette aber bleibt angespannt, der Hund ebenso.

»Darf ich näher kommen?«, fragt Warren.

»Was willst du denn?«

»Ich möchte mich kurz vorstellen, Warren Liebermann. Wir wohnen im Moment im Kapitänshaus. Ich habe Ihren Schwimmwagen gesehen, der ist sehr cool …«

»Ja, und?«

»Ich möchte gern wissen, was für ein Fahrzeug das ist.«

Sie tritt ein kleines Stück auf den Rasen vor.

»Komm näher«, sagt sie. »Interessierst du dich für Autos? Es gibt nicht viel zu erzählen, das ist ein deutsches Auto, ein Volkswagen.«

Sie stehen nicht mehr weit voneinander entfernt. Sie spricht Deutsch mit ihm.

»Für solche besonderen Autos interessiere ich mich. Da stehen ja noch mehr spannende Fahrzeuge im Museum ...«

»Aha, wie hast du die denn gesehen?«

»Man kann durch die Ritzen schauen.«

»Und was hast du gesehen?«

»Alte Militärfahrzeuge.«

»Na ja, Militärfahrzeuge ... Ein paar Oldtimer.«

Henriette trägt ein kariertes Hemd und eine dunkle wollene Hose. Ihre Füße stecken in Clogs. Sie lädt ihn ein, auf einem der hölzernen Gartenstühle vor dem Haus Platz zu nehmen. Der Hund hat sich auf den Rasen gelegt, seinen Kopf zwischen seine Pfoten. Er beobachtet Warren.

Henriette sitzt ihm gegenüber, sehr aufrecht. Erneut fällt ihm ihr kräftiges Haar auf. Vielleicht ist sie viel draußen, das Haar sieht ausgebleicht aus.

»Bist du Deutscher? Jedenfalls sprichst du ohne Akzent.« Offensichtlich ist sie gespannt auf seine Antwort.

»Ich habe Deutsch von meinen Großeltern gelernt. Mein Großvater stammt aus Hamburg. Meine Mutter spricht auch überwiegend Deutsch mit mir. Mein Vater ist Amerikaner.«

»Du heißt Liebermann?«

»Ja, Warren Liebermann.«

»Liebermann klingt jüdisch.«

»Das stimmt. Die Familie kommt ursprünglich aus England.«

»Und dein Vater stammt aus dieser Familie?«

»Nein, meine Mutter. Mein Vater heißt Fabianski.«

»Das klingt polnisch. Auch jüdisch?«

»Zur Hälfte. Meine Großmutter war jüdisch, mein Großvater katholisch.«

»Das ging?«

»Warum nicht?«

»Das ist sicher schwierig gewesen. Aber sie haben es ja überlebt …«

Warren weiß nicht, warum sich die Frau so sehr für die Religion interessiert.

»Religion hat bei uns keine große Bedeutung, meine Mutter ist wirklich nicht orthodox.« Er muss schmunzeln über das, was er gerade sagte. »Sie ist Fan von Papst Franziskus!«

»Vater Pole und Halbjude, Mutter jüdischer Fan der katholischen Kirche. Das klingt reichlich unrein. Was macht dein Vater denn beruflich?«

»Er ist Vermögensverwalter und Investor.«

»Geldgeschäfte.«

»Ja.«

»Das konnten die Krummnasen immer gut.«

Sie legt ihren Kopf zur Seite und sieht ihn prüfend an.

»Und jetzt seid ihr für ein paar Tage auf der Insel?«

»Oder ein bisschen länger. Das steht noch nicht fest.«

»Victor hat euch das Kapitänshaus vermietet …«

»Ja. Darf ich fragen, ob Ihnen die Insel gehört?«

Warren hat den Eindruck, das Gespräch könnte bald zu Ende sein, er will noch ein paar Informationen einsammeln.

»Nein, gar nicht. Das ist Naturschutzgebiet im Besitz des schwedischen Staates. Wir sind nur Pächter. Das allerdings auf Lebenszeit meines Vaters.«

»Und Ihr Vater lebt hier auch?«

»Du bist neugierig, Junge …«

Sie macht eine Pause.

Dann fragt sie: »Kennst du den Ausdruck *Der harte Norden*?«

»Nein, was ist damit gemeint?«

»Das, wo wir hier sind. Wir leben auf den Resten uralter Gebirge, entstanden vor ein bis zwei Milliarden Jahren. Das Gestein ist sehr hart, hauptsächlich ist es Gneis. Es gibt auch Granit, Porphyr und Diabas.«

»Die Namen habe ich noch nie gehört!«

»Solltest du aber. Und wissen, wo du hier bist. Auf einem Buckel ältester Erdgeschichte, dem harten Norden der Welt.«

»Das merke ich mir.«

»Es gibt viel darüber zu erfahren. Und über die Völker des Nordens. Zu denen die Deutschen ebenso gehören wie die Dänen, Schweden oder Norweger. Alles starke nordische Völker.«

Warren sieht, dass über dem Eingang zum Haus die 1888 eingeritzt ist, wie beim Restaurant. Ebenfalls mit den Zahlen 20 und 4 auf beiden Seiten.

Er zeigt darauf: »Das steht auch beim *Victors*. Sind die Häuser am selben Tag gebaut?«

Die Frau blickt zu den Zahlen hinauf. »Hier hängt alles eng zusammen … Wir sind eine Einheit, ein starkes Inselvolk.«

Sie reicht ihm die Hand. Was in Corona-Zeiten ungebräuchlich geworden ist. Warren erschrickt fast. Ihre Finger schließen sich kraftvoll um seine. Eine harte Hand. Sie sieht trainiert aus.

Warren wundert sich über seine Assoziation: *Eine Frau aus dem harten Norden.*

Der Hund hat sich mit ihnen erhoben, die Kette ist gespannt. Warren blickt zum Hund. Die Frau sagt: »Wolf ist nur wachsam. Das soll er auch sein. Wir alle müssen wachsam sein. Wir begegnen uns sicher wieder auf den Wegen.«

Warren sagt noch: »Kennen Sie im Wald dieses Zeichen am Baum? Wie ein Sonnenzeichen?«

Sie stutzt, wundert sich vielleicht über die Frage. Vielleicht auch darüber, dass er sich so gut auskennt.

»Ja, das kenne ich. Ein uraltes Zeichen für die Sonne. Das ist dort schon lange zu sehen. Ich erneuere es, wenn es zu blass geworden ist.«

»Das finde ich gut.«

»Warst du in den Steinen? Wie war es?«

»Was?«

»In den Steinen!«

Warren sucht nach der richtigen Beschreibung.

Dann sagt er: »Hell und warm.«

Die Frau lächelt.

»Nicht schlecht für einen Anfänger. Vielleicht bist du einer von uns.«

Sie nimmt Wolf von der Kette und führt das Tier ins Haus.

24

Die am wenigsten besuchten Tage liegen für ein Restaurant inmitten der Woche. Am Mittwoch ist es besonders ruhig. Eva hat sich bei Victor abgemeldet und bei Warren ans Glas der Veranda geklopft: »Mach dich klar, wir können los!«

»Wie los, womit?«

»Segeln.«

»Mit dem Kahn?«

»Mit dem Kahn!«

»Was soll ich anziehen?«

»Eine Jacke gegen Spritzwasser ist gut. Und nicht zu wenig anziehen, wir sind auf dem Wasser!«

»Okay, ich komm gleich.«

»Schlaf nicht ein. Ich hole Proviant und bin dann unten am Boot.«

Eva geht zum Restaurant zurück. Sie ist ein Vogel, den er mag. Warren weiß nicht, warum ihm das Wort *Vogel* eingefallen ist. Aber sie flattert gerade in sein Leben.

In Hamburg hat sich für ihn nichts Festes entwickelt, er war auch nicht richtig interessiert gewesen. In Sidneys Nähe war so etwas zudem nicht einfach. Wenn er jemand nach Hause gebracht hätte, hätte sie mit dem Mädchen über alles Mögliche gequatscht, sehr ernsthaft, sehr tiefgehend, sehr lange. Das Mädchen wäre auf dem Weg zu ihm in der Mutterschleuse steckengeblieben.

In New York war es anders gewesen, dort hatte er eine Freundin gehabt. Sie hatten gemeinsam die Highschool besucht. Aber am Ende fehlte die Zeit.

Und jetzt war er mit seinem Vater unterwegs. Streng genommen gerade ohne Charles, was Warren heute sehr angenehm findet. Charles muss noch seinen Stresstest in Kopenhagen überstehen, mit Ölsardinen und Alkohol bis zum Abwinken. Er wird nicht plötzlich mit dem Motorboot um die Ecke biegen, vor allem nicht im falschen Moment.

Eva hat eine der vorderen Leinen schon gelöst. Altertümliche, dunkle Leinen, die nach Teer riechen.

Sie drückt ihm einen Riemen in die Hand, schwarz wie alles auf diesem Kahn.

»Schieb uns damit nach hinten raus«, ordnet sie an und löst die vordere Leine. Sie geht nach achtern und zieht an der Leine, die zu einer kleinen Boje führt. Warren schiebt das Boot in diese Richtung.

Eva löst die Leine von der Boje und kommandiert: »Setz dich mit hin.« Sie klopft auf die Sitzbohle, die quer durchs Boot läuft.

»Leg deinen Riemen in die Zepter.« Sie weist auf zwei hölzerne kurze Streben, die aus dem Holz ragen, und legt einen zweiten Riemen auf die andere Seite in ebensolche Hölzer.

Auf der Bank sitzend, zeigt sie Warren, wie er die Riemen bewegen soll, damit sie erst weiter nach achtern fahren, dann langsam drehen und nach vorn aus der Hafenausfahrt gelangen.

Warren hat in seinem Leben nicht viel gerudert, diese Übung ist für ihn nicht einfach. Sie müssen darauf achten, dass sich ihre Bewegungen am Riemen ergänzen.

Der schwarze Kahn schiebt sich auf das Schärenwasser hinaus.

»Ich dachte, wir wollen segeln?«

»Lass uns erst ein bisschen Abstand haben, hier sind noch ein paar Steine unter Wasser. Diese Boote sind nicht so leicht zu steuern.«

Die Mitte zwischen den beiden Inseln scheint der richtige Ort zu sein. Eva reicht Warren eine Schwimmweste und bindet sich selbst eine um.

»Ich muss die Fock noch kurz anschlagen.«

Warren sieht, dass Eva ein dreieckiges rotes Segel vor dem Mast befestigt und Leinen nach hinten legt. »Das sind die Schoten«, sagt sie. Danach löst sie die Leinen, mit denen das ebenfalls rote Hauptsegel um den Mast gewickelt ist. Ein langer Holzstab senkt sich mit herab. »Das ist der Baum, darauf musst du aufpassen, der kann dir sonst gegen den Kopf schlagen. Ich hab keine Lust, mich um dich als Patient zu kümmern …«

»Sehr witzig«, sagt Warren. »Ich hab etwas Ahnung vom Segeln, aber auf diesem Kahn ist alles antiquiert.«

»Dann kann ich ja normal mit dir reden: Zieh die Großschot dicht.« Warren zieht, auf das große Segel kommt jetzt Druck. Dann soll er auch an der Schot der Fock ziehen. Beide Segel sind jetzt mit Wind gefüllt.

Überraschend schnell nimmt der Kahn Fahrt auf und gleitet mit einer kleinen Bugwelle durch das klare Wasser. Alle Behäbigkeit ist vom Boot abgefallen.

»Der Kahn segelt gut«, sagt Warren.

Eva sitzt achtern an der Pinne. »Ja, das sind gute und schnelle Boote. Ein alter und bewährter Riss, nichts für die offene See, aber zwischen den Schären sind sie fast perfekt.«

Sie steuert das Boot durch das enge Fahrwasser vor Guns Haus. Gun sitzt draußen wie fast immer. Eva winkt ihr zu.

»Ihr kennt euch?«, fragt Warren und winkt dann auch.

»Wer kennt sich hier nicht!«

»Ich war schon bei ihr.«

»Da wird sie sich gefreut haben! Alleinsein hat seine Grenzen.«

»Findest du?«

Eva blickt ihn frech an und sagt: »Oh Boy, nicht so schnell! Du kannst die Schoten etwas lösen, um nicht zu sagen: fieren. Aber langsam. Nicht ruckartig. Mit Gefühl, wenn du das hast …«

Warren macht, was sie sagt. Eva lenkt etwas weg vom Wind, raus aus dem Sund in Richtung offenere See.

BLACK PEARL 1 nimmt weiter Fahrt auf. Ein wenig Welle steht im Sund, manchmal beschleunigt das Boot die Wellen hinunter, rutscht, bevor sich der Bug wieder hebt und der nächste flache Hügel erklommen wird. Ein guter Rhythmus. Hinunter und wieder hinauf.

Warren fühlt sich mit dem Boot wohl, mit der Geschwindigkeit, dem Wind, den Wellen. Und mit Eva.

»Wir biegen da vorn ab und machen an einer Schäre fest. Ich hab was zum Picknicken mit.«

»Brot und ranzige Butter?«

»Auch.«

25

In die kleine Bucht der äußeren Schäreninsel ist eine hölzerne Steganlage gebaut worden, landseitig an rundgeschliffenen Granitsteinen befestigt. Die verbauten Hölzer sind verwittert und ausgewaschen. Eine Art Laden, mit Sitzgelegenheiten drinnen und einer Bank vor dem Eingang, bietet vor allem geräucherten Fisch an, aber auch Kaffee, Brot und gekühlte Getränke.

An den Wänden hängen alte Fotos des Hafens, wenn man ihn überhaupt Hafen nennen soll, so schmal ist er. Die einlaufenden oder schon vertäuten Boote müssen Abstand halten, es ist eng, die Einfahrt nur sehr langsam möglich.

Es ist ein sehr überschaubares kleines und sehr altes Fischerdorf, das jetzt vor allem als Erholungs- und Rückzugsort für die Sommerfrische genutzt wird.

»Wir gehen erst mal hoch zum Leuchtturm.« Eva gibt auch hier die Richtung vor.

Hier draußen, näher am offenen Meer, ist der Bewuchs spärlich. Immerhin, in den Schründen und Spalten des Gesteins haben sich Pflanzen angesiedelt, hier und da wächst ein kleiner Busch in einer vor dem Wind geschützten Senke.

Der Leuchtturm ist aus Stahl, mit gespreizten Beinen steht er auf der höchsten Stelle, der Glaskubus mit dem Leuchtmittel weit oben im Wind. Der Rand des Schärengürtels ist erreicht, nur noch einzelne Klippen ragen aus dem Meer, manche knapp unter der Wasseroberfläche, erkennbar an den schäumend schlagenden Wellen, die sich um die Untiefe winden.

Eva und Warren stehen unter dem Leuchtturm. Im Halbrund

ist die Horizontlinie gerade, die Kimm zwischen Wasser und Luft, Meer und Himmel. Einige Segler ziehen mit ihren Dreieckssegeln vor den Schären in sicherer Tiefe draußen vorbei.

Eva hat Warren von hinten umfasst. Sie ist so groß wie er. Und hat starke Arme. Es ist schön. Er dreht sich zu ihr um, sie stehen Bauch an Bauch.

Sie sieht ihn herausfordernd an: »Und jetzt?«

Eva greift seinen Kopf und setzt einen zarten Kuss auf seine Lippen, nur kurz. *Lange genug, um sich immer wieder daran erinnern zu können.* Als wäre etwas schon vorüber, bevor es begonnen hat.

Für einen Moment ist es ihr Ort, ihr Wind, das Meer das ihre.

Eva streicht Warren durch den Haarschopf: »Komm, Wuschel, wir gehen wieder runter. Wir wollen vor der Dämmerung zurück sein, wir haben keine Positionslichter mit. Außerdem sind die Felsen bei Dunkelheit schlecht zu erkennen.«

Sie lässt ihren Arm um ihn gelegt, als sie versuchen, eng beieinander die Felsen hinunterzugehen. Das gelingt erstaunlich gut, Warren fühlt gern ihre Hüfte an seiner.

Sie legen mit der *Pearl* zügig ab, sie sind schon aufeinander eingespielt.

Eine gute Seemeile müssen sie im Hauptfahrwasser zwischen den Schären segeln, dann wird Eva in ein unbetonntes Nebenfahrwasser abbiegen. Das ist riskant, aber Warren traut es ihr zu, weil sie es sich zutraut.

Die Sonne hat sich gesenkt, ihr heller Ball berührt die Silhouette der Wälder am Küstenstreifen des Festlands. Eva hat die alte Jolle gut im Griff. Beide sind mit den Einstellungen der Segel in den leicht böigen Situationen hinter und zwischen den Inseln beschäftigt.

Eva steuert gut, findet Warren. Er sieht sie gern an der Pinne sitzen, sieht sie gern an. Er ist sehr angetan. Und Eva hoffentlich auch.

Die Rücktour ist nicht wie die Hintour, jetzt ist es etwas Gemeinsames. Es ist noch nicht klar, wohin es führt. Klar aber ist, dass das Geschehen eine Richtung bekommen hat. Sie sind wie Boote auf dem Meer. Zwei Boote, ein Boot.

Es ist kalt geworden. Zwischendurch hat Eva gefragt, ob Warren steuern wolle. Aber er hat es sich auf der Holzbank an Steuerbord gemütlich gemacht und genießt den Blick und die Fahrt. Sie ziehen eine Spur, ein Kielwasser, das sich hinter ihnen wieder glättet.

Sie erreichen die Einfahrt zur Nordspitze der Insel, den einzigen segelbaren Weg zum Hafen. Guns Haus ist beleuchtet, sogar aus dieser Entfernung sieht man sie in ihrem Wohnzimmer am Tisch sitzen. Henriettes Quad parkt vor Guns Haus, sie ist aber nicht zu sehen. Warren fragt sich, was sie schon wieder bei Gun macht. Von welcher Art ist ihre Beziehung? Er könnte Eva fragen, aber sie ist darauf konzentriert, bei dem ins Grau wechselnden Licht die Tonnen zu sehen und sicher hindurchzusteuern.

Kurz vor dem Hafen löst Warren die Leine des Großsegels, mit der es hochgezogen wurde, und lässt das Segel langsam herunter.

»Etwas schneller«, sagt Eva, »sonst haben wir zu viel Fahrt!«

Sie schickt Warren an den Bug und greift nach der Boje, an der der Kahn im Hafen achtern vertäut ist. Warren hält den Kahn vorn am Steg fest, befestigt die vordere Leine an einem Poller.

Ein wenig Wasser ist noch aus der Bilge zu schöpfen und der

geleerte Picknickkorb an Land zu setzen. Ihr Kahn liegt fest vertäut.

»Und?«, fragt Warren. Sie stehen unterhalb des Restaurants, das nicht erleuchtet ist.

»Was und?«, kontert Eva, ihn imitierend und herausfordernd.

Dann sagt sie: »Theoretisch können wir es probieren.«

»Was probieren?«

Eva rollt mit den Augen.

»Okay, okay«, beschwichtigt Warren. »Blöde Frage, gebe ich zu …«

»Für heute ist an dieser Stelle Schluss, Schatzi!«, sagt sie. »Vorfreude bleibt die schönste Freude!«

Warren ist anderer Meinung, aber sie befinden sich im 21. Jahrhundert, und die Frau hat einen klaren Standpunkt geäußert.

»Okay«, sagt er also.

»Okay?«, wiederholt Eva, »okay? Du bist eine Memme, Warren Liebermann, aber ich mag dich … soviel ich bis heute weiß.«

Eva packt den jungen Mann und küsst ihn.

Er greift Eva unter den Pullover.

»Wir können es ja probieren, spaßeshalber!«, sagt er.

»Spaßeshalber? So, so, du kleiner Judenbengel. Spaßeshalber also!«

26

BORNHOLDT steht in großen Frakturlettern auf dem Messingschild an der Haustür, darunter der Schlitz zum Einwerfen der Post. Der Mann, der aus dem Haus tritt, ist altertümlich gekleidet. Er trägt Knickerbockerhosen und Kniestrümpfe zu Haferlschuhen, festen Wanderschuhen. Obwohl die Temperatur frisch ist, hat er keinen Mantel an, ein Oberhemd genügt ihm. Der Mann ist Mitte 30, sein Auftreten hat etwas aus der Zeit Gefallenes. Er ist kräftig, groß, nicht übergroß, stattlich. Sein Gesicht weist grobe Züge auf. Der Henriquatre-Bart, mit glattrasierten Wangen und Hals, ist ungepflegt und zu lang. Das Kopfhaar liegt rechts gescheitelt.

Eine Frau folgt ihm, vorsichtig tastet sie die Stufen der Treppe vor der zweiflügeligen Eingangstür hinunter. Es sieht aus, als würde sie sich ihrer Schritte nicht sicher sein oder nicht gut sehen. Der Mann öffnet die hintere Tür eines alten Mercedes. Aus dem Haus trägt jemand einen Korb mit einer Decke darin und setzt ihn neben die Frau auf das Polster der Rückbank.

Das leise Flehen eines Kindes ist zu hören, eines Babys. Es ist in dem Korb nicht zu sehen, es muss noch sehr klein sein.

Hannes Bornholdt schließt die Tür und geht um den Wagen herum zur Fahrertür. Er startet den Motor, das Auto ruckt an und biegt nach wenigen Metern links in die Flusschaussee.

27

Gun und Henriette sitzen auf der Bank vor Guns Haus. Das Quad parkt schräg vor ihnen, es riecht nach dem warmen Motor. Ihre Füße stehen auf Walderde. Auf einer dünnen Schicht Humus, über lange Zeiten abgelagert, wunderbar weich, einige Kiefernnadeln liegen wie hingestreut auf der Oberfläche.

Die Frauen haben Tassen mit Kaffee neben sich stehen. Er sorgt für den Geruch von fernen Ländern, warmer Sonne, Plantagen, Terrassenanlagen in Südamerika.

»Andere Völker«, sagt Henriette.

»Worüber sprichst du?«, fragt Gun.

»Über den Kaffee. Es sind andere Völker, die Kaffee haben.«

»Aber du möchtest jetzt nicht auf Zichorienkaffee wechseln, nicht wahr?« Henriette lächelt.

Das Wasser des Sundes schwappt mit ganz kleinen Wellen auf die abgeschliffenen Steine am Ufer vor ihnen. Das Meer leckt am Gestein, wie es das seit Jahrtausenden tut. Gun blickt auf die Begegnung von Land und Meer.

»Wir heben uns noch«, sagt Gun, »der harte Norden hebt sich noch immer. Wenn auch nur millimeterweise.«

»Weiß ich doch«, sagt Henriette, »die Last des Eises ist weg, es geht nach oben. Das geschieht nicht in tausend Jahren, man muss in längeren Zeiträumen denken. Was sind schon tausend Jahre … Wir sind keine Kaffeepflücker. Wir sind aus ganz anderem Stein.«

Es ist später Vormittag. Die Sonne steht schon hoch und hat sich Richtung Ausgang des Sundes bewegt.

Die Steine bekommen langsam Temperatur, und die Thermik

setzt ein, die beiden können es an der Bewegung des Wassers erkennen. Leichter Wind ist aufgekommen und gibt den Wellen deutlichere Konturen.

»Der Junge ist neugierig«, sagt Henriette.

»Welcher Junge?«

»Der im Kapitänshaus wohnt, mit seinem Vater.«

»Der Vater ist gerade nicht da, in Geschäften unterwegs.«

»Was für Geschäfte?«

»Big Business. Das große Rad des Kapitalismus. Global! Er ist in Oslo.«

»Die Norweger verkaufen ihr eigenes Volk. Das sind Verräter.«

»Ja, denen ist egal, wo sie investieren, stimmt.«

»Sie arbeiten mit den Kaffeepflückern auf der ganzen Erde zusammen. Und mit den jüdischen Geschäftemachern. Mit Gates, Zuckerberg, Bezos, Musk … Du wirst sehen, dass die Juden zuerst geimpft werden. Die haben die Deals doch schon gemacht …«

Gun unterbricht den Monolog, der gerade Fahrt aufnimmt: »Was ist mit dem Jungen? Wieso neugierig? Was meinst du?«

»Er hat im Museum rumgeschnüffelt. Angeblich durch die Ritzen geblinzelt. Blödsinn. Er war drin und hat sich umgesehen.«

»Und, hat er verstanden, was du sammelst?«

»Ich glaube nicht.«

»Aber er ist schlau. Da hast du recht.«

»Eva macht das schon …«

»Was ist mit Eva?«

»Sie hat ihn im Griff.«

»Eva?«

»Ja.«

»Woher weißt du das?«

»Von Victor. Sie waren schon zusammen segeln.«

»Okay. Ich treffe ihn auch ab und zu. Er hat Ahnung von Geldgeschäften, ganz der Vater.«

»Der Junge?«

»Klar, die sind heute früh dabei.«

»Interessant.«

Der Wind nimmt zu, die Wellen auf dem Sund bilden kleine Schaumköpfe aus.

»Wie geht es Hark?«

»Weiß ich nicht, ich war lange nicht mehr drüben.«

»Hat Victor nichts gesagt?«

»Nichts Besonderes. Also scheint alles okay zu sein.«

»Und dein Vater?«

»Geht so.« Henriette sieht besorgt aus.

»Das ist nicht gut!«

»Nein.«

»Sie werden dir fehlen …«

Henriette sieht Gun empört an. »Sie sind beide noch am Leben! Und das werden sie auch bleiben!«

Gun beschwichtigt: »War ja nicht so gemeint … Aber du musst dich vorbereiten, Gottes Wege sind unerschöpflich und rätselhaft. *Wir sind nur Gast auf Erden …*«

»Hör auf, Gun!«

»*… und wandern der ewigen Heimat zu …* Das gefällt dir doch auch …«

»Hör mit deinen Kirchensprüchen auf! Die Pfaffen sind keine von uns!«

»Ach, das würde ich so nicht sagen … Und wer ist das schon: wir?«

Henriette schaut wütend und erstaunt. Immer diese Widersprüche bei Gun. Ist sie nun eine aus der Bewegung oder ist sie es nicht?

Henriette bringt ihre Tasse nach drinnen, stellt sie in das Abwaschbecken, kommt zurück und steigt auf ihr Quad.

Sie startet den Motor, setzt zurück, schlägt den Lenker ein und fährt langsam an Gun vorbei Richtung Schotterweg.

Gun winkt.

28

Das Boot gleitet den Sund hinauf. Die Motoren haben es so weit aus dem Wasser gehoben, dass nur noch wenig vom Rumpf eingetaucht bleibt. Die beiden Motoren am Heck sorgen für mächtigen Schub. Charles' Haare wehen nach hinten, sein Kopf ragt über das kleine Schutzglas am Steuerstand hinaus, er steht an den gepolsterten Drehstuhl gelehnt. Links liegt die Insel, er kann schon das Fahrwasser um die nördliche Spitze sehen. Jetzt gilt es, die Fahrt herauszunehmen.

Nachdem er die Spitze passiert hat, belässt er es bei langsamer Fahrt. Langsam gleitet das geliehene Motorboot Richtung Hafen. Er kann das Kapitänshaus sehen. Und er sieht Warren, der vor das Haus getreten ist und winkt.

Die großen Außenbordmotoren surren leise. Es ist ein amtlich großes Boot, zehn Meter lang. Charles muss an den Stegen für die Gastboote festmachen, im kleinen Hafen direkt beim Restaurant nähme er zu viel Platz ein. Warren nimmt den Bug in Empfang, greift die vorn befestigte Leine, macht sie an einem eisernen Ring fest. Charles hat achtern zu beiden Seiten Leinen an zwei Bojen befestigt, die das Boot vom Steg wegziehen.

Warren klettert an Bord und begrüßt Charles: »Hast du das in Vaxholm bekommen?«

»Nein, ich komm direkt aus der City, aus Stockholm, hat nicht lange gedauert!«

»Das glaube ich. Du hast ja auch zweimal 200 PS dran! Sehr cool! Was macht der denn nun wirklich?«

»Ich bin mit 20 Knoten gefahren, wo es erlaubt ist. Aber da geht viel mehr!«

»Lass uns das doch kurz ausprobieren!«

»Jetzt noch? Ich würde gern ins Haus gehen, bin ziemlich durch …«

»Ach komm, eine kleine Runde!«

Charles ist nicht wirklich überzeugt, lässt sich aber breitschlagen. Der Schlüssel am Armaturenbrett wird erneut gedreht, die vordere Leine wieder gelöst. Langsam ziehen sie sich nach hinten vom Steg weg. Warren setzt sich auf den gepolsterten Steuersessel. Ein stabiles Möbel, der Fuß mehrfach fest verschraubt, zwei Armlehnen. Charles übergibt Warren zügig das Steuer.

Als Warren die beiden Hebel gleichzeitig nach vorne schiebt, merkt er, warum der Stuhl so ist, wie er ist. Das Boot ruckt an wie ein Rennpferd, das mit den Hinterbeinen Power gibt. Pure Kraft schaufelt das Meer unter dem Boot durch, der Bug hat sich nach oben geschoben, das Boot liegt kaum noch im Wasser. Warren hat noch nicht einmal die volle Leistung abgerufen, aber es wäre auch zu gefährlich, das Nebengewässer ist unbetonnt und weist diverse Steinklippen auf.

Er lenkt das Boot in die Richtung, die Victor abends einschlägt, wenn er nach Hause übersetzt. Dort muss es ja tief sein und gefahrlos zu fahren. Charles verfolgt den Kurs auf dem Kartenplotter und hat keine Einwände.

Das Schärengewässer gleitet rechts und links an ihnen vorbei. Kleine Wellen sorgen für eine leicht vibrierende Fahrt, das Boot flattert, bleibt aber stabil.

»Das ist noch mal etwas anderes als der Flug mit den Scootern!« Warren blickt von dem sicheren Sitz auf das glitzernde Meer, unter sich ein großes und ungeheuer kräftiges Boot. Warren steuert. Jetzt ist er der Kapitän. Volle Energie. Wind und Wasser und Sonne. Kraft und Freude.

Vor ihnen tauchen Steine und eine Boje auf. Keine der offiziellen, vielleicht eine Fischerboje? »Von Victor, damit er schnell durchfahren kann!«, ruft Warren. Charles antwortet schulterzuckend. »Kann sein«, ruft er zurück, »jedenfalls geht es da durch, halte dich nah an die Boje, der Abstand links zu den Steinen ist gering. Und: jetzt langsam!« »Okej«, sagt Warren, er hat die Geschwindigkeit schon deutlich gesenkt, der Bug hat sich aufs Wasser gelegt, jetzt hören sie wieder das Blubbern der Motorkühlung.

Rechts ist eine Ansammlung von Häusern zu sehen, einige ältere, rot oder gelb gestrichene Holzhäuser. Rund um die kleine Bucht gruppiert, leicht versetzt an den ansteigenden Hängen. Wie ein kleines Bergdorf am Wasser.

»Wie eine Miniaturausgabe von zu Hause«, sagt Warren.

»Wie meinst du das, wie in Hamburg?«

»Ja. Nur viel kleiner. Aber auch so eng beieinander, dass man sich gegenseitig in die Fenster sieht.«

»Ja, ein bisschen. Wirkt aber doch anders, ist eben nicht Stadt.«

»Klar.«

Ein liebliches Ensemble aus Häusern, Rasenflächen, Fahnenstangen, Bretterbuden, Netzpfählen, vertäuten Booten.

Auf der linken Seite der Bucht liegt etwas abseits ein vergleichsweise moderner Bau, auch in Holz, aber mit deutlich größeren Fenstern, die bis auf den Boden reichen, mit einer großzügigen Terrasse davor. Die Holztäfelung des Hauses ist in hellem Grau gestrichen. Ein Makler hätte annonciert: »Architektenhaus«.

An einigen Stellen ist die Terrasse an den Granitrücken der Insel geschmiegt, die Bohlen sind so zugeschnitten, dass ihre Enden der Form des Steins folgen. Ohne Zweifel das Haus einer Familie mit Geld und Einfluss. Wie sonst hätte man hier ein solch modernes Gebäude errichten dürfen? Alles geschmackvoll gelöst, auch wenn man sich darüber streiten könnte, ob diese moderne Bauweise zu den anderen alten Häusern passt. Aber muss denn immer alles passen? Es kann sich auch absetzen und dadurch anders sein.

»Cool!«, sagt Warren.

»Ja, gut gemacht«, sagt Charles, »von jemand mit Stil.«

»Und Geld.« Charles lächelt.

»Überschaubar«, sagt er.

Auf dem Grundstück ist eine der üblichen Fahnenstangen zu sehen, aufgezogen ist eine der bekannten skandinavischen Kreuzflaggen. Nur die Farbgebung ist den beiden unbekannt.

»Das sieht aus wie die norwegische Fahne mit den deutschen Farben«, sagt Warren.

»Stimmt. Habe ich noch nie gesehen. Vielleicht ein ausgewanderter Deutscher?«

Sie sind sehr langsam einen Bogen durch die Bucht gefahren. Vor dem Haus hat Warren das Gas gänzlich weggenommen.

Sie schieben nur noch behutsam vorwärts und treiben durch den Wind in Richtung des Hauses, genauer gesagt in Richtung des dort vertäuten Bootes.

Ein klassischer hölzerner Motorcruiser, vermutlich ein Neubau nach alten Rissen, vielleicht aus Mahagoni, jedenfalls von erlesener Form und aus edlen Materialien gebaut.

»Geiles Boot«, sagt Warren. Charles stimmt zu. Das ist seine Welt. So etwas ist ein Accessoire aus der Welt des dezenten Reichtums.

»Was kostet so was?«

»Schwer zu sagen, ein paar Hunderttausend. Es gibt ja nur noch wenige Werften, die so was bauen.«

»Schwedische Kronen?«

»Dann ein paar Millionen.«

Sie sind dem Boot jetzt sehr nahe, sehen sich die Details an. Chrom statt Messing, modern, aber klassisch, blitzblank poliert. Jemand muss häufig Hand anlegen, um diesen Standard zu halten.

Dieser Jemand könnte der Mann sein, der sich gerade über die Terrasse nähert. 30 Jahre mag er sein, er hat ein wettergegerbtes Gesicht, die dunkelblonden Haare sind sonnengebleicht. Ein Typ, der auch einen Yachthafen leiten könnte.

»Superboot!«, ruft Charles ihm zu. Der Mann hebt den Daumen.

»Ein schwedischer Bau?«, fragt Charles. Der Mann senkt den Daumen.

»Polnisch?« Der Mann dreht den Daumen wieder nach oben.

Charles hat richtig getippt: »Da kann man günstig und gut bauen lassen. Ich senke die Preisangabe etwas«, sagt Charles zu Warren.

Warren ruft hinüber: »Wissen Sie, wo Victor Meyer wohnt?«

Der Mann ruft: »Ja. Warum?«

»Wir kommen von drüben, wir wohnen bei ihm.« Der Mann hebt wieder den Daumen. »Victor wohnt hier.«

»Alles klar«, ruft Warren, »danke!«

Der Mann hebt die Hand zum Gruß und wartet darauf, dass Warren den Gashebel nach vorn legt. Langsam und behutsam zieht das Boot an.

Sie sehen gerade noch, wie eine andere Person aus einer der offenen Terrassentüren tritt. Ein älterer Herr, mit grauen Haaren, dem Anschein nach rüstig, er bewegt sich weder steif noch schwerfällig.

Er pfeift kurz, der Bootsmann dreht sich zu ihm und läuft dann auf ihn zu.

»Das überrascht mich«, sagt Warren. »Was?«

»Dass Victor so teuer wohnt. Das muss dann ja sein Onkel sein. Habe ich nicht erwartet.«

»Warum nicht? Gib Gas! Oder soll ich?«

»Nein!«, sagt Warren und schiebt die Gashebel nach vorn.

Das Boot hebt sich, das Blubbern geht in das Brüllen von 400 PS über.

29

Charles hat Essen aus Stockholm mitgebracht, es gibt Hamburger. Die Küche im Haus ist eine Mischung aus Altem und Modernem. Auf dem Holzherd wurde ein Ceranfeld mit vier Feldern installiert, eine Mikrowelle ist vorhanden, sie wird für die Hamburger benutzt. »Burger aus der Verpackung nehmen. In der Mikrowelle bei 600 Watt ca. 1 Minute erwärmen. Anschließend nach Belieben mit Salat, Gurke, Tomate, Mayonnaise, Senf, Ketchup o. ä. garnieren«, liest Charles laut vor. Die Zubereitungsempfehlung weist den Weg, keine Experimente! Das Resultat ist gut essbar, offenbar hat Charles einen Hamburger der gehobenen Preisklasse gewählt.

»Schmeckt!«, sagt Warren kauend.

»Das verschweigen wir Victor natürlich!«, entgegnet Charles.

»Was ist das eigentlich, was Victor in seinem Laden macht?«, fragt Warren. »Dieses altertümliche Kochen …«

»Ich glaube, das ist hochmodern und innovativ. Victor ist ein sensationeller Koch. Wahrscheinlich würde er einen Stern für sein Restaurant bekommen, aber die Tester wollen essen und keinen Abenteuerurlaub absolvieren.«

»Es ist doch irre, das alles selbst zu machen!«

»Es ergibt Sinn, das zu nehmen, was hier wächst oder hier zu jagen oder zu fischen ist. Irre finde ich das nicht. Natürlich ist es aufwendig! Jeden Tag aufs Neue …Ich mag das, was er macht«, sagt Charles. »Und es schmeckt sensationell. Ich habe das *Victors* bei den Treffen in Kopenhagen weiterempfohlen.«

»Dann kommen bald deine Reederkumpel und legen mit ihren Booten an.«

»Dann würdest du richtig heiße Schlitten sehen. Dagegen haben unsere 400 PS nur ein dünnes Auspuffröcheln zu bieten.«

»Findest du dieses alte Zeug, die alten Kähne, die alten Fahrzeuge, findest du das nicht old?«

»Passt hierher!«

»Bei denen stehen reichlich alte Armeefahrzeuge im Schuppen.« Charles stutzt, dann sagt er: »Sammler gibt es überall. Warum nicht auch hier? Autos zu sammeln ist sehr verbreitet. Der Sultan von Brunei hat 4000 oder 5000 Autos in seinen Garagen. Auto neben Auto steht da, ein Meer aus Autos, so weit das Auge blicken kann. Boote sammelt er nebenbei auch noch.«

»Ist das ein Kunde von dir?«

»Nein, ich berate in der arabischen Welt hauptsächlich den Sultan des Oman, beziehungsweise habe ich ihn beraten. Er ist ja leider Anfang des Jahres gestorben. Jetzt hat sein Cousin übernommen, mal sehen, wie es weitergeht.«

»Bist du deshalb in Skandinavien so aktiv?«

»Hier sind die Kunden. Auch in Norwegen kommt das Geld zum großen Teil vom Öl, das ist in Brunei natürlich auch so. So schön unsere Insel und die Gewässer auch sein mögen: Ich kann nie vergessen, dass ich mich hier im Zentrum meines Jobs befinde. Das ist der Fluch der einträglichen Tätigkeit.«

»Wo müssten wir denn hinfahren, wenn du wirklich mal weit weg vom Schuss sein willst?«

»Die Millionen-Dollar-Frage. Das östliche Sibirien soll schön sein. Und das australische Outback. Von Patagonien hört man viel Gutes …«

Warren hat überlegt, zum *Victors* zu gehen, um Eva zu sehen.

Aber heute ist viel Betrieb, sie würde keine Zeit für ihn haben. Er sieht sich ihr Foto auf der Website des Restaurants an. Das Foto ist ein sekundenschnell wirkendes Mittel, seinen Herzschlag zu erhöhen und seine Fantasie Karussell fahren zu lassen.

Der Gedanke an Eva wird zum Startschuss für einige Recherchen. Warren sitzt im ersten Stock, in seinem Schlafzimmer steht ein kleiner weiß lackierter Tisch direkt am Fenster. Alle Wände sind mit einem leichten Blumenmuster tapeziert. Warren würde sich solche Tapeten nie aussuchen. Aber hier passen sie, hier mag er sie sogar.

Die Fahne beim Haus von Victors Onkel interessiert ihn. Wieso werden die deutschen Farben mit einer skandinavischen Flagge kombiniert? Seine Eingabe *Skandinavische Flaggen* ergibt die bekannten Muster und Farben von Schweden, Norwegen, Finnland, Dänemark, Island … Die Liste von Flaggen mit skandinavischem Kreuz zeigt allerdings Farben und Flaggen, die Warren noch nie gesehen hat. Grün ist ein oft verwendeter Grundton. Gotland, Vinland, auch andere Inseln und Landschaften haben solche Flaggen.

Eine Flagge hat auch die deutschen Farben, allerdings auf schwarzem Grund. Offenbar ist dies eine Flaggenidee von 1919, aufgeführt als »Reichseinheitsflagge«. Eine Flagge von 1944 trägt ebenfalls die deutschen Farben, auf rotem Grund. »Proposed flag of Germany« lautet die Erklärung. »Wirmer-Flagge«, »Stauffenberg-Flagge« oder »Flagge deutscher Widerstand« wird sie genannt. Offenbar handelt es sich um einen Entwurf, der nach einem erfolgreichen Attentat auf Hitler zur neuen Flagge Deutschlands werden sollte. Warren rätselt: Warum weht diese Flagge bei Victors Onkel?

Eva schickt eine Whatsapp-Nachricht: *Kleiner, sehen wir uns nachher? Ich habe um 11 Uhr Schluss. Unten am Hafen? Hast du Lust?*

Warren hat Lust: *Ja.* Gern. *Ich komme.* Und sendet hinterher: *Bis nachher.*

Er wählt drei Affen-Emojis, einen mit Kochmütze, einen zwinkernden mit Daumen hoch, einen mit einer Dame mit rosa Haaren neben dem Affen.

Emoji, Emoji, Emoji.

30

***Der Mann** lenkt das Auto durch den Verkehr, quer durch die Stadt Richtung Flughafen. Die Hand der Frau liegt in dem geflochtenen Wäschekorb, mit ihren Fingern berührt sie die winzige Hand im Korb. Am oberen Ende unter der karierten Bettdecke ist das kleine Gesicht zu sehen. Das Kind ist noch sehr klein, vielleicht ein halbes Jahr jung.*

Es schläft. Das Geruckel des Autos, das Anfahren, Beschleunigen und Wiederabbremsen stören es nicht, vielleicht beruhigen sie es sogar.

»Ich begebe mich jetzt in Behandlung«, sagt die Frau. »Morgen werde ich bestrahlt. Am Kopf.«

Der Mann am Steuer sagt nichts. Er blickt in den Rückspiegel und sieht eine Frau, die schwer krank ist und von der Schwere ihrer Krankheit weiß.

Der Mann hat Tränen in den Augen.

»Wann kommst du wieder?«

»Das weiß ich nicht. Sie können einmal bestrahlen. Dann müssen wir sehen. Abwarten. Hoffen. Vielleicht glauben.«

»Und wie lange soll Jette bleiben?«

»Auch das werden wir sehen.«

»Elisabeth wird sich kümmern. Sie kann das!«

»Ja, ich weiß. Sie macht das gut.«

Auch die Frau hat jetzt Tränen in den Augen.

Der Mann bringt den Wagen vor den Eingangstüren zum Terminal des Flughafens zum Stehen. Er steigt aus, geht um das Auto herum und öffnet die Tür an der Seite, wo die Frau sitzt. Sie zieht sich an der geöffneten Tür hoch und langsam aus dem Auto.

»Schaffst du das?«, fragt der Mann.

Sie bewegt leicht den Kopf: »Muss ja.«

»Hast du Schmerzen?« Sie nickt.

»Kopfschmerzen?«

»Ja.«

»Stark?«

»Ja.«

»Nimm noch Tabletten, bevor du abfliegst!«

»Die helfen kaum noch. Aber ich werde es schon schaffen!«

»Ja. Du bist stark. Du bist eine starke deutsche Frau.«

Jetzt hebt sie den Kopf: »Ich bin keine deutsche Frau, ich bin Dänin, wie du weißt.«

»Mit deinem Blut stimmt alles, glaub mir, wir sind Deutsche.«

»Mein Blut stimmt? Das sieht man ja an meiner Krankheit.«

»Den Krebs haben die Besatzer zu uns gebracht.«

»Hannes, lass den Scheiß! Damit hast du schon Vater und Mutter gequält …«

»Vater war ein Verräter!«

»Hannes, hör auf!!«

Der Mann hat sich während des kurzen Dialogs gewandelt, es ist, als hätte sich sein Aggregatzustand geändert. Von mitfühlend, sogar leidend, zu aggressiv und abwehrend. Seine Augen wirken jetzt konzentriert.

»Vater hat 5000 Juden nach Schweden geschafft.«

»Ja, zum Glück. Am nächsten Tag sollten sie abtransportiert werden.«

»Er hat sein Volk verraten.«

»Hannes, ein letztes Mal: hör damit auf.«

Die Frau sieht den Mann verzweifelt an: »Kannst du es nicht einmal lassen? Jetzt! Vielleicht sehen wir uns zum letzten Mal.«

Er sieht sie kühl an. Weder Verständnis noch Zweifel sind in seinem Gesicht erkennbar. Er wird nicht nachgeben.

Die Frau kennt das von ihm. Sie kennt es zu gut.

Sie übergibt ihm ihr Kind dennoch.

Weil ihr Mann bereits tot ist.

Und weil Hannes schließlich ihr Bruder ist.

31

Zehn Uhr abends, draußen ist es noch immer hell. Keine Wolken trüben den Himmel. Warren ruft die Website vom *Victors* auf. Das Gebäude ist zu sehen, die Räume, das Essen. Und Fotos der Landschaft. Fotos vom Kochen, vom Anrichten der Speisen und von allen, die im *Victors* arbeiten. Es ist eine junge Truppe, Victor ist ja selbst noch nicht alt. Warren findet es erstaunlich, dass er schon so viele berufliche Stationen hinter sich hat. Und offenbar erfolgreich war, vor allem in Frankreich.

Warren sieht sich weiter im Netz um. Wieder stößt er auf das Foto des jungen Kochs bei der Demonstration der Rechtspopulisten vom Front National. Eine Straßenszene aus Paris, links und rechts sind monumentale Bauten zu sehen, vorn hinter einem Banner stehen die Parteivorsitzenden und Verbündete, die meisten tragen blau-weiß-rote Schärpen. Parteigründer Jean-Marie Le Pen steht in der Mitte der Gruppe, ohne Schärpe, begleitet von seiner Tochter. Hinter ihren Köpfen ein blau-weiß-rotes Fahnenmeer. In großen Lettern auf dem Banner: »Defendons nos couleurs«.

Victor steht in der dritten Reihe und trägt ein weißes T-Shirt mit einem rot-blauen Zeichen, das wie eine lodernde Flamme aussieht. Hinter ihm ein Plakat: »La France aux Français!« Die Fotografie wurde bei gutem Wetter aufgenommen, die Stimmung der Demonstranten ist aufgeräumt, die Reihen sind geschlossen. Es gibt keine Bildunterschriften, die Victor hervorheben. Ist er ein Mitläufer? Was macht er da?

Weiter hinten sieht Warren das Flammensymbol auch in anderen Farben: schwarz-rot-gold. Er findet heraus, dass es zu einer belgischen rechtsnationalen Schwestervereinigung des Front National gehört, die ebenfalls die Kürzel FN führt.

Anfangs hat sich Warren gewundert, was die deutschen Farben in diesem Marsch zu suchen haben. So wie bei der Fahne, die am Haus von Victors Onkel wehte. Aber hier beziehen sie sich auf Belgien. Er findet noch die Information, dass diese Bewegung später aufgrund eines Einspruchs des französischen FN ihren Namen ändern musste. Fortan nannte man sich in Belgien »Democratie Nationale«, DN. Einige Zeit später änderte auch der französische FN seinen Namen und heißt heute »Rassemblement National«.

Warren kennt sich mit diesen politischen Bewegungen nicht aus, er hat auch eine Abneigung, tiefer in die Recherche einzusteigen. Er spürt einen Impuls, hierzu Abstand zu wahren, selbst wenn es nur Recherche ist.

Was bleibt, ist die Verwunderung darüber, dass Victor in eine solche Demonstration gerät. Er wird John dazu fragen.

Er hat Lust, ihn zu sehen. Und wo mag Sidney jetzt wohl sein? Von ihr hat er länger keine Nachricht erhalten. Einerseits vermisst er sie, andererseits fühlt er sich ohne sie ganz gut. Heute Abend würde sie stören, denn er ist mit Eva verabredet.

Warren trägt Sneakers, T-Shirt, Jeans und einen dünnen Pullover. Ist es angebracht, etwas mitzunehmen? Aber was? Essen oder Getränke wird Eva vielleicht mitbringen? Eva sitzt im *Victors* schließlich an der Quelle. Musik? Das Smartphone hat er dabei, ebenso Kopfhörer. Er findet es übertrieben, sich Gedanken darüber zu machen, wie er einen guten Eindruck hinterlassen kann. Er putzt sich die Zähne und verlässt das Haus.

Sie treffen nahezu gleichzeitig auf dem Weg zum Hafen ein. Eva gibt ihm einen Kuss. Da sie gleich groß sind, muss niemand von ihnen den Kopf neigen. Wieder ist der Kuss feucht. Ihre Zunge wischt durch seinen Mund. Nicht zum ersten Mal kommt ihm das Wort *fischig* in den Kopf.

Heute spricht er es aus: »Fischig.«

Eva stutzt: »Was soll das heißen?«

»Du bist sehr feucht.«

»Ich finde, das ist eine anzügliche Bemerkung.«

Sie lacht, greift nach Warren und schiebt ihn voran Richtung Kuhweide.

Sie sprechen die Sprachen querbeet. Die Grundlage bildet Englisch. Ab und zu sagt Eva etwas auf Schwedisch und Warren auf Deutsch. Sie klettern auf einen Übertritt und folgen auf der anderen Seite einem Trampelpfad.

Warren wundert sich: »Ich dachte, wir wollen zum Hafen?«

»Dachtest du … Ja. Und? Jetzt geht es hier lang.«

Eva gibt die Richtung vor, nicht zum ersten Mal. *Gefällt mir. Soll sie machen.*

Sie überqueren die Wiese. Nach einem Versuch, sich beim Gehen umarmt zu halten, den sie bald aufgeben, liegen ihre Hände ineinander, zunehmend verschwitzt.

Eva steuert in den Wald. Viel Licht ist nicht mehr vorhanden, aber sie kennt den Weg. Sie hat ihn vor die großen Findlinge geführt, die er bereits kennt. Der Durchgang liegt vor ihnen, Eva zieht ihn hinein.

»Komm«, sagt sie im Inneren, »setz dich hin.«

Der Boden ist trocken und warm. Sie küsst ihn, und er küsst sie.

Sie ist zielstrebig und liegt auf ihm. Er spürt ihr Becken. Eva öffnet den Reißverschluss seiner Hose, knöpft sie auf, schiebt sie herunter. Sein Penis wird von Evas Hand umfasst und massiert. Ab und zu stülpt sie ihren Mund über ihn. Ihre Zunge kreist um seine Eichel, Warren spürt ihre Zähne.

Warren fasst Evas Hüfte, greift ihr unter den Pullover, lässt seine Hand über ihren Rücken gleiten. Eva lässt nicht von ihm ab. Warren fürchtet, dass er bald den Wald besprühen wird. Das wäre zu schnell. Das darf nicht passieren.

Eva zieht ihre Hose herunter und setzt sich auf ihn, führt ihn in sich ein. Warren spürt und riecht den Waldboden, spürt ihr Becken und wie sie sich bewegt.

Wenn jetzt jemand kommt? Wenn jetzt Tiere kommen?

Er muss lachen, Eva greift ihm grob in die Seite. Er kommt in ihr, schiebt ein wenig nach, bremst sie in ihren Bewegungen. Sein Penis wird empfindlich. Sie kommen zur Ruhe, kein Geräusch ist zu hören, ihnen ist warm.

»Helden zeugen«, sagt Eva leise, »das geht hier.«

»Ich weiß«, sagt Warren.

»Gar nichts weißt du, dummer Judenbengel!«

Warren stockt. Was hat sie gesagt?

»Leck mich«, sagt sie und schiebt seinen Kopf in ihren Schoß. Sie öffnet ihre Beine. Er lässt seine Zunge gleiten.

Eva schiebt seinen Kopf ein wenig zur Seite und legt selbst Hand an. Ihr Zeigefinger arbeitet schnell und zielstrebig, sie kennt ihre effektiven Punkte. Ihr Atem wird schneller, tiefer, sie stöhnt.

»Das war laut«, sagt er. Eva zieht ihn zu sich hoch und legt sich an seine Seite.

»Wir hätten uns ausziehen sollen … Aber das können wir ja nachholen …«

Warren küsst sie auf den Mund. Hat sie wirklich Judenbengel gesagt? Hat sie das nicht schon einmal gesagt?

Warren ist nicht in der Lage, diesen Gedanken zu verfolgen.

Es ist gerade zu schön.

32

Sie gehen zurück, Hüfte an Hüfte. Das passt, findet Warren und spricht es aus. Der Mond steht hell am Himmel, das Sternengewimmel ist überwältigend, er erkennt die breite Spur der Milchstraße. Hier sind sie weit weg von den großen Lichtquellen der Städte, es wird sichtbar, was Warren selten gesehen hat. Missouri kommt ihm in den Sinn. Dort war es ähnlich klar, und die Sternenkuppel stand auch über ihnen. Ohne philosophisch zu werden, es steht einfach eine Macht über ihnen. Wer kann sich dem schon entziehen. Warren ist froh, dass er mit Eva unter diesem Himmel geht. Auf ihrer Insel. Inmitten des Meeres.

»Der Mond nimmt zu«, sagt Eva.

»Woran erkennst du das?«

»Die Sichel steht rechts, das ist der Beginn vom deutschen Buchstaben z… Kennst du die alte deutsche Schrift?«

»Nein, ich glaube nicht.«

»Solltest du dir ansehen, die hat Kraft. Sollte man wieder verwenden.«

»Du meinst, man soll eine alte Schrift wieder allgemein machen und ihre Benutzung vorschreiben?«

»Klar, wir brauchen dieses lateinische Zeugs nicht …«

»Seltsam, dass du das als Schwedin sagst. Gibt es auch einen Buchstaben für den abnehmenden Mond?«

»Dafür nimmst du das a, handgeschrieben hast du den Schwung und Strich links. Das passt.«

»Aber das ist dann die lateinische Schrift!«

»Ja und?! Dann ist es eben so. Nicht alles so eng sehen.« Eva lacht: »Ich mach mir die Welt, wie sie mir gefällt … Genau so! Und so nehme ich mir auch einen Judenbengel.«

Er hat also richtig gehört.

»Judenbengel?«

»Ja, bist du doch, oder? Dein Vater kommt aus einer polnisch-jüdischen Familie, oder nicht?«

»Ist das wichtig? Und woher weißt du das eigentlich?«

Eva lasst die Frage unbeantwortet.

Warren setzt fort: »Das Jüdische spielt bei uns keine große Rolle, wir sind ja nicht orthodox. Meine Mutter ist ein bisschen christlich, na gut, aber eigentlich in der *Army of Love.*«

»Was ist das denn? Das klingt gut! Gibt es das wirklich?«

»Natürlich nicht, aber sie nennt es so. Gottes Liebe ist der Schlüssel für sie.« – »Ach so, Gottes Liebe … Ich bin mehr für die normale Liebe … für die Kraft der Lenden.«

»Das habe ich gemerkt!«

Der Hund am Hof bellt nicht, an seiner langen Kette kommt er nahe an den Zaun. »Gut, Wolf«, sagt Eva, fasst ihm über den Kopf, dann am Unterkiefer, schüttelt ihn hin und her. Wolf genießt es.

»Ihr kennt euch!«

»Na klar, wir wohnen ja beide auf der Insel!«

Eva und Warren stehen auf dem Gras vor dem Restaurant.

Sie sagt: »Gute Nacht, Judenbengel! Schlaf gut.«

Sie gibt ihm einen Kuss, diesmal sehr zart.

»Ich lass deinen Samen in mir aufgehen. Mal sehen, was wir da züchten! Bestimmt was Schönes, Arisch-Jüdisches. Eure Schlauheit, unsere Kraft, unser Willen!«

Was zum Teufel redet sie da?

Sie küssen sich lange, Warren schwankt etwas: »Was redest du bloß immer!«

Schnell geht sie auf die Tür des Hauses gegenüber vom Restaurant zu, in dem die Mitarbeiterinnen und Mitarbeiter des *Victors* wohnen. Warren sieht ihr nach. Dann geht er zum Haus. Von Osten kommt schon zarte Helligkeit.

Er ist angenehm müde. Wie weichgespült kommt er sich vor, seine Knochen fühlen sich gummiartig an.

Der Kontakt zum Waldboden wirkt nach. Eva wirkt nach.

Die Welt ist gut zu ihm.

Auf der Veranda zieht Warren die Schuhe aus und geht auf Strümpfen die Treppe hinauf. Aus Charles' Zimmer ist nichts zu hören. Er legt sich aufs Bett und greift zu seinem Smartphone. Er will Eva noch eine Nachricht schreiben.

Er sieht Nachrichten von Sidney und von John, beide haben am selben Abend geschrieben.

Sidney hat ein Foto geschickt, eine Uferlandschaft mit einem kleinen Ort: »Hallo, Schatz, ich bin in Spanien, oben an der Küste. Hast du es gut?«

Warren schreibt zurück: »Ja, alles chico, sagt man so in Spanien?« Dann schreibt er: »Bin hier mit einer Frau zusammen: Eva.«

Mit einer Frau zusammen. Das hat er noch nie geschrieben, schon gar nicht an Sidney …

Auch John schickt eine Ansicht vom Meer. Immer noch der Pazifik, vermutet Warren: »Alles ok? John«. Wenn er noch in Acapulco ist, liegen geschätzte 10.000 Kilometer zwischen ihnen.

Alle drei, Sidney, John und Warren, sind am Meer. Atlantik, Pazifik, Ostsee. Gegen die Ozeane wirkt die Ostsee wie ein Teich, ein Binnenmeer eben, das zeitweise Meer, zeitweise Binnensee war. Gerade ist sie wieder ein kleines Meer.

John und Sidney sind auf dem Festland, Warren auf einer Insel.

»Bist du noch in Acapulco?«

Warren bekommt tatsächlich Antwort.

»Ja. Alles ok bei dir?«

»Ja, chico, sagt man so?«

»Eigentlich nicht, chico ist der Kerl, der Mann. Was meinst du?«

»Ich meine: prima, ok.«

»Bien. Oder estupendo.«

»Und bei dir?«

»Ich helfe Freunden. Du weißt ja, dass meine Mutter aus Laos nach Kalifornien gegangen ist, es gibt ein paar Verbindungen hierher, alte Kollegen, wenn man so will.«

»Und was machen die da?«

»Die haben in allerlei Sachen ihre Finger drin. Mexiko ist ein umkämpftes Land, verschiedene Kartelle halten sich gegenseitig in Schach.«

»Ich weiß, dass es viele Opfer gegeben hat.«

»Tausende. Leider.«

»Und was machst du genau für die?«

»Im Moment versuchen wir, etwas über die Bitcoin-Geschäfte der Kartelle herauszufinden. Oder über die in anderen Kryptowährungen. Vielleicht können wir ein bisschen abziehen. Wäre gut! Wusstest du, dass es inzwischen Tausende dieser Währungen gibt?«

»Dass es so viele sind, wusste ich nicht. Werden die Blockchains und Währungen für Geldwäsche benutzt?«

»Geldwäsche ist nicht ganz richtig, darüber laufen einfach viele direkte Geschäfte. Alles, was nicht über die Banken gehen muss, bietet natürlich Vorteile.«

»Aber es gibt auch Verlustrisiko.«

»Ja, aber wo so viel Geld umläuft, ist das nur ein Spielfeld mehr.«

»Verstehe.«

»Vielleicht hab ich ein paar Fragen an dich oder Charles.«

»Wieso Charles?«

»Der wird doch am besten informiert sein.«

»Glaube ich nicht, der ist konservativ, was die Anlagen angeht, die gehen doch direkt in Unternehmen rein.«

»Wenn Elon Musk da reingeht, werden die Kunden von Charles mit Sicherheit hellhörig.«

»Könnte sein … Ich muss jetzt schlafen, hier wird es schon wieder hell.«

»Wieso bist du überhaupt noch wach?«

»Ich war draußen.«

»Um wie viel Uhr, was habt ihr da?«

»Halb drei.«

»Und da wird es schon wieder hell?«
»Es wird ja gar nicht finster.«
»Verstehe. Dann leg dich mal hin.«
»Mach ich; Sid ist übrigens in Spanien am Meer.«
»Weiß ich, sie hat sich vorhin gemeldet.«
»Bei mir auch.«
»Schlaf gut. Und grüß Charles!«
»Mach ich, gute Nacht, John!«
»Gute Nacht, Warren!«

33

Vor dem Restaurant hängt die schwedische Flagge schlaff am Mast. Warren ist gekommen, um Eva zu sehen, doch der Auftrieb am Hafen, beim Restaurant und beim Museum lenken ihn ab. Die Tore der Scheune, die Heimatmuseum genannt wird, stehen offen. Das Wasserauto, ein Kübelwagen und ein Pritschenwagen wurden herausgefahren, auf der dadurch frei gewordenen Fläche stehen lange Tische und Bänke. Fischernetze und Fanggerätschaften hängen draußen, auch Leinen und Anker wurden vor die Scheune gebracht. Ebenso ein Traktor und hölzerne Wagen, Pflüge, Eggen, Harken und Schaufeln. Alles ist alt, einiges gut erhalten, anderes überholungsbedürftig. Viele verwendete Hölzer sind ausgetrocknet, gespalten, spröde. Im Inneren der Scheune lagert ein schwarzes Holzboot, nicht so groß wie das, auf dem Eva und Warren gesegelt sind. Erklärungstafeln oder Namensschilder fehlen, es sieht wie eine Hobbysammlung aus. Die meisten Gegenstände stammen wohl von der Insel, die Fahrzeuge nicht. Es sind deutsche Fabrikate, der Kübelwagen ist von VW.

Die Hühner laufen umher und picken. Wenn jemand vorbeikommt, werden sie aufmerksam. Wenn ihnen jemand nahe kommt, rennen sie einige Meter weg. Nähert man sich schnell, stieben sie flatternd davon.

Die Sonne heizt die Luft auf. Weil es fast windstill ist, fängt sich die Wärme auf dem Platz. Die Kühe haben sich in den Wald verzogen.

Einige Segler oder Motorbootfahrer kommen über den Steinhügel von der Steganlage herüber. Sie haben einen Hund dabei, der nach den Hühnern schnappt und bellt. Warren hört, dass der Hund der Segler nach kurzem Kläffen verstummt. Vermutlich hat Wolf seine Kette strammgezogen und an seine Hoheitsrechte erinnert.

Gemeinsam mit zwei Männern kommt Henriette vom Hof herüber, ihre Begleiter hat Warren zuvor noch nicht gesehen. Zwischen Hof und Museum gibt es nur den Zaun gegen die Rinder und einen großen Steinbuckel.

Es sieht aus, als hätte Henriette das Museum hergerichtet. Sie weist ihre Begleitung auf einen Seeadler hin, der gerade von Möwen attackiert wird. Immer wieder stoßen sie auf ihn herab. Sie sind lästig für den Adler und stören seinen Flug. Warren hat so etwas bei Raben oder Krähen gesehen, bei seiner Großmutter. Dort war es kein hiesiger Seeadler, sondern das weißköpfige nordamerikanische Wappentier.

Warren geht zum Restaurant zurück. Vor den Gesindehäusern

hängt weiße Wäsche, an langen Leinen schaukelt sie im zaghaften Wind. Auf dem Schild vor dem Restaurant sind keine Speisen aufgeführt, im Haus klingt es aber geschäftig wie immer.

Er steigt die Stufen zum Restaurant hinauf. Im Esszimmer ist nicht eingedeckt, dafür aber in der Küche. Draußen auf dem Hof ist viel los. Es sieht aus, als sei geschlachtet worden, am Schuppen hängt eine Rinderhälfte. Victor arbeitet gerade mit einem Messer daran.

Alle stehen bereit, um die Stücke entgegenzunehmen, die er abschneidet.

Eva hat Warren bemerkt und kommt herüber. Er weiß nicht, wie öffentlich ihre Liaison bereits ist. Aber er vermutet, dass Eva nicht hinter dem Berg gehalten hat. Als sie ihm einen Kuss gibt, fühlt er sich bestätigt. Einige von der Belegschaft schauen herüber und grinsen.

»Was macht ihr?«, fragt Warren.

»Wir haben heute Abend eine Gesellschaft und bereiten das Fleisch vor. Victor zerlegt gerade das Rind.«

»Dann habe ich nicht falsch gelegen.«

»Womit?«

»Mit Rind. Erkennen kann man es ja nicht mehr.«

»Das kann man schon. Das Filet ist raus, Schmor- und Bratenstücke auch. Jetzt schneidet er die Keulen.«

»Ist das ein Rind von der Insel gewesen?«

»Klar. Da weiß man, was man hat. Besser geht es nicht. Ich kannte die Kuh persönlich, eine ausgediente Milchkuh. Das Fleisch ist einen Monat gereift, jetzt müssen wir ran. Das Filet hätte man auch früher raustrennen können.«

»Wer kommt denn heute?«

»Ein paar gute Leute vom Festland, einige reisen sogar aus Mittelschweden an. Leute, die sich um Schweden kümmern. Ein Kameradschaftstreffen.«

Warren sieht Eva fragend an.

»Was ist? Irritiert das den Judenbengel?«

»Wieso sagst du das immer?«

»Judenbengel? Soll man nicht sagen, was ist? Bist du doch. Ich mag das, wenn sich Blut vermischt. Jüdisch und arisch, das finde ich geil.«

»Habe ich gemerkt.«

»Und wie fandst du es?«

»Geil beschreibt es ganz gut ...«

»Siehst du. Schauen wir mal, was daraus wird.«

»Woraus wird? Mit uns?«

»Erst mal aus der Blutverbindung, vielleicht ist es ja was geworden.«

»Was meinst du, Eva? Was soll daraus werden?«

»Oh, oh, wie bringe ich das jetzt dem Kind bei? Wenn du deinen Judenpimmel in die arische Fotze steckst, was kann da maximal passieren?«

»Verhütest du nicht?«

»Du denn?«

»Ich nicht.«

»Ich auch nicht. Also werden wir sehen.«

»Du bist crazy, Eva.«

Erneut gibt sie ihm einen Kuss: »Danke für das Kompliment. Ich muss wieder ...«

»Sehen wir uns heute?«

»Ich hab lange Dienst, aber komm doch abends vorbei, dann siehst du, was wir machen. Das wird super. Und das Fleisch wird auch gut werden, sehr gut sogar. Lore war eine gute Kuh. Sie wird schmecken.«

»Lore?«

»Die Kuh hieß Lore.«

34

***Die Onkologie** des Reichskrankenhauses in Kopenhagen ist eines von fünf hochanerkannten Zentren in Dänemark, die sich der Behandlung und Bekämpfung von Krebserkrankungen widmen. Ingrid Olsen ist vor einem halben Jahr erstmals hierher überwiesen worden, blieb zumeist nur kurz, jetzt kehrt sie auf die Palliativstation im obersten Stockwerk des Krankenhauses zurück.*

Der Flug aus Hamburg war ruhig, in einer langen Kurve ist das Flugzeug vom Öresund auf den Flughafen zugesteuert und hat fast ruckelfrei aufgesetzt. Die Landebahn ragt in den Öresund hinaus, manchmal sieht es aus, als würden die Maschinen im Wasser landen.

Eine der ersten Fragen von Professor Möller lautete bei ihrem ersten Besuch: »Haben Sie Angst vor dem Sterben?«

Warum fragte er das? Sie war gekommen, um sich behandeln und heilen zu lassen, um den Krebs aus ihrem Körper herauszubekommen. Vor Kurzem hat sie ein Kind geboren. Sie will nicht ster-

ben und hat auch noch nicht daran gedacht. Wie kann er so etwas fragen!?

Aber die Frage bricht ihre Haltung. Besorgnis steigt in ihr hoch. Ohnmacht versucht, nach ihr zu greifen, die bisher unterdrückte Angst holt zum Schlag aus.

Zugleich bewirkt Möllers Frage noch etwas anderes: Beruhigung. Wer so normal über das Sterben spricht, ist tief in der Realität verwurzelt.

Er stellt sich der Situation. Und er zwingt sie, sich ihr zu stellen.

Mit dieser ersten Begegnung wird der Professor Ingrids Fixpunkt.

Ihre Gespräche sind die Perlenkette, an der sich die nächsten Monate aufreihen. Dass es eine Kette bis zu einer letzten Perle sein wird, ist ihr zunehmend klar geworden.

Anfänglich war sie nur zu den Behandlungen in der Klinik. Jette hatte sie dazu sogar mitbringen können, die Schwestern halfen auf bewundernswerte und achtsame Weise. Offenbar hatte Möller besondere Menschen für die Betreuung seiner Krebspatientinnen ausgewählt.

Nur zu Beginn hatte sie Jette einmal anlegen können, danach wurde sie mit der Flasche aufgezogen. Schwestern und Pfleger waren darauf vorbereitet, die Flasche zu erwärmen und Jette daraus trinken zu lassen.

Vor der Bestrahlung aber hatte sie entschieden, Jette zu ihrem Bruder zu bringen.

Die Bestrahlung der Metastasen im Kopf hatte nur einmal stattgefunden, gleich nach ihrer Rückkehr aus Hamburg. Eine ungeheuerliche Tortur, die wenige Tage Linderung der Schmerzen brachte, dafür aber zahlreiche Nebenwirkungen. Sie bekam starke Koor-

dinationsschwierigkeiten, konnte kaum noch gehen. Schon kurze Strecken am Rollator erschöpften sie.

Dennoch hatte sie immer wieder klare Momente gehabt, intensive, hellsichtige Gedanken und Visionen.

Sie sah ihre kleine Tochter auf einer Insel spielen. Jette war ein fröhliches Kind geworden, beweglich und unternehmungslustig. Ingrid sah sie auf einer Wiese an einer Ostseebucht. Alte Steinmauern säumten die Wiese. Kühe fraßen sich langsam über die Wiese. Jette lief über das Grün und zwischen den angrenzenden Bäumen, meistens Kiefern, hindurch. Ein schmaler Pfad führte durch die niedrigen Pflanzen, einige davon Blaubeeren. Der Pfad führte auf ein Plateau. Von hier aus war das Meer zu sehen, die weite und offene See. Der Horizont lag frei auf der seewärtigen Seite. Das Meer war bewegt, zum Horizont hin bildete es einen glatten Abschluss gegenüber dem Himmel. Wassermeer und Luftmeer vermischten sich nicht. Das eine lag über dem anderen. Was im Wasser lebte, konnte nicht in der Luft leben. Jette wusste davon nichts, aber sie sah das Meer.

Und mit ihr sah Ingrid das Meer.

Und den Himmel. Dahin werde ich gehen.

Zum Meer und zum Himmel.

35

Victors Boot kommt von rechts, aus dem Fahrwasser an der Nordspitze der Insel. Wie immer ist es schnell, obwohl viele Personen auf der Ladefläche stehen. Warren zählt etwa 20, vielleicht sind es sogar 30. In einer eng gefahrenen Kurve steuert Martin auf den Hafen zu. Warren sieht, dass die Gesellschaft an Bord die Arme hebt und jubelt, als das Boot sich dabei auf die Seite legt und die Kurve spürbar wird. Martin verlangsamt die Geschwindigkeit und lenkt ENHET Richtung Anlegestein. Etliche Personen an Bord tragen schwarze Anzüge, einige auch Outdoorjacken. Schwarz ist die überwiegende Farbe.

Vom Kapitänshaus aus sieht Warren, wie die Gruppe sich über den Weg durch die kleine Schilfsenke und am Restaurant vorbei Richtung Museum bewegt. Seine Schätzung war richtig, es sind gut 20 Personen. Die schwarze Kleidung erzeugt eine gewisse Einheitlichkeit, die aber nicht wirklich uniformiert wirkt. Auffällig sind die vielen groben und schweren Stiefel. Niemand kommt in Flipflops, eine Surfergruppe ist es nicht. Geschlossen geht die Gruppe hoch zum Museum. Es hat etwas Militärisches, aber anders als beim Berufsmilitär. Irgendein Leitfaden hält sie zusammen.

Warren sieht, wie Eva ihnen vom Restaurant zuwinkt. Auch Victor ist draußen. Die anderen Mitarbeiterinnen und Mitarbeiter des Restaurants stehen ebenfalls draußen. Mit etwas Abstand zu der ersten und größeren Gruppe folgen drei ältere Männer, sie tragen Kleidung in anderen Farben, kein Schwarz. Sie sehen wie Landjunker aus, Tweed und Lederecken an den Ellenbogen,

Cordhosen und feste Schuhe. Grünlich, bräunlich, vielleicht gemustert, das kann Warren nicht erkennen. Das also ist die Abendgesellschaft, für die im Museum umgeräumt worden ist und die das Fleisch der Kuh Lore verspeisen wird.

Die Gruppen verschwinden aus Warrens Blickfeld. Er sitzt mit Charles bei sinkender Sonne draußen, sie haben Gartenstühle und einen Tisch aus dem Schuppen geholt und auf den Rasen vor der Veranda gestellt. Das weiße Holzmobiliar ist gebraucht. Hier ist überhaupt nichts neu, alles hat eine Patina.

»Warst du schon auf dieser Insel, Papa?«

Charles sieht ihn erstaunt an: »Nein. Wie kommst du darauf?«

»Hätte ja sein können.«

»Ich war hier noch nicht. Aber in der Pandemie sind wir hier gut aufgehoben, finde ich. Und weit weg von Stockholm ist es auch nicht.«

»Fehlt dir nicht ein wenig Ausstattung?«

»Was meinst du?«

»Die Gartenstühle könnten ja auch anders aussehen, mehr Design haben …«

»Ah, ich verstehe. Du meinst Stil, Luxus … Das haben wir doch woanders. Einfachheit und Natur sind doch gut. Ich mag das. Ich mag es auch, etwas runterzukommen. Dem Virus und den vielen Aufregungen um es herum entkommt man hier draußen ganz gut. Oder ist dir langweilig?«

»Nein, für mich ist es okay. Ich dachte an dich.«

Charles sieht ihn verschmitzt an: »Kann es sein, dass du jemand kennengelernt hast?«

»Wie kommst du darauf?«

»Seitdem ich zurückgekommen bin, wirkst du verändert. Nicht mehr so … jungenhaft. Irgendwie anders.«

»Wo soll ich denn hier jemand kennengelernt haben?«

»Die Frage habe ich mir auch gestellt …«

»Und?«

»Ich sehe nur die Frauen und Mädchen im *Victors* …«

Warren grinst.

»Aha«, sagt Charles, »Treffer?«

Warren grinst weiter.

»Wie heißt sie?«

»Eva.«

»Schöner Name! Schwedisch?«

»Das glaube ich schon …«

»Welche ist es denn?«

»Du wirst sie kennenlernen.«

»Ich bin gespannt. Eva also.«

Fast schon ein Männergespräch, denkt Warren. Es war keine schlechte Idee von Charles, hierherzufahren. In der Stadt hätten sie nicht die Zeit und Ruhe gefunden, abends auf dem Rasen nebeneinander auf das Meer zu blicken und der Sonne dabei zuzusehen, wie sie tiefer sinkt. Und wie das Wasser erst goldener, dann silbern und langsam immer dunkler wird.

Warren und Charles sehen, dass von der Nachbarinsel, auf der Victor wohnt, ein Motorboot herübergleitet, die Positionslaternen leuchten grün, rot und weiß.

Das Boot kommt schnell näher, bremst ab und fährt in den kleinen Hafen. Das Licht ist zu schwach, um zu erkennen, wer noch gekommen ist.

36

Die Luft ist angenehm mild, der Wind hat sich zum Abend fast komplett verabschiedet, die Temperatur passt zu seinem Pullover. Warren hat Charles informiert, dass er noch zu Eva gehen will und zu der Gesellschaft, die heute Abend da sei.

»Wer ist das denn?«

»Weiß ich nicht … Victor kocht für die.«

»Hast du gesehen, dass am Restaurant heute eine andere Flagge hochgezogen worden ist? Diese Skandinavien-Deutschland-Flagge, die wir auf der anderen Insel gesehen haben.«

Warren rätselt: »Wieso das denn?«

»Keine Ahnung. Aber vielleicht weißt du es nachher.«

»Ich geh dann mal los … Bis später«

»Ich werde wohl schon schlafen, wenn du wiederkommst.«

»Es sei denn, du hast noch US-Gespräche.«

»Stimmt. Aber heute liegt nichts an.«

Charles umarmt Warren und drückt ihm einen Kuss auf die Wange. Warren akzeptiert das, es kommt ihm nicht mehr demonstrativ und unangebracht vor. So war es zwischendurch mal, jetzt ist es eine Wertschätzung, keine falsche Vertraulichkeit. Es ist etwas Neues zwischen ihnen entstanden.

Die Küche des Restaurants ist erleuchtet, das Esszimmer liegt im Dunkeln. Die Türen hinten an der Küche und zur Seite sind offen. Die Vordertür ist geschlossen. Warren kann Eva nicht entdecken und geht weiter Richtung Museum. Schon von Weitem hört er die Stimmen. Es klingt, als würde jemand eine Rede halten, es gibt Klatschen und Geraune, manchmal auch Johlen. Je näher er kommt, desto besser kann Warren die Elemente der Geräuschkulisse auseinanderhalten.

»Die imperialistischen Großindustrien, die amerikanischen und auch die chinesischen Kapitalisten sind globale Jäger, die hinter den Nationen her sind. Sie wollen, dass die Nationen erlahmen, der Versklavung durch die Juden und ihre Helfer, ihre Hedgefonds und Banken anheimfallen, röchelnd ihren Lebenswillen aushauchen. Aber dagegen steht das nordische Volk! Wir sind Arier, diese schmutzigen Rassen werden uns nicht kleinkriegen! Sie treiben uns die Fremden ins Land, damit sie uns zersetzen. Sie beuten ihre Heimatländer aus, damit sie zu uns fliehen müssen und uns aushöhlen. Der Norden aber hält dagegen, WIR halten dagegen, WIR setzen den Kampf fort. Niemand wird uns kleinkriegen.« Die jubelnde Gesellschaft feuert den Redner an.

Aus fast 50 Meter Entfernung hat Warren jedes Wort verstanden. Der Mann hat laut gesprochen und klar geklungen. Jetzt sieht er ihn vor den Tischen stehen, erhöht auf einer Kiste. Es ist der ältere Mann, den sie auf der Tour zur Nachbarinsel gesehen haben und von dem Charles und Warren vermuteten, dass es Victors Onkel ist.

Am Ende eines der Tische entdeckt Warren den Mann, den sie damals für den Bootsmann hielten. Neben ihm sitzen an den vier langen Tischen die anderen Männer, die mit Victors Boot ankamen.

Fackeln im offenen Scheunenboden erhellen flackernd die Szenerie. Auf den Tischen stehen Windlichter. Die Leuchtmittel sorgen für bewegte Schatten.

Warren sieht Henriette zwischen den Männern sitzen.

Victor hat vor dem hinteren Tor, zur Kuhweide raus, ein Feuer anfachen lassen, über dem er Fleisch brät. Hinter ihm ist das offene Feuer seines Grills zu sehen. Er blickt in die Scheune und zum Redner hin und führt seine Hände über dem Kopf zum Klatschen zusammen. Die an den Tischen greifen seinen Rhythmus auf, Klatschen unterbricht den Redner für eine lange Minute. Dann beruhigt der Mann die Menge mit einer beschwichtigenden Geste.

»Die Natur ist auf unserer Seite. Mit der Klimakrise richten sich die Imperialisten selbst zugrunde. Ihre Städte werden überspült werden und versinken. Ich werde es nicht mehr erleben, aber IHR! Hannes und ich werden es nicht mehr erleben, aber IHR!«

Er deutet auf den alten Mann, der gegenüber dem Bootsmann sitzt. Der Mann wirkt lethargisch, aber er hebt den Kopf, als die Menge ihm zujubelt und skandiert: »Hannes! Hannes! Hannes!«

Wieder beruhigt der Redner die Rufe.

»Ich habe lange gebraucht, um zu erkennen, dass nur die Völker und die Nationen dem globalen Imperialismus standhalten können. Nicht die Klassen, das war ein Irrtum. Es sind die Völker und die Nationen, und unter ihnen sind es die nordischen Völker. Unsere germanische Artgemeinschaft! Der arische Widerstand. Wir sind Thule, wir sind die Inseln im Nordmeer, die überleben werden. Die Wahlen in diesem Jahr haben es gezeigt: Wir müssen außerhalb der Parlamente kämpfen, wir müssen unsere Kampfbataillone im ganzen Norden marschieren lassen. Die Fremden und die Volksverräter werden uns spüren. Wir sind die Nordische Kraft, wir sind die Zukunft.«

Victor klatscht lange. Wieder übernimmt die Gruppe an den Tischen seinen Rhythmus.

»Und jetzt trinkt und esst!«

Jubel brandet auf. Der Redner hebt beide Arme und legt seine Hände über dem Kopf ineinander. Dann hebt er seinen rechten Arm zum Gruß. Die Männer an den Tischen stehen auf und tun es ihm gleich. Victor grüßt ebenfalls.

Aus dem Hintergrund treten die Mitarbeiterinnen und Mitarbeiter vom *Victors* hervor und beginnen aufzudecken. Sie reichen massives hölzernes Geschirr herum, grobe Bestecke. Sie tragen große Schalen mit Gemüse auf den Tisch. Danach holen sie von Victor Holzplatten mit Fleisch. Die Scheune füllt sich mit den Aromen des gegrillten Fleisches, mit denen von Kräutern und Gemüse. Getränke werden nachgeschenkt.

Warren ist sich nicht sicher, ob er bleiben soll.

Einige an den Tischen haben ihn bereits bemerkt. Warren sieht die prüfenden Blicke, und wenn er sich nicht täuscht, sieht er auch Griffe an die Gürtel. Für ihn sieht es aus, als könnten sie jeden Moment Waffen zücken.

Eva hat die Unruhe bemerkt, schnell kommt sie herüber, legt ihren Arm um ihn und sagt laut: »Das ist meiner. Ihr könnt beruhigt sein.« Ein Mann ruft: »Willkommen, Kamerad!«

Offenbar hat Evas Wort Gewicht.

Warren zieht Eva zur Seite: »Was ist hier los? Was ist das hier?«

Lachend gibt sie ihm einen Kuss: »Das sind gute Leute. Es sind meine Leute!«

Warren fühlt sich unsicher und verloren, wo ist er hineingeraten? Ist es hier gefährlich für ihn? Eben noch Urlauber auf einer idyllischen Insel, jetzt Teilnehmer einer Ku-Klux-Klan-Versammlung! Was hat Eva damit zu tun?

»Komm, Judenbengel«, sagt sie munter, »aber das sagen wir hier nicht so laut …« Sie senkt die Stimme. »Setz dich vorn dazu und iss. Ich komme, wenn wir aufgetischt haben.«

Sie weist auf einen Tisch, der nicht besetzt und offenbar für die Belegschaft reserviert ist. Warren folgt Evas Anweisung. Sein Befinden ist desolat. Alles kommt ihm gespenstisch vor und zugleich sehr real. Gefährlich real.

Er könnte kotzen. Stattdessen soll er essen und trinken. Es gibt Met und Bier. Beides will Warren nicht trinken.

»Wikingerblut«, sagt Eva, als sie ihm einen Krug hinstellt. »Tu wenigstens so, als ob du trinkst.«

Warren nippt und nimmt den Teller entgegen, den Eva ihm reicht.

Der Redner hat sich vorn zu Hannes gesetzt. Der Bootsmann sitzt ihm gegenüber.

Henriette sitzt am Kopf des Tisches.

Hinter Hannes steht im Halbdunkel ein Rollator.

37

Der Redner und Henriette gehen um die Tische herum, führen kurze Gespräche, die mit Schulterklopfen enden. Einer der Kameraden umarmt den Redner und wischt sich danach Tränen aus den Augen. Henriette und der Redner machen es wie auf einer gut geführten Party, die Gastgeber lassen niemanden im Regen stehen, alle bekommen ein wenig Aufmerksamkeit. Die Verbindung wird aufrechterhalten oder erneuert, die Reihen werden geschlossen. Die Führer begeben sich zu ihrem Volk.

Bei allem Unwohlsein und seiner Furcht wächst bei Warren das Interesse und die Neugier, das alles zu beobachten. Bisher waren Neonazis und Rechtsextreme für ihn lediglich Begriffe aus Netzartikeln, er hat nie Kontakt zu solchen Menschen gehabt. Aber er hat auch nicht gewusst, dass zu Hause in Hamburg ehemalige RAF-Attentäter in der Nachbarschaft wohnten. Und erst recht wusste er nicht, dass es sich bei ihnen um eine Verwandte handelte: Almut, die jetzt im Gefängnis einsitzt. Er hat den Kontakt mit ihr gehalten, Briefe geschrieben. E-Mail-Verkehr ist ihr verboten. Wie viele von denen hier haben schon eingesessen?

Nach dem Essen müssen die Leute vom *Victors* nur noch Getränke auffüllen, Eva kann oft neben Warren sitzen.

Die Runde alkoholisiert sich zusehends. Ein Kamerad hat Eva angegrapscht, sie hat seine Hände weggeschlagen.

Eine Kollegin Evas wurde von einem der Gäste abgeküsst, Henriette intervenierte auf einen Fingerzeig des Redners und zog den Mann von der Frau weg. Der torkelte dann vor die Scheune.

Warren entdeckt kleine Anstecker auf Jacken und Hoodies und deutet sie als Runenzeichen. Ein nach oben gerichteter Pfeil auf grünem Grund ist häufig vertreten. Einige tragen Anstecker mit einem gelben Kreuz auf blauem Grund. Nicht das schlichte Kreuz der schwedischen Nationalflagge, sondern eine lange Rune. Warren kommt das Zeichen wie eine lang gezogene Fassung des deutschen Hakenkreuzes vor.

Victor trägt eine schwarze Sportjacke mit dem Markenzeichen HH des norwegischen Unternehmens für Schlechtwetter- und

Seglerkleidung. Warren hat diese Kleidung bei den Übertragungen der Weltregatta *Vendee Globe* gesehen.

Victor hat sich zum oberen Ende des ersten Tisches begeben und sitzt nun neben Henriette.

Bei aller Anspannung genießt es Warren, neben Eva zu sitzen. Seine Anwesenheit ist doch ein Beweis, dass sie es mit ihm ernst meint?

Aber es stehen viele Fragen im Raum.

»Wer ist der Redner?«, fragt er Eva.

»Das ist Victors Onkel, Hark Meyer.«

»Wie alt?«

»82.«

»Ist er Deutscher?«

»Ja. Aus Hamburg. Ursprünglich.«

»Was macht er beruflich?«

»Er ist Rechtsanwalt.«

Leise, aber bereitwillig gibt Eva Auskunft, das beruhigt Warren. Beide sprechen sehr vorsichtig und lassen niemanden hören, dass sie Informationen austauschen.

»Und wer ist dieser Hannes?«

»Das ist der Ziehvater von Jette, Henriette. Ein Freund von Hark, sie kennen sich aus Hamburg. Ich glaube, sie sind zusammen in die Schule gegangen. Aber das weiß ich nicht genau.«

»Ist Hannes krank? Hinter ihm steht ein Rollator.«

»Ja, er hat vor einiger Zeit einen Schlaganfall erlitten. Das war wohl knapp. Kam überraschend. Aber er hat es überlebt.«

»Ich habe ihn hier noch nicht gesehen.«

»Er ist nur noch drinnen, auf dem Hof. Jette pflegt ihn. Es ist eine große Ausnahme, wenn er rauskommt. Aber heute will er die Kameraden sehen. Und sie auch ihn!«

»Weil er wichtig ist?«

»Hannes? Ja, der ist wichtig. Bei ihm läuft viel zusammen, wie auch bei Hark.«

»Und die anderen?«

»Kommen aus Finnland, Norwegen, Island, ein Russe ist auch dabei. Wir sind die Nordische Kraft.«

»Wir?«

»Ja, wieso?«

»Du auch?«

»Ja, ich auch.«

Lachend gibt Eva ihm einen Kuss.

»Wieso denn, Eva? Mit diesen Leuten ...«

Sie lacht und sagt: »Du übrigens jetzt auch. Soll ich bekannt geben, welche Rasse du bist?«

Warren erschrickt.

Eva sieht ihn spöttisch an: »Glaubst du, du kannst hier antanzen, die schönsten Mädels flachlegen und trotzdem nicht Teil der Bewegung sein? Wie naiv bist du denn?«

»Und warum passe ich dazu?«

»Na ja, im Vertrauen gesagt: Reinrassig gibt es nicht. War Hitler reinrassig?«

Eva spricht jetzt noch leiser. »Ich bin dafür, dass wir uns die Kraft und Potenz der Rassen, die es gibt, zunutze machen. Wir sind das Sammelbecken, diejenige Rasse, die siegen wird. Warum sollen wir dafür nicht die Eigenschaften eures Blutes für den guten Zweck mitnehmen? Und ich mag dich, fick auch gern mit dir, wie du weißt. Wenn ich dich nicht mögen würde, würde ich es nicht machen. Ich bin ja keine Zuchthenne.«

Warren ist komplett sprachlos und starrt Eva wie ein Wesen von einem anderen Stern an. In was für eine verdammte Scheiße ist er hier geraten? Hat sie ihn in etwas hineingezogen, aus dem er nicht mehr herauskommen wird?

Eva hat ihre Hand zwischen seine Beine gelegt und spielt mit den Fingern auf dem Stoff seiner Jeans, darunter regen sich seine flexiblen Körperteile, ob er es will oder nicht. Will er? Nein. Aber er lässt Eva gewähren.

Falscher Film. Alles ist irre.

Hannes hat sich langsam erhoben, Henriette schiebt ihm den Rollator hin. Die Kameraden stehen auf, Hannes klammert sich an den Handgriffen fest, Henriette stützt ihn. Hark Meyer umarmt seinen alten Freund und küsst ihn auf die Wange.

Warren kann es gut sehen. Passt ein Wangenkuss zu dieser Bewegung? Kaum. Aber sie sind Freunde, und sie sind die Führer, sie bestimmen. Sie können machen, was sie wollen. Hannes hebt kaum den Kopf, dreht aber sein Gesicht zu Hark, um den Kuss empfangen zu können.

Henriette hilft ihm bei den Schritten an den Kameraden entlang. Hannes kommt sehr langsam voran, das linke Bein zieht er nach. Henriette schiebt ihn mehr, als dass sie ihn stützt.

Am Ende der Tischreihe tritt einer der Kameraden vor und salutiert vor Hannes. Laut ruft er: »Heil …« und die Kameraden skandieren: »… Hannes!« Dreimal donnert der Ruf »Heil Hannes!« durch die Scheune.

Einen Moment steht Hannes still. Dann hebt er unter größter

Kraftanstrengung seinen Kopf, seine Augen richten sich auf den Kameraden vor ihm, sein Kopf fällt nach vorn.

Henriette schiebt ihn weiter.

Beide bewegen sich langsam Richtung Tor der Scheune und verschwinden in die Dunkelheit.

38

Eva hat Warren mit auf ihr Zimmer genommen. Ein einfacher Raum mit Schrank, zwei Stühlen, kleinem Tisch, Bett, einem Sessel und einer Kommode. Das Fenster geht auf die Kuhweide und zu den Anlegestegen für die fremden Boote hinaus. Zum zweiten Mal haben Warren und Eva Sex. Diesmal läuft es etwas ruppig ab, Warren ist angespannt, hat etwas zu klären, da kann es nicht um Kerzenlicht und Mondschein gehen. Er will das Gespenst verscheuchen, das Eva ihm bei dem Besuch in der Scheune gezeigt hat. Er hat viele Fragen. Aber jetzt ist noch nicht die Zeit für Fragen. Zuerst will er sich und Eva fühlen.

Sie hat ihn ausgezogen und aufs Bett befördert.

»Zeig's mir, Judenbengel. Komm, zeig es mir!«

Sie weiß, dass das Reizwort jetzt einmal zu oft gefallen ist.

Sie greift nach seinem Schwanz und macht ihn schnell hart.

»Komm«, sagt sie, zieht ihn über sich, führt seinen Schwanz ein. Und Warren beginnt sie zu ficken.

»Komm«, sagt sie. Und Warren kommt.

Er rollt sich von ihr weg und bleibt zusammengekauert liegen.

Weint er? Sie schmiegt sich an ihn und hält seinen Kopf.

»Das ist alles Scheiße, was ihr da macht«, murmelt er, und es ist Scheiße, was ich hier mache …

Sie streicht ihm über den Kopf und sagt nichts, streichelt nur.

Dann sagt sie: »Du darfst eine Arierin vögeln und beschwerst dich noch …«

»Hör auf mit dem Scheiß!«

»Das ist kein Scheiß, Warren. Es ist der Norden. Das sind wir … Und ich mag dich, Warren. Dich.«

»Das ist zu viel, Eva! Scheiße, krank. Und ich bin da mitten hineingeraten. Ich bin ein Idiot …«

Bald danach geht Warren. Eva ist liegen geblieben und will schlafen. Der Morgen graut schon leicht.

Das Gras ist feucht. Warren macht einen Schlenker hinunter zum Hafen und setzt sich auf einen der großen Granitsteine. Das Meer zwischen den Schären liegt still und fast glatt da. Der Mond hängt über den Wäldern auf dem Festland und sackt hinter die dunkle Kette der Baumwipfel im Westen. Von Nordosten kommt das erste Helligkeitsflimmern des Sonnenballs, noch unter dem Horizont. Es scheint schon herauf.

Ein faszinierender blutjunger Morgen. Im Normalfall würde Warren ihn genießen, das hat er auf der Insel gerade gelernt. Aber der Gedanke an den Morgen verschränkt sich mit den wirren Äußerungen Evas und ihrer Kameraden, der kommenden nordischen Rasse und ihrer Rücksichtslosigkeit und Brutalität.

Warum ist er nicht aus der Scheune weggegangen? Er hätte dann weniger gewusst, vielleicht hätte ihn das geschützt. Eva hätte er dann weiterhin falsch eingeschätzt, hätte sie für ein normales

Mädchen gehalten, keine Runenfrau, keine Rassistin. Was er jetzt weiß, ist verwirrend, schmerzhaft, unklar.

Vermutlich ist es besser, dass er Evas Realität kennt. Verstehen kann er es nicht. Er ist mit sich komplett im Unreinen. Zugute hält er sich, dass er so eine Konstellation noch nicht kannte. Er kannte keine Eva. Er kannte solche Leute nicht, solche Kameraden. Wahrscheinlich gibt es eine solche Insel ja auch nur einmal. Oder doch nicht?

Hier lebt nicht nur eine gefährliche Vergangenheit, hier lebt vor allem eine gefährliche Zukunft. Die Alten wie Hannes werden nicht mehr lange das Problem sein. Aber die Kameraden im besten Alter und eine junge Frau wie Eva denken wie ihre Idole und übernehmen bereitwillig den Staffelstab. Das Stiefelstampfen. Das Marschieren. Etwas braut sich zusammen, und es wurde angerührt von Männern wie Victors Onkel, Hark Meyer.

Warren wird recherchieren. Das ist sein Weg zurück ins Handeln. Er wird herausfinden, wohin er geraten ist. In dieser Idylle.

Leider gibt es Eva, sie macht alles schwierig. Er mag sie. Sie hat gesagt, dass sie ihn mag. Das ist viel. Und es ist neu für ihn. Wie soll er damit umgehen?

Einige Möwen gleiten mit leisem Flügelschlag über das Wasser.

Die Sonne steigt über den Horizont hinter den draußen liegenden Inseln. Erstaunlich schnell wird es gleißend hell.

39

Noch im Halbschlaf verfolgt ihn der gestrige Abend. Im Nachhinein scheint alles voller Runen und Flaggen gewesen zu haben. Gegen seine Gewohnheit hat er keine Lust aufzustehen. Charles hat schon dreimal gerufen. Warren will nicht auf die Uhr zu schauen. Dieser Abend hat sich tief eingegraben. So kompliziert war sein Leben noch nie. Und so verliebt war er noch nie.

Die Sonne scheint durchs Fenster. Die Blätter der Birke bewegen sich. Es muss bereits spät sein, vielleicht kurz vor Mittag.

Charles öffnet die Tür: »Alles in Ordnung bei dir?«

»Es ist spät geworden. Oder früh.«

»Eva?« »Ja … auch …«

»Komm runter, ich mach dir noch ein Frühstück, einen kleinen Brunch, es ist ja schon spät. Hast du Appetit?«

»Ja. Ich komme.«

Auf der Veranda warten die schönen und wohlschmeckenden Seiten der Existenz. Das Wetter ist strahlend, draußen zeigt sich ein prachtvolles Bild. Das Grün von Rasen, Büschen und Schilf. Das Rot der Schuppen mit den Kähnen. Das Silber und Gold des gewellten Wassers. Das Blau des Himmels mit schnell ziehenden weißen Wolken. Ein Prachthimmel. Es weht stark, die Temperatur ist trotzdem gestiegen.

Rührei, Tomaten, Toast, Kaffee, eine Apfelsine. Für Charles ist es das zweite Frühstück. Wahrscheinlich hat er schon frühmorgens mit Kunden telefoniert oder gezoomt. Das Business läuft wie eine Tidenwelle rund um die Erdkugel. Für die Europäer ist morgens die Zeit mit den Asiaten, abends die Zeit mit den Amerikanern. Wenn der Pazifik schläft, kann auch Charles ein paar Stunden ruhen. Wie der Mond den Flutberg an sich zieht, zieht das Geld die Geschäftsleute.

»Wie war es?«

Warren kaut noch: »Es war … speziell. Und furchtbar.«

»Was meinst du damit?«

Warren beginnt zu erzählen, von den Kameraden, vom Redner, von Hannes, von Eva.

Charles scheint mehr überrascht als entsetzt zu sein: »Wir sind auf einer Neonazi-Insel gelandet?«

»Ich kenne diese Gruppierungen nicht, will ich heute recherchieren. Aber es sind rechte Gruppen, rassistische Gruppen, ja.«

»Vermutlich auch militant. Die Rune, von der du berichtest, ist das Symbol einer der hiesigen Widerstandsbewegungen. Die gibt es in Norwegen auch, in Finnland. Sie haben Verbindungen nach Russland. Im letzten Jahr haben sie Anschläge in Göteborg verübt, Umzüge veranstaltet, Journalisten verletzt, alles an Jom Kippur, am Feiertag. Und in der Woche der Buchmesse dort.«

»Woher weißt du das?«

»Na ja, ich muss ein wenig informiert sein über das Geschehen in der Welt, besonders, wenn ich hier Kunden habe.«

Warren beneidet seinen Vater. Er präsentiert aus dem Handgelenk hilfreiche Fakten, die Warren sich erst mühsam zusammensuchen muss. Charles ist zwar nicht nervös geworden, aber sehr aufmerksam. Offenbar gibt es Anlass, wachsam zu bleiben.

»Wie heißt Victors Onkel noch mal?«

»Hark Meyer. Victor heißt auch Meyer.«

»Hark Meyer!«

Charles hebt seine Stimme: »Ich kenne ihn. Obwohl: Kennen ist zu viel gesagt. Er war in der letzten Woche in Kopenhagen auf dem Treffen der Reeder. Ich hatte nicht viel mit ihm zu tun, aber er war da. Als wir am Bootshaus vorbeigefahren sind, hatte ich schon den Eindruck, dass ich den Mann kenne, ich bin aber nicht auf Hark Meyer gekommen. Den habe ich eher in Hamburg vermutet. Er ist eine graue Eminenz und einer der großen Dealer in der Schifffahrt.«

»Inwiefern Dealer?«

»Man kann auch sagen Makler, Makler in ganz großem Stil. Sie besorgen den Reedern die Schiffe. Wenn Engpässe entstehen, braucht es diejenigen, die schnell Schiffe beschaffen können. Wenn die Schiffe nicht mehr gebraucht werden, werden sie wieder in den Maklerbestand genommen. Das sind Big Deals. Und geht auf Zuruf unter wenigen Leuten. Man kennt sich. Aber natürlich gibt es auch noch ganz andere Geschäfte. Immobilien und anderes. Ich wusste nicht, dass er hier ein Haus hat. Ich weiß nur von seinen Standorten in Hamburg, New York und anderswo. Er war auch ein Berater von Karl Mohr, eurem Nachbarn an der Flusstreppe, der vor fünf Jahren gestorben ist.«

»Almut hat von einem Hark gesprochen, der Dinge für sie geregelt hat.«

»Das wird er sein. Das passt.«

»Wie gefährlich sind solche Leute?«

»Hark Meyer?«

»Nein, die Kameraden, diese Bewegung. Aber natürlich auch so ein Meyer.«

»Sehr gefährlich. Ideologie trifft auf Wahn und Gruppenzwang.

Das kann extrem gefährlich werden. Du hast ja von den Anschlägen in Christchurch in Neuseeland und in El Paso in den USA gehört, im vergangenen Jahr. Das waren auch Rechtsextreme. Oder denk an Breivik, den Massenmörder in Norwegen. Mal ist es antiislamistisch, mal ökofaschistisch, mal ein grüner Nationalismus, mal abstruser esoterischer Hitlerismus. Es gibt fast nichts, das es nicht gibt. Denk an den NSU in Deutschland. Da sind die Hintermänner noch nicht öffentlich gemacht. Es sind nicht wirklich viele, die organisiert sind. Die drei Anschläge in Christchurch, El Paso und auch Utøya wurden bezeichnenderweise von Einzeltätern ausgeführt. Aber so eine Organisation, wie du sie gestern kennengelernt hast, ist brandgefährlich. Und die Hark Meyers sind die Brandbeschleuniger. Die stecken auch mit Geld drin, wenn es Sinn macht, mit viel Geld. Sie organisieren. An sich haben sie mit den Kameraden ja wenig zu tun.« Charles schweigt.

Dann fragt er: »Und Eva hat auch diese Gedanken? Ist sie Mitglied?« Warren antwortet: »Ob sie da organisiert ist, weiß ich nicht. Aber sie findet die gut. Die Bewegung. Die Nordische Kraft. Sie gerät jedes Mal ins Schwärmen, wenn das zur Sprache kommt. Dann strahlt sie.«

Charles sieht Warren ernst an: »Das ist bestimmt nicht einfach für dich, Warren. Tut mir leid.« Charles umarmt seinen Jungen. »Blöde Situation. Was hast du vor?«

»Ich habe keine Ahnung. Ich mag sie.«

»Verstehe. Sie mag dich ja wohl auch. Vielleicht kann das ein Schlüssel sein. Vielleicht ist das der Ausgang. Vielleicht aber auch nicht.«

Warren nickt: »Ich weiß es gerade nicht.«

»Lad sie zu uns ein, ich würde sie gern kennenlernen.«

»Kann ich versuchen.«

Charles blickt nach draußen. Es hat noch mehr aufgebrist, er deutet nach draußen: »Wollen wir eine Tour machen? Das Boot kann das ja ab … Frischer Wind wird uns guttun!«

Warren nickt.

»Wir packen Proviant ein und Getränke. Nehmen die richtigen Klamotten mit. Und dann los!«

»Wo wollen wir hin?«

»Mal vor die Küste?«

»Da kann Seegang stehen …«

»Ja, eben!«

40

***Ingrid Olsen** ist gegangen. Nach kurzer schwerer Krankheit.*

Sie wird im Norden Seelands bestattet, wo schon ihre Eltern die letzte Ruhe gefunden haben: Ferdinand Bornholdt, der nach dem Krieg den Nachnamen seiner Frau Fredrikke Olsen angenommen hat – beide wurden hier bestattet. In den 30er Jahren ist er früh in die NSDAP eingetreten, aber auch früh wieder ausgetreten. Als er die Nazis kennenlernte, wurde ihm klar, welch Ungeistes Kind diese Emporkömmlinge sind. Das Straffe und Kommandantische besaß für ihn anfangs noch Ähnlichkeit mit dem, was er aus der Schifffahrt kannte. Aber dann war es weitaus stumpfer, unorganisierter, häufig auch schmierig, rücksichtslos und von einer Bereitschaft zur brutalen Radikalität, die in alle Behörden, Firmen und bis in die Familien ausstrahlte.

Nach Stationen in New York und Boston ist Bornholdt nach Kopenhagen versetzt worden. Hier war er für Reedereien tätig, aber auch für das deutsche Reichsverkehrsministerium, ab 1941 auch zusätzlich für das Auswärtige Amt. Hier beteiligte er sich an der Vorbereitung der Flucht von 5000 Juden nach Schweden, die nach Deutschland deportiert werden sollten.

Fredrikke Olsen stammte aus einer bürgerlichen dänischen Familie, deren Vorfahren Seefahrer und Kapitäne waren. Ferdinand und Fredrikke hatten sich beim Tennis kennengelernt. Sie hatte den deutlich älteren Mann sehr gemocht. Obwohl er Deutscher war. Mit 23 Jahren wurde Tochter Ingrid geboren, ein Besatzerkind. Einer von 18.000 dänisch-deutschen Bastarden. Dass der Vater des Kindes kein strammer Nazi war, spielte hierfür keine Rolle. Dass er sich im Widerstand engagierte, musste auch lange unbekannt bleiben. Alles andere wäre sein Tod gewesen. Sie hätten ihn erschossen, erhängt, seine Leiche öffentlich zur Schau gestellt. Erst lange nach der militärischen Niederlage der Deutschen und dem Zusammenbruch der Nazidiktatur klärte sich, auf welcher Seite Bornholdt wirklich gestanden hatte.

Zunächst wurde er von der dänischen Polizei verhaftet, allerdings nach kurzer Zeit entlassen. Es gab genug Zeugen, die seine Handlungen zutreffend einzuordnen wussten. 1946 gebar Fredrikke ein zweites Kind, einen Sohn, Ingrids Bruder. Ferdinand Bornholdt hatte zu dieser Zeit bereits den Nachnamen seiner Frau angenommen.

Mittlerweile hat die verdammte Krankheit schon beide Eltern geholt, Fredrikke erst vor einem Jahr. Bei ihren Eltern nannte man es damals noch Alterskrebs. Aber bei ihrer Tochter Ingrid galt diese Zuschreibung nicht mehr. Ingrid war dafür viel zu jung gewesen.

Die Gräber der Eltern liegen auf einem hellen Dünenfriedhof, unter dünnem Dünengras, mit Blick auf das Kattegat. Von der Kapelle hatte sich der kleine Trauerzug mit dem weißen Sarg über die Bohlen des Weges zwischen den Sandhügeln langsam voranbewegt. Ingrid ist Mitglied einer Freikirche gewesen.

Die Sargträger schieben den Wagen, der junge Pastor folgt, dann Ingrids Bruder. Sein dunkler Anzug ist ausgebeult an Ellbogen und Knie und sieht ältlich aus. Er trägt braune Halbstiefel. Seine Frau und drei Kinder gehen hinter ihm. Weitere Familie gibt es keine mehr. Freunde aus Kopenhagen folgen. Ein leichter Wind weht über die Kämme der Dünen und trägt Sandkörner zur trauernden Gruppe. Mitten im April ist es an der Kante zum großen Meer noch kühl.

Ingrids Bruder trägt trotz der kalten Luft und des Windes keinen Mantel.

Er ist erzürnt, spricht lauthals vor sich hin: »Nicht mal das hat sie hingekriegt. Wieder zu spät. Sie hätte ja auch ein anderes Datum im April nehmen können … Es gibt gute Tage im April. Der 30. ist kein guter für eine Beerdigung … Aber dieser Pfaffe wollte das ja so. Nur diesen Tag hatte er noch frei. Was für ein Lackaffe. Sieht aus wie ein Zigeuner. Wer hat den ins Land gelassen? Er könnte auch etwas schneller gehen.«

Der Bruder spricht Deutsch. Er ist wütend und redet sich immer weiter in Rage. Seine Frau legt ihm zur Beruhigung die Hand auf den Rücken, er schüttelt die Berührung ab.

Die Gräber der Eltern liegen nebeneinander am seichten Hang einer Düne. Daneben ist ein weiteres ausgehoben. Unter dem Sand liegt eine dunklere Erdschicht. Die Sargträger senken den Sarg in die Grube, Sand fällt auf den hell lackierten Holzsarg. Der Pastor spricht einige Worte, deutlich ungeduldig erträgt Ingrids Bruder es. Er tritt vor. Verneigt sich. Tritt ab. Er wartet nicht.

Die kleine Trauergruppe tritt nacheinander an das Grab und verabschiedet sich von der Verstorbenen. Es sind vor allem Freundinnen und Freunde aus Kopenhagen. Ingrid war Kunsterzieherin. Von ihrer Schule sind Kolleginnen und Kollegen da, einige Schulkameradinnen von früher und ihre beste und treueste Freundin und Begleiterin, eine Ärztin. Sie kommt als Letzte ans Grab. Sie ist weiß gekleidet, eine große Frau, die sich vor dem Sarg verneigt.

»Ich werde auf Henriette achten, Ingrid.«

Tränen fließen. Manche Träne mischt sich mit feinen Sandkörnern. Beim Wegwischen bleiben Spuren auf den Gesichtern der Trauernden zurück.

Der Bruder ist auf dem Bohlenweg, der zum Strand weiterführt, nach oben gegangen. Dort steht die Zugehfrau der Familie und bewegt den Kinderwagen hin und her, in dem Ingrids Kind schläft.

Die große Frau sieht zu ihm und dem Kind hinüber.

Der Bruder achtet nicht auf das Kind, er blickt nach Norden übers Meer. Ungeduldig ruft er seiner Familie zu: »Kommt! Wir wollen fahren!«

41

Charles und Warren waren gute vier Stunden unterwegs. Sie haben den Schärengürtel kurz verlassen und einen weit draußen liegenden Leuchtturm umrundet. Dort draußen war es ein Flug über die Wellen. Ihr Boot war gerade schnell und lang genug dafür. Trotzdem hatte es sie richtig durchgerüttelt und durchgeweht. Rechts von ihnen war nur noch das Meer gewesen. Dann hatten sie wieder eingelenkt und sich in die Schärenfahrwasser zurückbegeben.

Das Boot liegt wieder fest vertäut am Steg für die Gästeboote. Sie haben das Verdeck über das große Cockpit gezogen. Es sieht nach Regen aus, zumindest ist der Himmel bedeckt.

»Wie lange behalten wir das Boot noch?«

»Ich habe eine Woche gebucht, wir müssen morgen entscheiden, ob wir es länger brauchen.«

Sie gehen zum Haus zurück und passieren dabei das Restaurant. Heute scheint normaler Betrieb zu sein, das Schild mit den Speisen steht auf dem Rasen. Die Tische draußen sind nicht eingedeckt, noch nicht oder wegen des aufkommenden Regens nicht.

»Wie hat sich Victor eigentlich bei dem Kameradschaftsabend verhalten?«

»Er ist im Hintergrund geblieben. Aber von dort hat er richtig Stimmung gemacht. Nachher ist er noch zum Bauernhof hochgegangen, Henriette und diesem Hannes hinterher.«

»Er ist also Inner Circle?«

»Scheint so zu sein. Aber ich weiß es nicht. Wollen wir Gun besuchen? Vielleicht kann die uns mehr verraten?«

»Wie steht sie denn zu diesen Nationalaktivitäten?«

»Weiß ich nicht. Aber das können wir herausfinden.«

»Lass uns hier bei uns eine Kleinigkeit essen, dann gehen wir rüber.«

Nach dem Essen gehen sie den Trampelpfad nahe der Nordspitze entlang. Auf dem Sund sieht es grau in grau aus, die Wolken sind tiefer gesackt. Das Wasser hat ihre düstere Farbe übernommen.

Bei Gun brennt drinnen bereits Licht. Warren klopft und öffnet die Tür: »Gun?«

Im hinteren Zimmer hört er ein Rumoren. Da kommt sie auch schon, ihren Rollator schiebt sie vorweg. Sie sieht ein wenig derangiert aus, vielleicht war sie gerade eingenickt.

»Hallo, Gun, dürfen wir reinkommen?«

»Warren ... und auch dein Vater! Ja, kommt gern, ein wenig Unterhaltung tut gut. Draußen ist ja nichts außer aufkommendem Sturm zu sehen. Gehen wir auf die Veranda. Dann sehen wir ein wenig vom Naturschauspiel ...«

Auf der Veranda entzündet sie die über dem Tisch hängende Petroleumlampe.

»Schön, dass ihr da seid. Und schön, dass auch dein Vater mitgekommen ist. Was verschafft mir die Ehre?«

Charles nimmt am Tisch Platz, Gun sitzt in einem großen gepolsterten Stuhl, Warren am Kopf des Tisches. Auf dem Fenstersims stehen Fotorahmen, die meisten Bilder darin sind schon älter. Gun bemerkt, dass Charles auf die Fotos blickt.

»Die im weißen Kittel war ich«, sagt sie.

»Warst du Apothekerin oder Ärztin?«

»Ärztin. In Kopenhagen … Das neben mir ist übrigens Henriettes Mutter.«

Es ist eine Aufnahme vor einem großen städtischen Haus.

»Das ist vor der Klinik, in der ich gearbeitet habe.«

»Und Henriettes Mutter machte dort was?«

»Sie war Patientin. Ich war damals noch Assistenzärztin.«

»Aber wenn man euch auf dem Foto sieht, dann war sie mehr als nur eine Patientin?«

»Warum?«

»Ihr seht sehr vertraut miteinander aus.«

»Wir kannten uns schon vorher, ich kannte ihren Bruder eine Zeit lang gut. Danach hatte ich dann mehr mit Ingrid, so hieß sie, Kontakt.«

»Dann kennst du auch Henriette schon lange.«

»Ja … Ich hätte sie auch gern aufgenommen, aber das hat Ingrid anders entschieden. Sie kam zu ihrem Onkel, Ingrids Bruder. Leider.«

»Warum kam Henriette zu ihrem Onkel?«

»Na ja, Ingrid ist gestorben, nicht sehr lange nachdem das Foto aufgenommen wurde. Aggressiver Krebs. Damals hatten wir noch keine Mittel, ihn zu stoppen.«

»Das tut mir leid«, sagt Charles.

»Danke, aber ich bin ja nicht gestorben. Es war sehr traurig, das stimmt, und natürlich viel zu früh, wie das dann so ist. Henriette war noch sehr klein, ein Baby.«

»Dann ist sie ohne ihre Mutter aufgewachsen?«, fragt Warren.

»Ja, in der Familie ihres Onkels in Hamburg. Aber lasst uns von etwas anderem reden«, sagt Gun. »Ich habe das auch schon

Warren gefragt: Wie ist das mit den Kryptowährungen? Dieses Darknet für Geldanlagen und Geldtransfers…«

Charles denkt kurz nach: »So habe ich es noch nicht gesehen, aber natürlich hat es das Potenzial dazu. Es sind ja gesonderte Transferräume, in die nur eine bestimmte Zahl an Leuten eintreten kann, so ist es zunächst dem Zugriff der Aufsichtsbehörden entzogen. Insofern: Ja. Obwohl offiziell auch diese Geschäfte zu versteuern sind. Aber da laufen die Behörden den Aktionen und Entwicklungen natürlich weit hinterher. Wie bei vielem in den digitalen Entwicklungen.«

»Okej, dann verstehe ich das richtig.«

»Worum geht es denn?«

Gun zögert, sieht die Gäste prüfend an. Und wechselt überraschend das Thema: »Du warst gestern in der Scheune, im Museum?«

Warren ist überrascht: »Woher weißt du das denn schon? Der Inselfunk geht aber schnell …«

»Natürlich weiß ich auch schon von dir und Eva …«

Warren errötet. Das ist ihm lange nicht mehr passiert.

»Hier bleibt nichts geheim«, sagt Charles aufmunternd und gibt ihm einen Klaps auf den Rücken.

»Also ja, ich war da gestern. Warum fragst du?«

Gun sagt: »Und wie fandest du es?«

Charles schaltet sich ein: »Wir sind besorgt, dass wir oder vor allem Warren in diese neonazistische und neonationale oder was auch immer für eine Gesellschaft geraten sind. Wie siehst du das denn?«

Das ist forsch, denn weder Warren noch Charles wissen genug

über Gun. Dafür wissen sie von ihren engen Kontakten zu Henriette. Gun sieht sie weiterhin prüfend an. Man spürt, wie es in ihr arbeitet. Dann sagt sie: »Bei meinen Bitcoin-Fragen geht es um die Machenschaften dieser Gruppierungen. Ich vermute, dass da einiges läuft. Und ich kann vor ihnen nur warnen, das sind keine freundlichen Jungs mit Tanzschulmanieren. Ich wundere mich sehr, dass Warren da hineingezogen wurde. Sie müssen sehr sicher sein, dass Eva das kontrolliert.«

Warren ist perplex: »Dass Eva mich kontrolliert?«

»Was glaubst du denn, was die machen, wenn du nicht deinen Mund hältst? Im Moment stehst du unter dem Schutz von Eva … Sonst wäre das so gar nicht passiert. Sie hat irgendeinen Narren an dir gefressen. Ich ahne, welchen, aber das ist ein anderes Thema.«

»Da wir hier offen sprechen«, sagt Charles, »was für eine Gruppe ist das?«

»Es ist eine der Gruppen der Nordischen Kraft, rechtsnationale Gruppen aus dem ganzen Norden und auch aus Deutschland, mit Verbindungen nach Russland. Sagen wir so: Stammeshäuptlinge aus als reinrassig angesehenen Völkern des Nordens.«

»Und du hast damit was zu tun?«

»Nichts. Ich versuche, so gut es geht, auf Henriette ein Auge zu haben. Daher mache ich einiges mit. Ich darf den Kontakt zu ihr nicht abreißen lassen. Das bin ich ihrer Mutter schuldig.«

Gun deutet auf das Foto auf der Fensterbank.

Charles fragt: »Und wer sind die Anführer?«

»Zwei waren gestern dabei.«

Gun legt wieder eine kleine Pause ein: »Hark Meyer. Und natürlich Hannes Bornholdt.«

»Der kranke Mann?«

»Der kranke Mann, der immer noch die Strippen zieht. Auch wenn er nach seinem Schlaganfall ziemlich reduziert ist. Ich bin übrigens seine Ärztin, wenn man so will.«

»Gibt es da eine Nähe zu Henriette, weil du so gut Bescheid weißt und so dicht am Kern bist?«

»Gut geschlussfolgert. Hannes ist Henriettes Onkel.«

Warren staunt: »Der hat das Baby in seine Familie aufgenommen? In diese Familie ist Henriette damals gekommen?«

»In diese Familie, mit all ihren Verbindungen und Ausrichtungen.«

»Das ist harter Tobak«, sagt Charles. Und fragt: »Was müssen wir jetzt bei Warren beachten? Ist er gefährdet?«

»Im Moment nicht. Aber wir müssen aufpassen, da hast du recht. Das sollten wir gemeinsam tun. Und die jungen Leute müssen herausfinden, was sie aneinander haben. Vielleicht kann das ja eine interessante Entwicklung für Eva sein. Obwohl ich da starke Zweifel habe ... Entschuldige, Warren.« Gun reicht ihm ihre große Hand über die Ecke des Tisches hinweg. »Es wäre schön, wenn es anders wäre!«

Warren ist irritiert und auch traurig und nicht zuletzt wütend. Es geht hin und her in seinen Gefühlen. Was bedeutet es, dass Eva ihn kontrolliert? Warum sagt Gun so etwas? Im Grunde ist er sauer, dass sie es so sieht und ihn für eine Marionette hält. Aber wenn es stimmt?

Der Wind rüttelt an den Fensterläden. Ohne dunkle Wolken wäre es ein Maiabend mit sanft absinkender Helligkeit geworden, jetzt hängen schwarze Wolken über Sund und Insel und nehmen

Fahrt auf. Die Insel steht vor einer bewegten Nacht. Der Wind wird auch im Wald aufräumen, wird diesen und jenen morschen oder toten Ast zu Boden stürzen.

Sie sprechen noch eine Weile mit Gun, während sie Tee trinken.

Ihr Blick auf die Insel und ihre Bewohner, der gestern noch idyllisch gefärbt war, hat sich verändert.

42

»**Ich werde** mit John sprechen, der kennt sich mit den politischen Bewegungen aus. Vielleicht weiß er was über diese Nazis und Nationalisten?«

Charles nickt. »Mach das, ich habe noch ein paar kurze Meetings.«

Warren hat John eine Nachricht geschickt, ob er kurz Zeit hätte, heute Abend noch?

John antwortet: »Guten Morgen, in einer halben Stunde kann ich!«

Johns Gesicht erscheint auf dem Bildschirm, er sitzt auf einem Balkon, hinter ihm sind Hochhäuser und ein Sandstrand zu sehen.

»Immer noch Acapulco?«, fragt Warren.

John hält den Daumen hoch, der Ton ist noch nicht da.

»Ich hab Acapulco gegoogelt, du bist in einer der gefährlichsten Städte der Welt. 110 Tote pro 100.000 Einwohner, sagt die Statistik …«

»In Wirklichkeit sind es noch mehr ...« Johns Stimme kommt jetzt gut durch. »Deshalb ist der Tourismus hier auch komplett eingebrochen. Wie geht es dir? Was liegt an?«

Warren berichtet von dem gestrigen Treffen und auch ein wenig von Eva.

John pfeift durch die Zähne: »Sag noch mal, wie heißt der Redner?«

»Hark Meyer. Papa kennt ihn, er war vor ein paar Tagen bei einem Reedertreffen in Kopenhagen.«

»Wenn es der Hark Meyer ist, von dem ich weiß, ist er ein Strippenzieher für die Rechtsextremen par excellence. Er hat einmal komplett die Seiten gewechselt. In jüngeren Jahren hat er linksradikale Blätter gesponsort, bei dir in deinem Dorf in Hamburg hat er die linke Stadtteilzeitung gefördert und den Kampf gegen den amerikanischen Imperialismus unterstützt. Er ist eine Generation mit den allerersten RAF-Leuten. Vielleicht erinnerst du dich, dass Karl Mohr, der legendäre alte Reeder, Almut einen Hinweis auf einen Hark gegeben hat, der alles für sie regeln sollte. Das hat er ihr gesagt, kurz bevor er starb. Dieser Hark Meyer ist wenig später komplett ins andere Lager gewechselt, nach sehr weit rechtsaußen. Es kann aber auch sein, dass er schon vorher für beide Seiten aktiv war. Über die Einzelheiten muss ich mich noch schlaumachen.«

»Hört sich seltsam an. Kann man sich denn politisch so radikal verändern? Wieso ist so einer selbst Kapitalist und geht bei den anderen Kapitalisten ein und aus? Wieso trifft Papa den auf Reedertreffen?«

»Das gehört zur Kunst dieser Leute. Außerdem muss er Geld für die Bewegung besorgen, das fällt ja nicht vom Himmel. Auch das hat Tradition, bei den deutschen Nazis haben damals viele Industrielle mitverdient, auch solche aus Schweden. Mit Hark Meyer, seinen internationalen Verbindungen und seiner langen Erfahrung gibt es eine Persönlichkeit, der vieles zuzutrauen ist. Sein Leben lang hat er Netzwerke geknüpft. Also nichts mit: ein sehr zorniger alter Herr, der vom Weg abgekommen ist. Dieser Mann ist das Gegenteil eines Verirrten.«

»Und der andere, der Kranke?«

»Wie heißt der noch mal?«

»Hannes.«

»Und wie weiter?«

»Bornholdt.«

»Hannes Bornholdt … Das passt auch. Damit treffen wir einen Zweiten aus unserer alten Nachbarschaft in Hamburg bei dir auf der Insel. Ich wusste nicht, dass die in Schweden ansässig sind. Bornholdt ist gewissenloser und aggressiver als Meyer. Nicht so elegant. Intelligent zwar, aber vor allem durchtrieben und gewalttätig. Das ist – oder war – ein äußerst gefährlicher Mann. Mit allen Wassern gewaschen. Ein wirklich gerissener Hund. Und er ist krank?«

»Er hatte einen Schlaganfall und wird von seiner Tochter gepflegt. Normalerweise ist er nur noch im Haus.«

»Gut, aber solange er am Leben ist, ist er aktiv. Da kannst du sicher sein … Warren?«

»Ja?«

»Du musst vorsichtig sein!«

»Das sagt Gun auch.«

»Wer ist Gun?«

»Eine alte Ärztin, eine Freundin, die hier auf der Insel lebt.«

»Und mit der hast du darüber gesprochen?«

»Ja, gemeinsam mit Papa.«

»Okay, mit Charles, dann ist es gut. Bleibt Charles jetzt da?«

»Erst mal, aber du weißt ja, dass sich das bei ihm schnell ändern kann.«

»Halt mich auf dem Laufenden, Warren. Und sei vorsichtig.«

»Mach ich. Wie lange bleibst du noch in Mexiko?«

»Ist unklar. Ich helfe hier, wie gesagt, einem Freund. Und hier ist es nicht ungefährlicher als bei dir.«

»Seltsam …«

»Was ist seltsam?«

»Dass du am Pazifik bist, ich an der Ostsee, und wir haben solche Themen.«

»Na ja, das Böse gibt es überall. Und das Meer verbindet uns. Im Moment schwimmen wir im Datenmeer, sind mit Lichtgeschwindigkeit verbunden. Das sind übrigens auch Wellen. Wie sieht das Meer bei dir gerade aus?«

»Stürmisch! Grau. Im Moment sehe ich aber nichts, wir haben Nacht, es ist tiefdunkel.«

»Hier ist es ruhig, schwacher Wellenschlag, sanfte lange Dünung des großen Ozeans.«

»Das klingt gut!«

»Ist es auch. Schlaf gut, Warren. Gib mir in den nächsten Tagen ein Signal, wie es weitergeht.«

»Ja, mache ich.«

»Hast du was vom anderen Ufer gehört, von Sidney?«

»Nein, nix.«

»Ich auch nicht.«
»Dann geht es ihr gut.«
»Sagt man so, ich weiß.«
»Ciao, John!«
»Ciao, Warren!«

43

***Der kleine** private Kindergarten liegt im Nachbarvorort, zwei Kilometer vom Haus der Bornholdts entfernt. Von der Flusschaussee aus fährt man zehn Minuten dorthin. Eine hölzerne Gartenpforte führt auf das Grundstück, das mit seiner Rückseite an den Bahndamm der S-Bahn-Strecke grenzt. Die Buchenhecken sind akkurat geschnitten, hinter dem Haus öffnen sie sich zu einem großen Rasenplatz. Fest installierte Turngeräte stehen hier: Reckstangen in unterschiedlicher Höhe, ein Stangengerüst, Balancierbalken. Sobald das Wetter es zulässt, wird draußen geturnt, sommers wie winters. Auch bei frostigen Temperaturen geht es an die frische Luft.*

»Das härtet ab, das ist gut so«, behauptet die Kindergärtnerin.

Sie ist eine Vertriebene aus Ostpreußen. Gemeinsam mit zwei Helferinnen führt sie das Haus. In der oberen Etage wohnt sie, unten ist vormittags der Kindergarten, nachmittags kommen ältere Kinder zu Bastelstunden.

Wenn die Kinder gebracht werden, übernehmen die schon etwas älteren Kinder, Kameradinnen und Kameraden, sie haben jeweils eines der ganz kleinen Kindern zu betreuen. Sie helfen beim Aus-

ziehen der Jacken, beim Ausziehen der Schuhe, beim Aufhängen der Taschen, beim Anziehen der Hausschuhe.

Drinnen wartet bereits Tante Ursel, die Leiterin und Hauseigentümerin. Eine groß gewachsene Frau mit herbem Ausdruck, kantig, Ende 60. Für ihr Alter scheint sie sehr fit. Sie trägt feste Schuhe mit halbhohen Hacken, die immer gut gewichst sind. Von anderem Schuhwerk hält sie nichts. Im Sommer sieht sie es gern, wenn die Kinder Ledersandalen tragen.

Es gibt frisch gebackenes dunkles Brot, geriebenen Apfel, eine Mandel und etwas Essig. Sie schwört auf diese Nahrungsmittel.

»Außerdem hat das Tradition. Das hat schon ganz anderen gutgetan.«

Das Mittagessen ist vegetarisch, zu trinken gibt es Mineralwasser.

»Die Zähne meiner Kinder bekommen nichts von dem ab, was die Amerikaner uns ins Land gebracht haben. Unsere Zähne bleiben gesund. Wir trinken keine Limonaden, wir trinken Fachinger, gutes deutsches Wasser.«

Ein gesunder Körper und ein gesunder Geist bedingen sich, so Tante Ursel. Disziplin hilft. Gehorsam. Fleiß. Alles gehört dazu. Auch der Volkstanz, an dem Mädchen und Jungen teilzunehmen haben.

Jette geht gern zu Tante Ursel. Ihre richtige Tante Elisabeth bringt sie täglich auf dem Fahrrad hierher. Jette sitzt in einem kleinen Schalensitz vor dem Lenker, ihre Füße setzen auf zwei ausgeklappten Rasten auf. Ihre Cousine fährt auf dem eigenen Rad zu Tante Ursel.

Jette trägt meistens lange wollene Unterhosen zu Rock und Strickjacke. Ihre blonden Haare sind zu Zöpfen gebunden, manchmal sind sie auch zum Dutt oder zu zwei Schnecken getürmt.

Tante Ursel sieht es gern, wenn die Kinder warm und in Naturmaterialien eingekleidet werden.

»Ausziehen können wir immer noch was«, sagt sie oft und gern. Tante Ursel macht klare Ansagen.

Die Kinder wissen, woran sie mit ihr sind.

44

Während über der Insel der Starkwind tobt, an den Bäumen rüttelt, die Kühe Schutz suchen lässt, während die Boote an ihren Leinen zerren und die See aufgewühlt wird, klickt sich Warren durch das Meer der Daten, wie John es genannt hat. Seine Recherche ist unsystematisch. Er folgt dem, was ihm angeboten wird, akzeptiert die Verzweigungen, die ihn weiterleiten. Seine Erfahrung ist, dass er dadurch auf Dinge stößt, die mit seinem eigenen Fragekatalog gar nicht hervorgekommen wären. Er ist ein Digital Native im besten Sinne. Nutzt das Netz, geht fischen.

Runen. Die Tiwaz-Rune auf grünem Grund. Mehrere pannordische Gruppen verwenden sie. *Thule.* Der Ort jenseits der Grenzen der bekannten Welt wird im Nordmeer vermutet. Gelobtes Land für viele Gruppierungen. *Esoterischer Hitlerismus.* Man legt das indische Kastensystem als Grundlage der Rassengesetze aus. Adolf Hitler als der neunte Avatar von Vishnu. Wenn er wiederkehrt, wird er die Fehler seiner letzten Inkarnation nicht wiederholen, er wird nicht mehr zu viel Sonne und zu wenig Blitz sein. Stattdessen wird er in beispielloser Rücksichtslosigkeit handeln.

Was sind eigentlich Arier? Warren fragt und bekommt schwammige Antworten. Einst eine Selbstbezeichnung derer, die indoiranisch sprachen, wurde der Begriff unter den deutschen Nazis in Abgrenzung insbesondere zu den Juden verwendet. Das deutsche Volk wird als Vertreter der arischen Rasse verstanden.

Inmitten seiner Recherche verwechselt Warren Pentagramm und Hexagramm, den fünfzackigen und den sechszackigen Stern. Davidstern und Drudenfuß. Den von den Nazis als Judenstern benutzten mit dem Symbol der Venus.

Uralte Tradierungen stoßen auf Umdeutungen und Nutzungen zugunsten der eigenen politischen Idee. Ein breit gefächerter Wald von Symbolen. Nicht zuletzt Zahlenchiffren. 18. 88. 19/8. Sieg Heil. AH. HH. Heil Hitler. Warren staunt, dass ausgerechnet die deutschen Nationalsozialisten die deutsche Frakturschrift abgeschafft haben. Er hätte es genau anders herum gedacht: dass sie die Fraktur zur Normsprache gemacht hätten. Aber da schwappte wieder ein Modernismus herein. Wie überhaupt ein großes Durcheinander an Denk- und Ableitungsgebäuden nebeneinander existiert: Ökofaschismus neben grünem Nationalismus und radikalem Vegetarismus. Hitler war Vegetarier. Nun ja. Geriebener Apfel und Milch zum Frühstück. Getrunken hat er nur Fachinger. *Eva, wir trinken deutsches Wasser.* Eine andere Eva als seine. Seine?

Warren recherchiert abstruse Ideen und Sektierereien. Was für eine absurde Welt! Und ein klein wenig faszinierend, die Vielfalt ist interessant, die Herleitungen teilweise recht verspielt. Die einen wehren sich gegen die anderen und grenzen sich von ihnen ab. Die Druiden betonen ihre weitaus älteren Bezüge und wollen nichts mit diesen Parvenüs von Nazis zu tun haben. In ihren Foren finden sich böse Kommentare gegenüber Neonazis.

Flaggen sind ein weiteres wichtiges Symbolfeld. Die seltsame Flagge in den deutschen Farben und in skandinavischer Kreuzform ist eine Verballhornung und provokante Nutzung. Vorgesehen als künftige Nationalflagge nach dem Tod Hitlers findet sie sich zum Beispiel auf Fotos der Pegida-Umzüge in Dresden. Das Flaggensymbol wurde von neonazistischen Gruppen entwendet. Jetzt weht es über dem Sitz eines deutschen Vertreters der Nordischen Kraft in den Schären. Es sieht aus wie eine freundliche deutsche Verbeugung vor dem schwedischen Gastland. *Das kann man auch anders verstehen.* Es könnte eine Eroberungsabsicht bedeuten.

Warren liest nach, welche Anschläge dieser Gruppen es in Schweden in den letzten Jahren gab. Attentate zählen dazu, Banküberfälle sichern offenbar den finanziellen Bedarf ab. Das sind die gewaltbereiten Gruppen. Abgepuffert werden sie durch parlamentarische Aktionen. Die Gruppen sind vielfältig: Nationaldemokraten. Nationalsozialistische Front. Weiße Macht. Nordische Kraft. Schwedendemokraten. Nordische Widerstandsbewegung. Nordfront. Weißer arischer Widerstand. Welcher Gruppierung gehören die Kameraden an, die gestern in der Scheune waren?

Warren hat nichts entdeckt, was er als Hinweis verwerten kann. Vielleicht ist die Gruppe auch etwas Singuläres, vielleicht organisiert Hark Meyer gerade etwas Neues? *Weiß Eva davon? Wo steht Eva politisch?* Das wüsste Warren gern. Und fürchtet sich sogleich davor, es von ihr zu erfahren. Dann würde etwas enden, das gerade erst begonnen hat.

Warren sieht Fotos von an Banküberfällen Beteiligten, später Verurteilten und inzwischen wieder Freigelassenen. Er studiert die Personen genau. Ein oder zwei Kameraden in der Scheune sahen aus wie auf den Fotos im Netz. Warren meint, von einem den Namen Klas aufgeschnappt zu haben, das würde mit dem Vornamen einer der Personen in der Berichterstattung übereinstimmen.

Zweifellos haben sie sich auf der Insel vollkommen sicher gefühlt, aufgehoben unter ihresgleichen. Sie hatten ihn als einen der ihren akzeptiert, weil er zu Eva gehört. Erstaunlich, rätselhaft und gefährlich. Über Victor weiß Warren auch nach weiterer Recherche immer noch wenig. Welche Rolle spielt er hier? Ist er Mitläufer oder Anführer?

Fragen über Fragen.

Und wie hat Charles diesen Ort eigentlich gefunden?

War das wirklich Zufall?

Und wenn es kein Zufall war, wessen Absicht war es dann?

Sein Smartphone blinkt, Eva hat geschrieben: »Kommst du noch?«

Hat er Lust, sie zu sehen? *Mehr Ja oder mehr Nein?* Das Meer der Informationen, aus dem er gerade auftaucht, hat ihn erschöpft.

Er schreibt: »Heute eher nicht. Schlaf gut!«

Und: »Ich mag dich.«

Warren sieht, dass sie zurückschreibt: »Schlaf auch gut.«

Und: »Ich leg meine Hand zwischen meine Beine … Soll ich weiterschreiben?«

Das passt gerade nicht für Warren.

Er schaltet ab.

45

Das Meer schwingt noch nach. Der Sturm drückte das Wasser in die Inselwelt, jetzt pegelt es langsam aus. Lange Schaumstreifen weisen noch auf den nächtlichen Tumult hin.

Die Wellen sind auf die Felsen geschlagen und haben ihn geschliffen. Das machen sie seit Jahrtausenden. Die Menschen in ihrer kurzen Lebensspanne glauben, dass das, was sie sehen, schon immer so war. Aber das ist ein Irrtum. Sogar die Steine sind in Bewegung. Das Meer ist ständiger Begleiter von Veränderungen. Seit Jahrtausenden weicht es und kehrt dann zurück. Es gefriert und taut wieder auf. Es ist immer anwesend, näher oder ferner, gezähmt oder in wilder Bewegung. Atlantis, Rungholt, Thule – es gibt viele untergegangene Inseln.

»Hannes Bornholdt vertritt etwas Untergegangenes«, sagt Gun, zu der Warren hinübergegangen ist. Sie sitzen an der hölzernen Hauswand, geschützt vor dem kühlen Wind.

»Was meinst du damit?«

»Er ist Hitler-Fanatiker. Er hat alles gesammelt, was er über ihn finden konnte. Durch seine Brille ist das ein völkischer Edler gewesen. Erstaunlich, wie man Personen umdeuten kann. Das macht Hannes schon sein Leben lang. Sich selbst sieht er in Hitlers Tradition, da zuckt jedes Mal der rechte Arm, und die rechte Hand streckt sich von alleine. Ein absoluter Gefolgsmann von einem, der mal war. Damit hat er sich in der Bewegung nicht nur Freunde gemacht. Er ist vollkommen missionarisch. Außerdem ist er jähzornig. Und gerissen. Intelligent ist er obendrein. Ein gefährlicher Mann.«

»Woher weißt du so viel über ihn?«

»Ich kannte ihn gut. Ich war ihm mal nah.«

Guns Stimme bekommt einen harten Klang.

»Aber du kommst doch aus Kopenhagen ... Woher kennt ihr euch dann?«

»Genau daher. Er kommt auch aus Kopenhagen, aus einer dänisch-deutschen Familie. Ich habe ihn als jungen Mann kennengelernt. Als sein Henriquatre-Bart erstmals spross.«

»Wie alt bist du, Gun, wenn ich das fragen darf?«

»Ich bin 70.«

»Und Hannes?«

»Der ist 74.«

»Dann war er damals 20 und du 16?«

»Wir waren einen Tick älter, sein Bart spross nicht so früh.«

Gun schweigt eine Weile.

»Hannes' Vater hat sich umbenannt, nach dem Krieg. Er nahm den Namen seiner dänischen Frau an, er wollte seinen deutschen Namen nicht mehr tragen, weil er beschmutzt war.«

»Und welcher Name war das?«

»Olsen. Seine Frau hieß Fredrikke, er hieß Ferdinand. Hannes und Ingrid waren ihre Kinder. Ingrid hieß nach ihrer Mutter. Hannes wechselte zum Bornholdt. Ich glaube, daraus wuchsen seine fixe Idee und die ganze Orientierung bis heute.«

»Ich kenne die Geschichte von Henriettes Eltern, ich habe sie recherchiert. Aber wie kam es bei Hannes zu dieser Orientierung?«

»Sein Vater war für ihn ein Verräter, Hannes fühlte sich zunehmend deutsch. Heute denkt er noch immer deutsch und nordisch.«

Langsam setzt sich die Sonne durch, es wird wärmer an der Wand von Guns Haus. Einige Schwäne ziehen am felsigen Ufer entlang, im strahlend weißen Gefieder und mit diesem kurzen, ruckartigen Schub, wenn ihre großen Schwimmfüße sie nach vorn stoßen.

Gun sagt: »Schwäne sind monogam. Sie bleiben sich treu.«

»Das wusste ich nicht. Das finde ich erstaunlich!«

»Warum?«

»Passt nicht zu Tieren, finde ich.«

»Warum denn nicht?«

»Ich denk mir deren Paarungsverhalten irgendwie funktionaler, nicht eheähnlich.«

»Vielleicht ist ihr Leben dadurch geordnet und geschützt ...«

»Ja, das kann sein.«

Warren weist auf ein weiteres Paar hin, das aus einiger Entfernung über das Fahrwasser herüberschiebt. Zwischen den Eltern schwimmen drei graue Schwanenküken.

»Ja, ich sehe sie«, sagte Gun, »niedlich, nicht?«

»Ja, finde ich auch!«

Die Schwäne kommen langsam näher.

»Drei sind nicht viele. Die Möwen haben schon wieder geräubert.«

»Darf ich dich noch etwas fragen?«

»Ja, nur zu.«

»Oder zwei Sachen ... Welche Rolle spielt Victor auf der Insel?«

»Er ist die nachfolgende Generation. Er schwimmt auf der vorhandenen braunen Sauce. Er ist Einzelgänger. Und er ist gefährlich.«

»Und Henriette?«

»Dieselbe Generation, die beiden sind fast gleich alt und waren eine Zeit lang zusammen. Sie sind es wohl bei Gelegenheit immer noch. Jette und Victor werden niemals offizielle Funktionen übernehmen, sie sollen nicht in Erscheinung treten, nicht auffällig werden. Aber sie sind einsatzbereit.«

»Sind sie Schläfer?«

»Der Begriff passt nicht ganz, aber die Funktion ist ähnlich, ja. Sie sind für die Behörden kalte Fährten. Scheinbar. So soll es jedenfalls sein.«

»Was planen sie?«

»Das weiß ich nicht.«

»Eine letzte Frage, Gun, was machst du hier auf der Insel?«

»Für mich geht es um Jette. Und ich habe noch etwas mit Hannes zu regeln.«

Warren runzelt die Stirn.

Gun blickt über das Wasser, ihr Blick ist dabei fokussiert, als sähe sie in großer Entfernung ein Ziel. Nicht so niedlich wie Schwanenküken. Sie lenkt ihre Pupillen in Warrens Richtung und lacht.

»Fragezeichen, Fragezeichen, oder?«

Warren nickt.

»Wir sollten herausfinden, was Eva mit dir vorhat. Sie soll dir nicht wehtun.«

»Was meinst du damit?«

»Eva schnappt sich gern jemanden, mit dem sie ins Moos geht. Es wäre schade, wenn dich das verletzt. Aber vielleicht meint sie ja auch dich! Als Mensch. Lass uns das herausfinden.«

Er ist nicht sicher, ob ihm gefallen wird, was dabei herauskommen könnte.

Warren sagt: »Lad Eva und mich doch zum Essen ein. Nichts Großes, eine kleine Mahlzeit. Was hältst du davon?«

»Klar, das können wir machen. Ich frag sie.«

»Soll ich dir noch etwas helfen?«

»Nein, ich komm klar.«

Gun greift ihren Luxusrollator und dreht sich Richtung Eingangstür. Sie schiebt ihn über den festen Waldboden vor ihrem Haus.

Warren nimmt den Trampelpfad um die Nordspitze herum. Der Wald liegt ruhig da, der Wind ist beinahe eingeschlafen.

Eine hölzerne Snipa, ein ehemaliges Fischerboot, nimmt parallel zu ihm den Weg um die Nordspitze. An Bord sind zwei in Schwarz gekleidete Männer und eine Frau zu sehen. An dem kleinen Signalmast auf dem Vordeck klappt die grüne Fahne mit einer Rune im Fahrtwind träge hin und her.

Eine Krähe krächzt und landet vor ihm auf dem Ast einer Tanne. Eine schwarze Schlange nimmt auf dem Trampelpfad Reißaus vor seinen Schritten. Natter oder Kreuzotter? Warren kann es nicht erkennen. Überall Schwarz, denkt er.

Die Sonne scheint durch die Wipfel. Hinter der Wiese sieht er das Kapitänshaus.

Er öffnet das Gatter, das die größeren Tiere abhält.

Charles winkt ihm aus dem Liegestuhl zu.

46

Durch einen Spalt zwischen den Wolken schickt die untergehende Sonne helle Strahlen, leuchtet die Bäume hinter dem Haus aus und lässt das Wasser glitzern. Dann ziehen düstere Wolken heran, rasch senkt sich Dunkelheit über die Insel. Keine Nacht, aber ein alles verschluckendes Grau. Erneut ist es draußen unruhig geworden. Das Wetter ist hier nah und kommt direkt über einen.

Warren und Charles sitzen an ihrem Lieblingsplatz auf der verglasten Veranda. Den aufkommenden Wind bemerken sie am Klappern der alten Fensterscheiben und am zunehmenden Druck. Manche Fensterscheiben haben Spiel im Kitt bekommen und reagieren auf den Wind.

»Gut, dass wir nicht auf See sind«, sagt Charles, »da kommt noch mal was! Ich habe das bei der Regatta Gotland Runt erlebt, das wurde so heftig, dass sie die Regatta für die kleineren Boote abgebrochen haben. Die großen waren schon zu weit voraus und hatten bereits die Südspitze Gotlands erreicht, da war es für Umdrehen oder Schutzsuchen zu spät. Es gab einigen Bruch. Hier im westlichen Gotlandbecken liegt die tiefste Stelle der Ostsee mit 459 Metern. Da stehen schon ganz wuchtige Seen, da geht es rau zu.

In der Nacht war es pechschwarz, du konntest die Wellen vor dem Schiff nicht mehr sehen. Auf einmal krachte es ohrenbetäubend, wir waren ein paar Meter tief in ein Wellental gefallen, gefühlt fast senkrecht runter. Die Welle musste eine regelrechte Abbruchkante gehabt haben, es hat unglaublich geknallt. Wir haben damals ein großes Stahlschiff gesegelt. Als ob wir mitten auf See auf einen Felsen gekracht wären! Der Eigner hat gleich in der Bilge nachgesehen, ob Wasser reinlief, so laut war es gewesen. Aber das Schiff war dicht, und natürlich war da kein Felsen, sondern das tiefe Wasser des Gotlandbeckens. Das Schiff war zum Glück sehr solide, und wir sind gut durch die Nacht gekommen.

Anderen ist es schlechter ergangen. Wenn ich mich recht erinnere, musste die Mannschaft von einem der kleineren Boote sogar abgeborgen werden, sie waren unter der Küste auf einen Felsen gelaufen. Bei denen war nach einem Blitzeinschlag die Elektrik ausgefallen …«

Warren hört aufmerksam zu. Es passiert selten, dass Charles so ins Erzählen kommt. Meistens ist er mit seinen Geschäften und den Kunden beschäftigt. Mit den Kunden in Norwegen und Schweden, Russland – die Exilrussen nicht zu vergessen – hat sich sein Portfolio stärker auf Europa konzentriert. Das verringert seine zeitliche Beanspruchung. Warren genießt es, ausnahmsweise mehr von ihm zu hören. Diese Geschichte kannte er noch nicht. Überhaupt hat er bisher wenig von seinen Schwedenausflügen gehört. Das hat ihm erst ihr Aufenthalt auf dieser Insel ermöglicht.

»Wessen Schiff war das denn?«

»Palmbergs. Aus einer schwedischen Familie, denen etliche Minen in Mittelschweden gehört haben. Die sind dann in die Stahlindustrie gegangen. Heute sind alle diversifiziert unterwegs. Aber sie gehen nicht in die digitalen Geschäftsfelder, sie bleiben konservativ. Stahlindustrie – Stahlschiff … Sonst hätte er damals bestimmt schon eine Kevlarschüssel gesegelt oder einen anderen modernen Bau. Aber das ist ja auch schon zwanzig Jahre her, wenn nicht länger …«

Charles fügt noch hinzu: »Die Palmbergs waren übrigens auch Strohmänner für deutsche Industrielle am Ende des Kriegs und danach. Ihnen wurden Anteile übereignet, die dann von den Besatzungsmächten nicht konfisziert wurden. Später wurde das wieder retour abgewickelt, vermutlich gegen eine nette kleine Gebühr oder sagen wir Handgeld.«

»Waren die dann Nazis?«

»Die schwedischen Industriellen? Nicht, dass ich wüsste. Aber einige Dinge sind auch mit Verspätung an die Öffentlichkeit gekommen. Denk an Ingvar Kamprad, den Ikea-Gründer ...«

»Was war da?«

»Er war Mitglied der schwedischen Nazi-Partei SSS und hatte bis in die 1950er Jahre gute Kontakte zu deren führenden Leuten. Die SSS-Führer waren Hitler-Fans. Antisemitisch, antidemokratisch, faschistisch. Kamprad hatte parallel dazu übrigens einen engen jüdischen Freund. Gottes Garten ist auch hier sehr bunt.«

»Er war Nazi und hatte einen Judenbengel zum Freund ... Das kommt mir bekannt vor.«

»Wieso das?«

Warren weicht aus: »Eva ... Erzähl ich dir ein andermal.«

Draußen baut sich eine Szenerie auf, die wie ein Duplikat vom gestrigen Abend wirkt. Es ist doch noch nachtschwarz geworden, der Wind nimmt zu, auch das Meer ist wieder zu hören.

»Ich geh nach oben«, sagt Warren.

»Okay, ich hab noch ein paar Telefonate und Zooms.«

»USA?«

»Ja. Und Kanada, Mexiko.«

»Mexiko? Da ist doch John gerade.«

»Ich weiß. Bin gespannt, was er berichtet.«

»Nicht friedlich, sagt er. Dein Kunde mischt da mit, bei den Drogengeschäften?«

»Nein, der kommt aus der traditionellen Industrie, Bergbau, Transport, Schienenverkehr, bisschen Telekommunikation. Aber auch mit denen bin ich am Umbau der Investments. Die Norweger machen vor, wie man umswitchen kann.«

»Viel Erfolg bei den Calls!«

»Schlaf gut!«

»Ich versuche es. Wenn es draußen nicht zu laut wird …«

47

***Jette fährt** mit ihrem kleinen Rad auf dem Bürgersteig das kurze Ende der Flusschaussee hinauf. Danach folgt eine kleine Kuppe, und der schmale Weg entlang der Hauptstraße beginnt. Hier muss sie bremsen, es geht ganz schön steil durch die Häuser nach unten.*

Die Straße endet letztlich am Ufer des Flusses, Jette fährt aber nur die Hälfte des Weges. Rechts an der Weggabelung von drei kleinen Straßen steigt sie ab, schaut, ob Autos oder der kleine Bus kommen, dann schiebt sie ihr Fahrrad über die Straße.

Sie trägt braune Kniestrümpfe, einen Rock aus kräftigem Stoff und feste Schuhe. Oben hat sie einen Wollpullover mit Norwegermuster an. Es ist frisch. Sie stellt ihr Fahrrad auf dem gepflasterten Weg ab und klopft an die Holztür. Das große Haus, das entlang einer kleinen Treppe mehrere Stockwerke hoch reicht, macht einen verfallenen Eindruck. Die Scheiben der Fenster zur Treppe hin wurden zum Teil durch Holzplatten ersetzt. Im hinteren Teil, am oberen Ende der Treppe, wächst bereits Efeu ins Haus hinein.

Niemand öffnet. Sie drückt auf die metallene Klinke, stößt mühsam die schwere Tür auf. Es sieht aus, als käme Rotkäppchen zu Besuch. Jettes Mütze ist rot, und sie hat einen geflochtenen Korb bei sich. Im Haus ist es schummrig, eine einzelne Glühbirne in einer losen Fassung wirft ein wenig Licht von der Decke des Flurs, in den Jette jetzt eingetreten ist.

Sie ruft: »Onkel Heinrich?« Nichts.

Sie wiederholt ihr Rufen. Aus dem Stockwerk über dem Flur ist jetzt ein Geräusch zu vernehmen, ein Stuhl oder Sessel wird zurückgeschoben, eine Tür quietscht in den Angeln.

»Wer ist da?«

»Ich bin es, Jette! Ich bring dein Essen, Onkel Heinrich!«

»O, Jette! Das ist gut. Danke! Stell es einfach ab. Ich hol es mir nachher hoch. Was gibt es denn?«

»Brot und Käse, Butter, ein Bier. Und ein Glas mit Königsberger Klopsen. Hat Elisabeth gekocht!«

»Das klingt gut! Danke, Jette! Nimm dir was aus der Schale, du weißt schon.«

»Mach ich!« Jette nimmt zwei Bonbons aus der bunten Tonschale, die hinter der Eingangstür auf der Fensterbank steht. RIESEN *und* WERTHERS ECHTE *gibt es zur Auswahl, Schokolade oder Karamell.*

»Jette?«

»Ja!«

»Sag Hannes, dass Onkel Heinrich Geld braucht. Er soll welches bringen!«

»Ja, sage ich ihm.«

»Danke. Gute Rückfahrt. Bis morgen!«

»Bis morgen, Onkel Heinrich!«

Jette schließt die Haustür hinter sich und geht mit dem Korb zurück zum Fahrrad.

Den Weg zurück schiebt sie, die ganze Zeit geht es bergauf.

Erst ganz zum Schluss kann sie das kurze Stück der Flusschaussee zu ihrem Haus wieder hinunterrollen.

48

Warren hat sich hingelegt und die Bettdecke um sich geschlungen. Der Wind rüttelt an der Holzverschalung des Hauses, drückt durch die Ritzen der Fenster herein. Das Meer wird die Felsen bearbeiten und immer wieder auf sie einschlagen. Warren greift nach dem Tablet und aktiviert es. Sidney hat sich gemeldet und parallel auch wieder John. Der bittet um Rückruf. Warren startet einen Videoanruf, in Mexiko müsste es Nachmittag sein.

»Hallo, Warren. Wie geht es dir?«

»Hier ist gerade Sturm, sonst ist alles in Ordnung.«

»Was machen die Kameraden?«

»Kameraden?«

»Na, die mit dir in der Scheune waren …«

»Ach so. Von denen habe ich keinen mehr gesehen.«

Ihm fallen die beiden Männer auf dem Boot ein: »Obwohl … Zwei könnten vorhin mit einem Boot zurückgekommen sein …«

»Dann halt die Augen offen. Die sind nicht ganz ohne … Ich habe ein wenig recherchiert.«

»Und?«

Hinter John ist kein Strand. Es sieht nach einer Halle aus, Bänke sind zu sehen, Leute gehen in einiger Entfernung hinter ihm hin und her.

»Hannes Bornholdt ist ein wichtiger Drahtzieher. Rechtsanwalt. Aber das weißt du ja schon. Er hat in ganz Deutschland Liegenschaften erworben, aber auch im Ausland, viele sind ihm per Erbe zugefallen oder zugesprochen worden. Es gibt einige Grabstätten von Donatorinnen und Donatoren, auf denen man die ehemaligen Verbindungen nachlesen kann. Im Ammerland, im Oldenburger Land, in der Lüneburger Heide. Noch im Tode will man manifestieren, worum es geht.«

»Um was geht es denn?«

»Eine gute Frage, wie bei allen politisch extremen Gruppierungen. Nehmen wir Hannes Bornholdt. Er ist ein verbohrter Rassist und Antisemit. Was will oder wollte er? Ein Viertes Reich, inzwischen wohl ein nordisches Reich, antidemokratisch geführt. Letztlich geht es um Einfluss. Er will führen. Auffällig ist, dass von denen, die du da auf der Insel hast, kaum noch etwas im Netz zu finden ist, auch nicht in den einschlägigen Foren. Von Hark Meyer sowieso nichts. Das verhindert er. Aber auch von Bornholdt gibt es nichts mehr, das könnte mit seiner Krankheit zusammenhängen. Aber auch nichts von Henriette oder Victor. Das muss nichts heißen. Aber es ist eine gute Basis für ihre Absichten. Vielleicht ist es nur die Ruhe vor dem Sturm, und sie planen etwas. Vielleicht hast du neulich einen Teil der Gruppe gesehen, der etwas vorbereitet. Ich vermute das. Umso erstaunlicher ist, dass du dabei sein durftest. Was vermutlich mit Eva zusammenhängt …«

Warren erzählt von Guns Bemerkung, dass Henriette und Victor möglicherweise als Schläfer fungieren könnten.

»Klug«, erwidert John. »Ergibt taktisch und strategisch Sinn, entspricht ihrer Intelligenz und zeigt, dass sie langfristig denken. Vor allem offenbart es natürlich ihren Fanatismus. Ein Leben für die braune Utopie.«

Warren unterbricht: »Wo bist du eigentlich?«

»Auf dem Flughafen.«

»Und wohin fliegst du?«

»Sag ich dir gleich. Erst noch etwas anderes. Es ist besser, du weißt, mit wem du es zu tun oder nicht zu tun hast, vielleicht lassen sie dich ja auch in Ruhe …«

»Okay, ich bin auf alles gefasst.«

»Victors Onkel ist ein anderes Kaliber als Hannes Bornholdt. Er ist derjenige, den Almut kennt. Er ist ebenfalls Anwalt und …«, John macht eine kleine Pause, »er war ein früher Sympathisant der RAF, vermutlich mehr als ein Sympathisant. Er hat RAF-Mitglieder verteidigt. Übrigens haben das auch andere Anwälte, die es später bei uns bis in hohe und höchste politische Ämter geschafft haben. Hark Meyer setzt sich jetzt, und schon seit geraumer Zeit, für das rechte und rechtsextreme Gedankengut ein. Mit Hannes Bornholdt hat er schon früh Kontakt gehabt und ihm den Weg in den Anwaltsberuf geebnet, das ist eine schon sehr alte Seilschaft.«

Warren hat seine Knie aufgestellt und das Tablet gegen seine Beine gelehnt.

John fährt fort: »Inhaltlich kannst du dir den Wechsel bei Meyer so vorstellen, dass die Kritik, die die RAF damals hatte, als Klassenkampf ausgefochten werden sollte, die RAF als Guerilla und Vorbereiter der Entmachtung. Hark Meyer hat das irgendwann umformuliert, darüber haben wir schon gesprochen. Seitdem setzt er auf ein Bündnis der Nationen und Völker. Dann kommen noch Rassismus und Antisemitismus in den Zaubertrank, wie bei Bornholdt. Nur ein Hitler-Fan ist er nicht geworden.«

Warren schüttelt den Kopf: »Ich hätte nicht gedacht, dass man im Lauf eines Lebens wie zwei Personen wirken kann. Oder noch mehr.« John sagt: »Wer sich so weit vom politischen Mainstream entfernt, den schweißt der Extremismus automatisch zusammen. Dazu kommen die konkreten Aktivitäten der Bornholdts und Meyers: Sie sind und bleiben Dealer. Sie organisieren Geld. Ihre Netzwerke sind keine harmlosen Facebook-Freundesgruppen, sondern Machtinstrumente. Sie verbinden Menschen, die ohne sie nie etwas voneinander wissen würden. Das sind gerissene Leute, intelligent und skrupellos. Sie sind gefährlich.«

»John? Ich habe mit Eva geschlafen oder sie mit mir. Wir sind zusammen. Was mag das in diesem Zusammenhang bedeuten? Eva arbeitet in dem Restaurant von Victor. Sie kennt die Nazigruppen und findet sie großartig. Und die Nazis halten Eva für eine von ihnen. Kann ich ihr trauen? Haben die etwas mit mir vor?«

John lächelt Warren an. »Ich kenne Eva nicht. Und ohne sie zu kennen, sollte ich dazu nichts sagen. Ich verstehe, dass dich das beunruhigt, aber mach dir nicht zu viele Gedanken. Wir können das bald besprechen.«

»Wie meinst du das?«

»Ich bin morgen Nachmittag bei euch.«

»Du kommst auf die Insel!?«

»Mein Flug geht gleich los, mit zwei Stopps sollte ich in Stockholm landen.«

»Und wieso kommst du? Nicht missverstehen, ich freue mich, ich freu mich sehr und bin unheimlich erleichtert, dass du für mich um die halbe Welt fliegst. Aber wieso kommst du jetzt, hattest du in Acapulco nicht was Wichtiges zu tun?«

»Ja, schon. Aber Charles hat darum gebeten, dass ich zu euch komme.«

Warren ist erstaunt.

»Hat er gesagt, warum?«

»Ich denke, er hat lieber noch jemand im Haus. Dein Fest mit den Kameraden hat bei ihm vielleicht Eindruck hinterlassen …«

»Das ist krass. Dann sehen wir uns ja morgen Nachmittag! Holen wir dich ab?«

»Darum möchte ich bitten! Ich gebe durch, wann ich ankomme.«

»Großartig, John! Ich zittere richtig. Ich freu mich.«

»Dann bis morgen. Pass auf dich auf!«

»Mach ich! Guten Flug, John!«

John grüßt kurz mit der Hand, dann schaltet er ab.

Dass John kommt, beruhigt Warren und zugleich beunruhigt es ihn.

Weiß Charles mehr? Bisher hat er entspannt gewirkt und hatte nur Eva kennenlernen wollen.

Er blickt auf sein Smartphone. Von Eva kam heute keine Nachricht.

Er tippt »Schlaf gut!«

Eine Antwort bleibt aus.

49

Es hat Warren früh aus dem Bett getrieben, weil ihn der Austausch mit John noch beschäftigt. Er nimmt den Weg oben herum und gelangt in die Nähe vom Bornholdt-Hof, wo er Victor aus der Waldkante auf der südlichen Seite der Kuhwiese hervorkommen sieht. Warren kann erkennen, dass der Koch ein Gewehr über der Schulter trägt. Als Victor einige Schritte auf der Wiese gegangen ist, kommt auch Henriette aus dem Wald. Wenig später folgen die beiden schwarz gekleideten Männer, die Warren gestern auf dem Boot sah. Die drei schließen zu Victor auf, alle tragen Outdoorkleidung und Stiefel.

Etwas bewegt sich nicht weit vor Victor und den anderen. Einer der Männer zieht eine Pistole und gibt zwei Schüsse ab. Das Tier, das aufgesprungen war, überschlägt sich in der Luft und fällt in die Wiese zurück. Victor eilt zu ihm. An langen Ohren hält er einen Hasen in die Luft, der noch mit den Läufen zuckt.

Einen Hasen mit der Pistole erschießen? Warren wundert sich. Vielleicht war es eine Schießübung?

Der Hase wurde anscheinend gut getroffen und liegt ruhig über Victors Schulter. Das Tier entdecken, schießen, es auflesen – eine gemeinsame ruhige Bewegung der kleinen Gruppe.

Sie nähern sich dem Haus der Bornholdts. Alle tragen Langwaffen, aber auch Pistolen im Holster. Etwas anderes als den Hasen haben sie nicht erlegt, sie tragen auch keine Kräuter oder Beeren. Offenbar war die Jagd nicht erfolgreich. Oder es ist keine Jagd gewesen.

Warren ist am Bornholdt-Hof Richtung Restaurant und Hafen abgebogen, er will zu Eva. Henriette blickt zu ihm herüber, auch die beiden Männer. Sie grüßen nicht, nehmen aber Notiz von ihm. Warren könnte nicht sagen, ob sie bei der Feier im Museum dabei waren. Auf ihren Jacken sieht er Runenabzeichen, nicht als Schulterstück, sondern auf der linken Brusttasche, wie ein modisches Emblem. Beide tragen das gleiche Runenzeichen. Henriette und die zwei Männer verschwinden im Hauptgebäude.

Victor geht weiter, öffnet das Gatter am Zaun und geht vor Warren her Richtung Restaurant. Rechts hat er das Gewehr geschultert, links trägt er den Hasen. Warren beschleunigt seine Schritte und holt ihn ein.

»Hallo, Victor!«

»Hallo, Warren, wo geht es hin? Willst du bei uns essen?«

»Nein, danke, ich geh runter zum Hafen. Nach dem Boot sehen.«

»Verstehe.«

»Was machst du jetzt mit dem Hasen?«

»Ich nehme ihn gleich aus, Leber, Herz und Nieren bereite ich noch zu. Dann muss der Hase bis morgen aushängen. Danach kommt er zum Reifen in die Kühlung.«

»Aber die Innereien kann man gleich essen?«

»Klar, das sollte man sogar gleich machen. Reicht aber nicht, um die ganze Speisekarte umzustellen. Obwohl … Vielleicht kombiniere ich die Innereien mit den Barschen, die es heute gibt. Kleine Würfel der Innereien, ein bisschen Moos und Flechte, Waldbrühe. Das könnte gut sein. Wir probieren es. Jetzt hast du die Geburt eines Victor-Rezeptes live miterlebt!«

Victor grinst ihn an. Warren findet den Koch sympathisch, etwas abgedreht mit seinen Speisen, aber auch sehr cool. Victor wirkt sehr ruhig und sehr klar. In Wyoming bei Großmutter Margret, das fällt ihm jetzt ein, gab es einen Trapper, der war so ähnlich.

Und natürlich John. Den hat er noch nie hektisch erlebt. John ist gespannt und bereit. Aber nicht hektisch, niemals. John kann seinen Energiezustand spontan hochfahren, von null auf bereit. John erinnert Warren an einen Panther. Oder an das, was er sich zu einem Panther vorstellt. Geschmeidigkeit, Kraft, Zielstrebigkeit.

So ist Victor nicht, aber fokussiert ist er auch. Den Victor, den er in der Museumsscheune sah, bringt er nicht mit dem Mann zusammen, der jetzt auf den Hof hinter der Küche geht und den Hasen an den vorderen Läufen aufhängt. Victor nimmt ein Messer aus der Scheide an seinem Gürtel, es hat eine beachtliche Länge. Damit bricht er das Tier auf und zieht die Eingeweide heraus. Das Blut tropft in einen Eimer.

50

***Hannes Bornholdt** geht die Hauptstraße hinunter, wie immer ohne Mantel, egal, wie die Temperatur ist. Einige kleine Läden haben sich gehalten, auch wenn hier früher sehr viel mehr gewesen sind. Ein Schuster, ein Schlachter, ein Fischladen. Alles zur täglichen Versorgung gab es in kleinen Läden entlang der gewundenen Straße, die zum Fluss hinunterführt. In den Gassen und an den Treppen befanden sich weitere Geschäfte. Ein Milchmann, ein Lebensmittelgeschäft. Bornholdt ist nicht damit einverstanden, dass sich das verändert. Es ist eine Schande, dass immer mehr große Ketten die Versorgung übernehmen und man nicht mehr weiß, bei wem man eigentlich kauft.*

Er sammelt alte Postkarten des Viertels, er hat sogar ein Buch davon herausgegeben, mit heraustrennbaren Karten. Darauf sind die alten Geschäfte noch zu sehen. Eine seiner Lieblingskarten stammt von 1913. Sie zeigt die hügelige Landschaft mit den Treppen und ihren vielen Häusern, darüber thront wie eine Burg das Ausflugslokal auf dem Süllberg, auf dem Turm weht die schwarz-weiß-rote Reichsfahne, auf dem Fluss passiert der große Passagierdampfer »Imperator« mit den markanten drei Schornsteinen den Vorort. Das war kurz vor Kriegsausbruch und kurz vor der Auflegung des Schiffes, das später als Reparationsleistung an die US Navy ging. Wenn Bornholdt auf den Fluss blickt, erinnert er sich an die glorreichen Zeiten. Die jetzigen sind in seinen Augen heruntergekommen.

Am Haus, in dem Heinrich Sommer wohnt, wählt er den passenden Schlüssel und öffnet die Haustür. Er solle Onkel Heinrich Geld bringen, hat Jette ausgerichtet. Jette macht sich gut. Sie versorgt ei-

nige der Alten, mit denen er im Ort zu tun hat, mit Lebensmitteln und Essen, das seine Frau für sie kocht. Es sind nicht wenige, die auf diese Weise betreut werden. Alleinstehende, um die sich ihre Familien nicht kümmern.

Heinrich Sommer hat keine Kinder, wohl aber eine Schwester, Nichten und Neffen. Sommer ist an ihrer Gesellschaft nicht interessiert. Im Gegenteil, haben sie ihn doch auf trickreiche Art entmündigen lassen. Der gemeinsame Hof im gegenüberliegenden Alten Land war an seine Schwester gefallen. Das Haus auf dieser Seite des Flusses hat Bornholdt sichern können, er bewarb sich als Vormund und erhielt den Zuschlag. Bornholdt arbeitet einvernehmlich mit den amtlichen Stellen zusammen, auch mit einigen Richtern, wenn sich Folgen aus Betreuungen ergeben, die er übernommen hat. Wenn zum Beispiel Immobilien veräußert werden. Der verfallende Zustand des Hauses hier ist in seinem Sinne, sehr bald wird er es günstig erwerben können. Die Sache ist vorbereitet, auch mit Sommer. Denn sie sind Kameraden.

Bornholdt schließt die Haustür hinter sich und steigt die knarrende, schlecht gepflegte Holztreppe nach oben. In der ersten Etage ist es staubig, wenige elektrische Lampen sind angeschaltet. Alles hier ist alt. Die gerahmten Karten im Flur zeigen das Deutschland in den Grenzen des Reiches von 1937. Schwarz-rot-weiß sind Sommers Lieblingsfarben. Auf dem Banner über der Tür zum Wohnzimmer ist zu lesen: »Der Heimat und dem Volke treu«. Im Regal stehen Bände mit Fotoberichten vom Ersten Weltkrieg. Gleich daneben steht die eiserne Reserve, wie Sommer zu sagen pflegt: Nudeln, Fischkonserven, Klopapier. Und ein Wasserkanister. Man muss vorbereitet sein.

»Hannes, bist du das?« ruft Heinrich Sommer aus dem Wohnzimmer.

»Ja, Heinrich!«

»Die Amis können im Prinzip jeden Moment zuschlagen!«, ruft Sommer, »jeden Moment!«

»Ich weiß, das könnte sein«, antwortet Bornholdt und tritt ins Zimmer.

Sommer sitzt in alten Cordhosen und Pullover in einem Ohrensessel und hat große Kopfhörer aufgesetzt. Er hört Marschmusik, man hört sie auch außerhalb der Kopfhörer.

»Mach kurz aus!«, ruft Bornholdt.

Sommer nimmt die Kopfhörer ab.

»Hallo, Hannes. Hast du Geld mitgebracht? Hat Jette dir das gesagt?«

»Ja, hat sie, ich hab was mit. Wofür brauchst du denn was?«

»Ich muss mehr Konserven holen, Petroleum für die Lampen, und Klebeband, falls wir verdunkeln müssen.«

»Verstehe, ich habe 100 Mark mit, das wird reichen!«

»Leg sie ins Bücherbord im Flur.«

»Läuft sonst alles? Geht die Heizung?«

»Manchmal muss ich dagegen schlagen, aber sie geht. Ich würde jetzt gern weiterhören …«

»Ist gut, Heinrich, ich geh dann wieder. Sag Jette Bescheid, wenn wieder was fehlt. Oder ruf an. Das Telefon funktioniert?«

»Ja, das geht. Alles in Ordnung … Aber pass auf, die Amis können jeden Moment kommen … jeden Moment!«

Er setzt die Kopfhörer wieder auf und verschwindet erneut im Land der Marschmusik.

Bornholdt lässt den Blick schweifen. Die Zugehfrau müsste putzen, er wird es seiner Frau sagen. Sie soll auch mal wieder die Wäsche machen.

Demnächst wird er Sommer sagen, wann er das Haus verlassen muss. Es ist geplant, dass mit dem Verkauf des Hauses die Konten gefüllt werden. Es steht viel an, es gibt Pläne. Und das kostet. Weitere Häuser sollen gekauft werden, auch Land. Es gibt einige Objekte, bei denen er mitmischen will. Nicht immer, um selbst zu kaufen, aber um einzusteigen und die Preise für andere hochzutreiben. Die »Gesellschaft für Siedlungsförderung mbH« braucht Kapitalzufluss.

Bornholdt legt fünf 20-Mark-Scheine in das Bücherregal im Flur. Er steigt die Treppe hinunter, vom aufgewirbelten Staub muss er niesen.

Die Haustür verschließt er hinter sich.

Es leuchtet aus dem Zimmer im ersten Stock, aus dem ganz leise Marschmusik erklingt.

51

Warren ist am Restaurant vorbeigegangen und hat zum Haus geschaut, in dem Eva wohl noch schläft. Die Morgensonne scheint halbhoch vom blauen Himmel. Eine feuchte Kühle liegt hier am Wasser noch in der Luft, aber heute wird es warm werden.

Die Wärme über den Inseln ist immer punktuell, mit der Erwärmung der Steine entsteht ein Mikroklima. Das Meer allein ist noch zu wenig warm, als dass sich seine Temperatur der gesamten Schärenlandschaft vermitteln könnte. Charles hat erzählt, dass das im Sommer geschieht, dann liegen die Schären in einer tiefen Wärme da wie im Mittelmeer, wenn die Felsen die Temperatur bis tief in die Nacht halten.

Er blickt zu den gegenüberliegenden Inseln, alles ist hier nah beieinander. Es ist eine sympathische Landschaft. Mal zackiger, mal runder, friedlich und still neben- und beieinander. Inseln, die sich vertragen.

Warren sitzt auf den Bohlen, die als Bank dienen. Der schwarze Kahn liegt vertäut am Kai. Rechts sind Netze aufgespannt. Wer fischt hier eigentlich? Victor? Oder ein Fischer von weiter draußen, dessen Fischgründe bis hierhin reichen? Vor ein paar Tagen kam jemand mit Fisch an Bord, und Victor nahm ihm einige Kisten Meerestiere ab.

Wie lebt es sich da draußen, vielleicht allein? Im Winter? Frieren die Gewässer rund um die Schären noch zu? Oder ist der Klimawandel schon durchgängig wirksam? Warren weiß es nicht.

Möwen ziehen mit ruhigem Flügelschlag vorbei. Enten landen, auf dem Wasser aufglitschend, nah am Ufer. Blesshühner picken sich am Schilfrand entlang.

Warren fühlt sich gut, die Ruhe der Landschaft wirkt wohltuend auf ihn. Bei den Anlegestegen kommen Geräusche auf, die Bootsbewohner schieben ihre Luken zurück und erscheinen an Deck.

Warren hat Sehnsucht nach Eva. Durch die Schilfsenke geht er zurück Richtung Restaurant und Häuser. Warren drückt die eiserne Klinke der Eingangstür, dahinter liegen die Stufen der Holztreppe. Oben führt die kleine Empore rechtsherum zu Evas Zimmer. Warren klopft und tritt ein. Eva steht am Waschtisch.

Eine Installation wie bei den Urgroßeltern: Eine Waschkommode mit Krug und Schüssel, davor steht Eva und wäscht sich. Warren kann sich nichts Schöneres vorstellen. Zum Waschen hat man nicht viel an.

Warren wird bewusst, dass er sie so noch nicht gesehen hat. Sie haben sich berührt, aber das war mehr gefühlt als gesehen. Eva hat einen breiten Rücken und schlanke Beine. Ein Tattoo an der Stelle des klassischen Arschgeweihs: ein Runenbild. Ihr Rücken besitzt einen schönen Schwung, die Linie des Rückgrats ist deutlich. Sie ist kräftig, hat trainierte Muskeln.

Eva hat ihren Kopf nach links gedreht und schaut, wer in ihr Zimmer eindringt. Warren tritt auf sie zu, Eva hebt ihre Arme. Die Innenseite der Oberarme zieren weitere Tattoos mit Runen.

Sie küsst Warren, er küsst sie. Die Feuchtigkeit hat schon Tradition. Ihre Arme gleiten nach unten und lockern seinen Hosengürtel. Warren hilft beim Herunterstreifen seiner Hose, sie hilft beim Abstreifen von Pullover und T-Shirt. Dann fallen sie auf Evas Bett.

Sie grinst ihn an, und Warren grinst zurück. Sie sagt: »Morgens macht man die schönsten Kinder.« Sie legt ihn auf sich und hilft ihm. »Nicht so schnell«, sagt sie. Ihre Hände liegen auf seinen Pobacken und verlangsamen mit leichtem Druck seine Bewegungen. Auf seinem Rücken hat sich ein Schweißfilm gebildet, Eva fährt mit ihrem Zeigefinger hindurch. »Geile Nazibraut«, sagt Warren und bleibt in seiner Bewegung. Dass er in einer fremden Sprache redet, ist ihm bewusst. Eva grinst ihn an.

Kurze Zeit später hält sie ihm seinen Samen unter die Nase und sagt: »Was es wohl wird?«

»Warum redest du eigentlich immer von Babys?«

»Ich rede von Fortpflanzung. Wir wollen unsere nordische Rasse stärken.«

»Das ist ein neuer Ansatz. Wolltet ihr uns nicht vor Kurzem noch auslöschen?« Warren versucht herauszufinden, an welchen Stellen er ihr wie Kontra geben kann. Er will ihr ganzes Gefasel nicht mehr so unkommentiert stehen lassen.

»Das war früher. War uncool. Ich verfolge einen anderen Weg! Ich nehme alles mit, was ich kriegen kann.«

Er will nicht streiten und sagt: »Ich mag dich. Trotzdem.«

»Nett. Aber wieso trotzdem?«

»Trotz diesem Nazischeiß.« Das musste mal gesagt werden. Eigentlich müsste er es wieder und wieder sagen. Bis sie damit aufhört.

»Ich schneid dir gleich den Schwanz ab …«

Sie greift nach einem Messer auf dem Nachttisch. Warren weicht zurück. Mit der Spitze des Messers berührt sie seinen Penis, bewegt ihn hin und her. Warren sitzt erstarrt. Und sieht, dass er sich erneut mit Blut füllt. Er kann nichts dagegen machen.

»Danke für das Angebot«, sagt Eva nüchtern. »Aber pack ihn jetzt ein, ich muss rüber zur Arbeit, wir haben gleich Tagesbesprechung.«

52

Charles steuert das Boot mit geringer Geschwindigkeit durch die Enge, die in die kleine Bucht vor der Stadt führt. Die Bucht sieht aus wie eine Lagune oder ein Binnensee, ist offen zum Meer hin und hat nur eine sehr schmale Einfahrt. Fahrwassertonnen schränken die Durchfahrt weiter ein, sodass sich entgegenkommende Boote auf fast dem gleichen Kurs nähern. Die Enge schützt die kleine Stadt vor gegebenenfalls von Südosten kommenden Sturmwellen.

Die Bucht liegt ruhig da. Einige Regattatonnen wurden ausgelegt, vermutlich wird die Jugendabteilung des Segelklubs trainieren wollen. Charles lässt den Yachthafen rechts liegen und steuert den festen Anlegeplatz der ENHET an, der weiter westlich in der Bucht liegt. Das ist ihr Treffpunkt.

Auf dem Steg steht John. Warren hebt seinen Arm und winkt. John winkt zurück. Eine hochaufgereckte, athletische Gestalt, funktional gekleidet. Neben ihm ein kleiner Koffer. Vermutlich etwas, das im Flugzeug als Handgepäck durchgeht. John hat nie viel bei sich.

Charles lenkt das Boot mit dem Bug gegen den Steg, in sehr langsamer Fahrt bremst er ab, sodass John nur einen Schritt an Deck machen muss. Er trägt braune sportliche Schuhe, kurze Stiefel mit Gummisohlen.

Warren umarmt ihn, während Charles schon wieder zurücksetzt. Warren und John klettern zu Charles ins Cockpit.

»Hallo, John«, sagt Charles, »danke, dass du kommst.«

»Klar. Hallo, Charles.«

John umarmt Warren noch einmal. Sie stehen neben Charles im Steuerstand.

John sagt: »Ich glaube, in dieser Gegend war ich noch nicht. Wie seid ihr hierher geraten?«

»Charles hat das Haus im Netz gefunden und gebucht.«

»Du hast unter deinem richtigen Namen gesucht und von deinem privaten Account?«

»Unter meinem Namen, ging ja um ein Ferienhaus, nichts Betriebliches.«

John kommt wie üblich gleich zur Sache: »Und du kennst Hark Meyer?«

»Kennen ist zu viel gesagt, wir haben uns vor Kurzem bei einem Treffen gesehen, da waren wir hier schon angekommen. Ich glaube nicht, dass ich jemals direkt mit ihm zu tun hatte.«

»Aber es gibt Überschneidungen: Almut, Karl Mohr, vermutlich noch eine ganze Reihe …«

»Ich habe ja nicht an der Strandtreppe gewohnt … Das waren Sidney, Warren und du.«

»Und der Eigentümer?«

»Nun gut, das war und bin ich, ja. Aber warum soll das jemand interessieren? Warum soll das ausgerechnet Hark Meyer interessieren?«

»Du hast ausgezeichnete Finanzkontakte.«

Charles sieht John fragend an: »Und?«

»Die hätte Hark Meyer bestimmt auch gern.«

»Der hat seine eigenen, der braucht mich nicht.«

»Man kann immer optimieren. So denkt Meyer.«

»Woher willst du das wissen?«

»Er betreibt das Business für seine Sache Tag und Nacht. Er ist ein Kaufmann, alle Kontakte sind interessant. Du kennst diese Art Leute gut …«

Warren schaltet sich ein: »Was willst du damit sagen? Dass nicht Charles das Haus gefunden hat, sondern das Haus ihn, weil Hark Meyer das so wollte?«

»Das ist eine Möglichkeit. Wenn er Interesse an Personen hat, kann er so etwas sicherlich einrichten lassen. Er hätte dafür alle Ressourcen zur Verfügung.«

»Mir ist der Sinn nicht klar«, entgegnet Charles, »es klingt zu weit hergeholt.«

»Mag sein«, gesteht John zu, »ich frage nur, um die Möglichkeit zu prüfen.«

»Warum hast du John kommen lassen, Papa?« fragt Warren.

»Es ist gut, wenn er bei uns ist. Wir zwei sind vielleicht nicht genug.«

»Nicht genug wofür?«

»Für das, was da vielleicht geplant wird. Wir sind auf eine besondere Insel geraten …«

»Eine besonders schöne Insel«, sagt Warren.

»Das auch, ja«, stimmt Charles zu, »aber auch eine Insel mit besonderen Bewohnern.«

»Es gibt solche und solche …«

Warren blickt Charles an. Der weiß, dass sein Sohn an eine bestimmte Bewohnerin denkt. Grinsend sagt Charles: »Ja, die auch …«

John fragt: »Mag mir einer verraten, um wen es geht?«

Charles deutet auf Warren.

»Eva«, sagt der.

»Okay, Eva, verstehe ... Von der hast du mir schon erzählt, Warren. Wie alt ist sie?«

»22.«

»Einen Tick älter als du. Schön.«

»Wieso schön?«

»Na, stell ich mir schön für dich vor.«

Warren antwortet: »Das ist es. Ja. Es ist schön.«

Er denkt an heute morgen. Er hätte nichts dagegen, sie gleich wiederzusehen.

»Auch deswegen finde ich es gut, dass John da ist. Er wird ein Auge auf alles haben«, sagt Charles.

Warren sieht zu John hin und findet es okay. Fast alles findet er mit John okay. Er ist in seinem Leben länger mit John zusammen gewesen als mit seinem Vater. John ist wichtig für ihn. Charles ist der Vater, der erreichbar war, aber nicht anwesend. Das hat sich auf der Insel geändert. Jetzt sind beide da. Das ist selten.

Charles hat ein unbetonntes Nebenfahrwasser gewählt, der Plotter zeigt gutes Kartenmaterial, sie können sehen, wo sie fahren dürfen und wo nicht. Der Abstand zwischen den Inseln und die Tiefe des Wassers sind ausreichend.

Nach der Durchfahrt zwischen zwei Inseln haben sie eine zentral liegende Stelle mit einem großen, nur knapp unter der Wasseroberfläche liegenden Stein zu umfahren. Danach liegt ihre Insel vor ihnen. Links die Nordspitze, dahinter sieht man Guns Haus. Warren meint, sie draußen sitzen zu sehen. Vor ihnen sind ihr Kapitänshaus, das Restaurant, Hafen und Stege für die anderen Boote.

Die kleine, hölzerne Snipa verlässt gerade den Hafen und

kommt ihnen entgegen. In geringem Abstand passieren sich die Boote. Die beiden Männer, die gestern kamen und heute mit Henriette und Victor im Wald waren, sind an Bord. Sie stehen aufrecht im Cockpit, einer hält die Pinne und steuert. Sie mustern John, als sie vorbeigleiten. Und John mustert sie. Sie kommen so dicht vorbei, dass man die Runenabzeichen auf ihren Jacken erkennen kann. Sie grüßen nicht.

Im Hafen steuert Charles auf den Platz neben Victors Boot, das wie üblich mit dem Bug auf dem sanft abfallenden Granit der Insel liegt. Sie befestigen ihr Boot nicht weit daneben und steigen aus.

John trägt seinen kleinen Koffer, Charles und Warren gehen voran. Vor dem Restaurant stehen Victor und Eva. Warren winkt. Eva hebt ihre Hand und lächelt.

John blickt zu Victor.

Und Victor blickt auf John.

53

***Im Erdgeschoss** hat Onkel Hannes seine Anwaltskanzlei. In der ersten Etage befinden sich die Familienräume, Küche und Bad, das Schlafzimmer von Onkel und Tante. Der Cousin hatte sein Zimmer ebenfalls auf dieser Etage. Eine Treppe weiter hinauf schließt sich das Dachgeschoss an, mit dem Zimmer der Cousine, Jettes Zimmer und dem Nähzimmer der Tante. Aus der Decke zum Dachboden kann man eine Klappe und eine Leiter herausziehen.*

Jettes Zimmer ist spärlich eingerichtet, ein Schrank, ein Bett, ein kleiner Schreibtisch unter dem Fenster in der Gaube. Ein wollener Teppich liegt unter dem Bett. Eine kleine Kommode ist für die Mädchensachen hineingestellt worden, für Nähzeug, Wolle, Kämme und Bürsten … Stickdecken hängen an der holzgetäfelten Wand. Darauf stehen Sprüche und Verse. »Deine Haare, die sind blond / Wie ein reifes Weizenfeld. /Und sie schimmern fast wie Gold, / wenn ein Sonnenstrahl drauf fällt.« An anderer Stelle: »Der liebe, dicke Mond / schaut in dein Bettchen rein, / passt immer auf dich auf, / sollst nie alleine sein.« Auch ein Kissen ist bestickt: »Und der braune Teddybär / sitzt tapfer auf der Wacht, /wenn die Untermenschen kommen, / durch die rabenschwarze Nacht.«

Die Verse machen Jette manchmal Angst. Dann findet sie es gut, wenn abends ihre Tür abgeschlossen wird. So kann keiner reinkommen. Kein Untermensch. Wenn Onkel Hannes da ist, schließt er selbst ab. Wenn er ihr einen Gute-Nacht-Kuss gibt, kratzt sein Bart etwas, und er riecht aus dem Mund. Jette kennt es nicht anders.

»Schlaf gut, Mädchen!«, sagt er und schließt die Tür.

Danach dreht sich der Schlüssel im Schloss. Für den Fall der Fälle hat sie einen Pinkeltopf in der Ecke stehen. Mit der Cousine macht sie manchmal Klopfzeichen. Eine Zeit lang haben sie sich ein Schnurtelefon durch die Fenster gelegt.

Unten vor dem Haus hört man noch länger am Abend den Verkehr auf der Flusschaussee. Viele Bewohner des Viertels kommen erst spät aus den Büros nach Hause.

Manchmal ertönen von ganz unten im Haus laute Stimmen.

Onkel Hannes hat dann Besuch von Kameraden.

54

Tagsüber hat die Sonne die Insel erhitzt, die Steine haben Wärme gespeichert, und der Wald ist bis zum Boden durchgewärmt. Es ist mild, zum Abend wird es wieder fast windstill. Wenn kein Tief durchzieht, ist das der Normalzustand auf der Insel.

John lässt sich von Warren die Insel zeigen. Sie beginnen mit der Nordspitze, Warren führt John auf eine Granitklippe, die schroff ins Meer abfällt. Grüne Algenfäden haben sich auf Höhe des Wasserspiegels an den Stein geheftet und wehen mit dem Wellenschlag hin und her. Sie folgen dem Trampelpfad durch den Wald zu Guns Haus. Sie sitzt draußen, Warren stellt John vor: »Ein Freund aus den USA.« Gun begrüßt ihn freundlich.

John sagt: »Eigentlich lebt nur meine Mutter in den USA, ich bin normalerweise mit Warren und seiner Mutter unterwegs.«

»Bei Warren habe ich schon herausgehört, wer Sie sind. Sie haben mit ihm in Hamburg gewohnt. Wir haben hier auch einige Hamburger. Hark Meyer, Hannes Bornholdt, Henriette, Victor und ein paar andere.«

»Das ist ja eine kleine Kolonie …«

»So kann man es nennen. Und weshalb sind Sie jetzt hier?«

John blickt Warren an.

Der klärt auf: »Mit Gun bin ich im Austausch. Wir haben keine Geheimnisse.«

Gun bewegt den Kopf hin und her. »Häng es etwas tiefer. Ein paar Geheimnisse sollte man sich schon bewahren …«

John lächelt. Sie sind von der Frage abgekommen, weshalb er hier ist. Das ist in seinem Sinn. Er nutzt die Situation und stellt

Gun seinerseits eine Frage: »Ihr Vater war dänisches Regierungsmitglied in den 40er Jahren, wenn ich richtig informiert bin ...«

Gun ist erstaunt: »Gut informiert, John. Ja, mein Vater war eine Zeit lang gewissermaßen Gesundheitsminister in der dänischen Regierung.«

»Geduldet von den Deutschen.«

»Geduldet von den Deutschen, ja ... Bis sie dann doch selbst die Regierung übernommen haben.«

»1943.«

»Sie wissen ungewöhnlich gut Bescheid, John!«

Warren drängt, das Gespräch später fortzusetzen, er will weitergehen: »Wir kommen gern wieder, wenn wir dürfen, Gun!«

»Wenn ihr dürft!? Wieso redest du so übervorsichtig? Seit wann darfst du denn nicht herkommen ...«

»Das war nur so gesagt...«

»Papperlapapp. Ihr kommt morgen wieder!«

»Morgen wollen wir mit Eva bei uns essen. Magst du nicht dazukommen?«

»Klar, ich komme gern. Wann soll es losgehen?«

»Sagen wir, um 18 Uhr? Ich muss noch herausfinden, wann Eva Zeit hat.«

»Wenn ich recht gehört habe, ist das Restaurant da abends geschlossen.«

»Dann sehen wir uns morgen Abend!«

Gun sieht den beiden nach. John überragt Warren um einen halben Kopf. *Ein athletischer Mann*. Die ehemalige Ärztin erkennt einen gut gebauten Körper, der auf Beweglichkeit und Schnellkraft trainiert ist.

Warren führt John am Sund entlang, ein Stück am Ufer über die Steine und weiter auf dem innen gelegenen Trampelpfad. Die Wärme lässt die Aromen des Waldes nur so strömen. Kiefern- und Tannenduft, Harz und auch strengere Düfte aus den Sträuchern und Pflanzen. Warren kann sehen, dass John die Gerüche wahrnimmt.

Die Südspitze bietet einige Felsplateaus, vier, fünf Meter tief fallen die Felsen ins Meer ab. Man steht auf ihnen wie auf einer Bühne, vor sich die innere Schärenlandschaft, die sich zum insellosen Meer hin öffnet.

Warren sagt: »Manchmal denke ich, die Insel schwimmt. So sieht es aus, wenn du zu den anderen Inseln blickst. Aber eigentlich ist es umgekehrt. Die Inseln sind das Feste, das Meer ist das Bewegte.«

So etwas hat John von Warren noch nicht gehört, für Natur hat er sich bisher wenig interessiert.

»Eure Insel ist ein außergewöhnlicher Ort, Warren.«

Warren sieht ihn erfreut an.

Über die Wiese an der nächsten Bucht führt Warren John auf den Schotterweg und zeigt nach links in den Wald: »Hier gibt es einen besonderen Ort, zwischen großen Steinen und riesigen Felsen. Eine alte Thingstätte.«

John ist nicht überrascht: »Das waren nordische Versammlungsstätten, auch Gerichtsstätten.«

»Da ist eine Art Sonnenrad aufgemalt.«

John fragt: »Wie alt?« »Das ist neu aufgemalt«, sagt Warren.

»Dann ist es nicht so gut.«

Warren ahnt, was er damit meint.

Über den festen Weg kommen sie aus dem Wald heraus, die Kühe sind auf ihrem Tagesrundgang Richtung Restaurant vorangekommen und weit hinten zu sehen.

Als sie sich dem Bornholdt-Hof nähern, schlägt Wolf an und strafft seine Kette.

»Ein Kettenhund. Wird er manchmal losgemacht?«

»Ab und zu, ja. Aber er ist nur auf dem Hofgelände.«

»Das ist auch besser so. Das Kettenleben bekommt Hunden nicht gut.«

John fragt weiter: »Hier leben Bornholdt und seine Tochter, die Hamburger Kolonie, wie Gun sagt?«

»Ja, genau.«

»Noch jemand?«

»Nein, zumindest nicht, dass ich wüsste. Vielleicht ist Victor manchmal da.«

»Eine kleine Bauernstelle. Nichts, womit man heute noch Geld verdienen kann. Wer so etwas erwirbt, hat damit anderes vor.«

»Zwischendurch soll es auch ein Wandererheim gewesen sein.«

»Dann gibt es wohl viele Betten … Aber sie werden nicht genutzt.«

»Jedenfalls nicht im Moment.«

»Aber sie können ganze Gruppen unterbringen.«

Sie gehen an Wolf und den Häusern vorbei. Die Hühner des Restaurants kommen ihnen pickend entgegen und laufen schnell ein paar Schritte fort, als sie ihnen zu nahe kommen.

»Wo haben die denn ihren Stall?«

»Gleich hinter dem Museum hier links.«

»Besser ist es! Sonst gibt es nachts ein Gemetzel. Wenn Fuchs oder Marder erst einmal in Aktion sind, hören sie nicht mehr so schnell auf. Irgendwann schaffen sie es auch in die Ställe. Die sind schlau.«

Das Restaurant ist geöffnet. Die ENHET hat eine kleine Gesellschaft gebracht. Es sieht nach einer Familienfeier aus. Die Menschen sind fröhlich und bunt gekleidet, wie eine Sommergesellschaft.

»Sieht nett aus«, sagt John. Er ist am Speisenschild auf dem Rasen stehen geblieben. *Seeforelle, reifer Käse und in Molke eingelegtes Gemüse. Kuhschwanzsalat und marinierte Rüben. Milchsorbet, verquirlte Enteneier und Himbeermarmelade. Saure-Sahne-Likör.*

»Speziell«, sagt John, »und raffiniert.«

»So ist Victor«, sagt Warren.

»Wir essen zu Hause?«

»Ja, klar. Hast du Hunger?«

»Und wie! Ich bin ja schon lange unterwegs.«

»Dann komm!«

55

Charles und John sitzen auf der Veranda, die Sonne verschwindet gerade hinter den Wäldern auf dem Festland.

»Mich erinnert das hier an Kanada«, sagt John.

»Aber das Klima ist milder«, entgegnet Charles, »das ist noch die Auswirkung des Golfstroms, das soll sich ja bald ändern, wenn ich die News richtig lese.«

Charles und John werden noch etwas beisammensitzen, Warren ist auf dem Weg nach oben in sein Zimmer.

»Du hast alles, was du brauchst, John?«, fragt er noch.

John hat das Zimmer im Nebengebäude bezogen, neben der Werkstatt, schräg über den kleinen Hof.

Sidney hat ein Bild geschickt, Blick auf das Meer, immer noch in Spanien. *Golfo de Biscaia* als Untertitel. Und hinzugefügt: *Camino de la Costa*. Das ist der Küstenwanderweg der Pilger auf dem Weg nach Santiago de Compostela. Die meisten Pilger nutzen eher die Wege im Landesinneren.

Warren weiß nicht, ob Sidney geplant hat, diesen Pilgerweg zu gehen, sie entscheidet gern spontan. Bei ihr ist es abhängig von ihren Begegnungen. Aktuell heißt der Grund für einen Schwenk auf der Route Antonio, ein Entenmuscheltaucher. Sidney hat ihn bei einem Stopp auf der Route getroffen. Der Atlantik und der Muscheltaucher haben sie glatt vom Pilgern abgebracht. Zu dem Meeresfoto schickt sie ein Zitat von Papst Franziskus: *Paulus geht weiter und taucht in dieses Meer ein, dieses Meer ohne Grund und Ufer, ein unermessliches Meer: die Person Jesu.* Typisch Sidney.

Warren weiß nicht, wie lange sie schon dort ist. In letzter Zeit war sie nicht sehr redselig und hat wenig geschrieben. Es ist ungewöhnlich für John, Warren und Sidney, dass sie sich so lange nicht sehen. Nun ist John wieder da. Sie könnten sich in Hamburg treffen, im Haus an der Flusstreppe.

Eine weitere Nachricht ist eingegangen. Sie stammt von Gun: »Wir sind nur Gast auf Erden«.

Er tippt zurück: »Gun?«

»Ja?«

»War das für mich?«

Für einen Moment erscheint nichts auf dem Display, dann schreibt Gun: »Pardon. War für Henriette.«

Etwas später schickt sie noch: »… und wandern ohne Ruh, mit mancherlei Beschwerden der ewigen Heimat zu.«

Warren antwortet: »Bist du okay?«

»Ja. Klar.«

Und dann schreibt sie: »Hannes ist tot.«

»Hannes Bornholdt?«

»Ja, Henriettes Onkel.«

»Wann ist das passiert?«

»Gerade erst, vor einer Stunde.«

»Ein Schlag für die Bewegung?«

»Besonders aktiv war der alte Nazi schon lange nicht mehr.«

Nach einer Weile fügt Gun hinzu: »Seine Stelle haben längst andere übernommen, nicht zuletzt Hark Meyer. Auch dieser und jener Kamerad, den du in der Scheune gesehen hast … Das Meer des Bösen sorgt für Nachschub und schiebt die Lücke schnell wieder zu. Lass uns auf seine Konten schauen, jetzt ist der richtige Moment. So was kannst du doch, wie ich weiß.«

»Woher weißt du das?«

»Ich habe ein bisschen über euch nachgelesen. Ich weiß also auch, wer John ist.«

»Verstehe … Wie geht es bei Henriette jetzt weiter?«

»Erst mal muss Abschied genommen werden. Lass uns das mit den Konten bald machen, bevor die Erben und die Bewegung zuschlagen. Vielleicht können wir vorher etwas regeln!«

»Okay, Gun, ich komme morgen vorbei.«

56

Jette ist ein scheues Kind, verträumt und schreckhaft. Wahrscheinlich gab es nach dem Tod ihrer Mutter für ihr Leben zwei Möglichkeiten: zu kämpfen und sich nicht die Butter vom Brot nehmen zu lassen, oder nicht im Wind zu stehen und sich zurückzuhalten. Sie hat den zweiten Weg gewählt, wenn man denn von wählen sprechen kann.

Sie erledigt die Aufgaben, die Onkel und Tante ihr auftragen. Zu Cousine und Cousin hat sie kein liebevolles Verhältnis, sie sind eine Schutzgemeinschaft, aber auch eine Notgemeinschaft. Zuneigung würde anders aussehen. Für die anderen beiden ist sie als Eindringling von außen hinzugekommen und wurde als Kleinste in Obhut genommen. Sie stört die anderen beiden.

Dennoch: Sie gehört zur Familie, und nicht zu irgendeiner, sie ist jetzt eine Bornholdt.

Nach außen hin wirken sie zunächst etwas altertümlich. Es kommt ihnen nichts Amerikanisches ins Haus, Jeans sind verpönt. Stattdessen trägt die Familie Wolle, Filz und Loden, derbe Schuhe und braune Sandalen, mit Riemchen für Jette, und im Sommer, mit breiten Lederstreifen, auch für den Onkel.

Im Flur hängen lange Mäntel, die Onkel Hannes aber kaum trägt. Er steht ständig unter Spannung und ist erhitzt, aber Kälte bedeutet für ihn auch Abhärtung. Auch im Winter wird in den Kinderzimmern unter dem Dach das Fenster auf Kipp gestellt.

»Gestählt lebt es sich besser, Jette!« sagt Onkel Hannes, wenn Jette friert. Dann gibt es eine Wolldecke mehr. Bei großer Kälte auch zwei.

Onkel Hannes' Freunde und Kameraden kommen aus dem

»Dorf«, wie sie ihren Vorort nennen, aber auch aus den umliegenden Vororten und dem nahen Schleswig-Holstein. Bauern, Spediteure, ein Schlachter, Anwälte, Notare, Taxifahrer, Lotsen. Hintenraus verfügt das Erdgeschoss des Hauses über einen größeren Raum, der für die abendlichen Zusammenkünfte reserviert ist.

Jette und die anderen Kinder sind oben in ihren Zimmern, wenn die Kameraden da sind. Einige Male mussten sie auch herunterkommen und allen die Hände geben. Im Zimmer roch es verbraucht, die Luft war schlecht. Bierflaschen standen auf dem Tisch. Onkel Hannes trinkt deutsches Mineralwasser.

Alles ist braun und grau, findet Jette. Das Bunteste sind die Anstecker an den Revers der Herren. Weiß, Schwarz und Rot in unterschiedlichen Kombinationen. Mit Buchstaben oder eckigen Zeichen.

In den gleichen Farben weht eine Flagge auf dem großen Gemälde an der Wand.

Jette findet die Flagge schön.

57

Die Flagge des skandinavischen Kreuzes in den deutschen Landesfarben zappelt im Wind, mit jeder Böe streckt sich das Tuch, sackt dann wieder in sich zusammen, streckt sich erneut. Der Wind ist unstet geworden.

Die Flagge beim Restaurant hängt auf halbmast, auch der Fahnenmast neben der Scheune zeigt Trauer. Auf dem Hof der Bornholdts ist die Todesrune Ihwa gehisst worden, auf halber Höhe des weiß lackierten, hölzernen Mastes. Die Lebensrune Algiz in ihrer gestürzten Form.

John und Warren haben den Weg an Restaurant und Bornholdt-Haus vorbei genommen.

»Auf Grabinschriften sieht man oft noch beide Runen für Geburts- und Todesdatum. Und gern ein unverfängliches Zitat. Zum Beispiel: *Nur aus Vergangenem und Gegenwärtigem zugleich baut sich die Zukunft auf.*«

»Das hört sich richtig an«, sagt Warren.

»Stimmt, es ist aber ein Zitat Adolf Hitlers«, sagt John, »damit zeigt man noch auf dem Grabstein Flagge und klare Kante.«

Wolf streckt seine Kette, Henriette ist nicht zu sehen. Auf der Veranda stehen mehrere Männer. Warren meint, Hark Meyer zu erkennen. Sicher ist er nicht, zu viele Personen stehen dort und verstellen so den Blick auf einzelne.

»Es wird einiges zu regeln geben«, sagt John, »Bornholdt war mit Sicherheit Inhaber mehrerer Firmen und Vereine sowie Eigentümer von Liegenschaften. Bei ihm lief noch viel zusammen. Wenn darüber nicht klar verfügt wurde, mischen jetzt seine ersten Kinder mit. Die sind kein Teil der Bewegung geworden und standen ihrem Vater immer kritisch gegenüber. Das ist erstaunlich, bei Henriette ist es anders gewesen. Die hat sich erst abgewendet und dann wieder angenähert. Je nach Lebensphase. Vielleicht hat ihr eine klare Bezugsperson gefehlt, Waise zu sein ist nichts, das man auf seinem Lebensweg abschütteln kann. Und als Vormund ausgerechnet einen harten Hund wie Hannes Bornholdt zu bekommen, das war emotional gesehen eine Katastrophe.«

»Gun hätte Henriette gern zu sich genommen.«

»Ja, das war ein Fehler ihrer Mutter. Aber vergiss nicht die Macht der alten Rituale und Bilder: Blut ist dicker als Wasser.«

John sagt: »Ich halte Henriette inzwischen auch für eine schlafende Akteurin. Gemeinsam mit Victor.«

»Wie kommst du darauf?«, fragt Warren.

»Ich habe recherchiert, auch bei uns in Hamburg. Von dort kommt Bornholdt ja schließlich. Er war mehrere Jahre im Vorstand des Grundeigentümer-Vereins im Ort ... Das hat niemand gestört. Jedenfalls nicht so sehr, dass er diese Funktion hätte niederlegen müssen.«

»Von wem weißt du das?«

»Von Almut.«

»Oh. Wir haben uns geschrieben«, berichtet Warren.

»Ihr habt auch Kontakt?«

»Ab und zu. Sie ist schon Freigängerin wegen guter Führung. Dann kann sie auch zoomen.«

»Ist sie zu Hause an der Flussterrasse?«

»Wenn sie Freigang hat, dann ja.«

»In der Mohrschen Villa?«

»Auch.«

John und Warren sind dem Weg gefolgt, der von der einen auf die andere Seite der Insel führt, sie kommen am Gittergeviert vorbei, das zum Abtransport der Rinder genutzt wird. Der Sund sieht unruhig aus. Der böige Wind sorgt für eine unruhige Oberfläche auf dem Meereswasser und schiebt kleine Wellenkolonnen vor sich her. Ruppig sieht es aus. Getrieben. Wenn harte Böen auf das Wasser drücken, hebt Gischt ab. Schaum landet einige Wellenkämme weiter, legt sich in das Tal oder auf den nächsten Kamm.

Gun erwartet sie bereits. »Es wird einiges vorbereitet.«

»Hallo, Gun, was meinst du?«, fragt Warren.

»Sie planen eine Ehrentat für Bornholdt.«

»Was heißt das denn?«

»Zu Hannes' Ehren soll etwas stattfinden.«

John hört genau zu. »Woher weißt du das?«

»Ich bin doch in die Foren eingeloggt, Henriette hat mir den Zugang verschafft.«

»Wieso hat sie das getan?«

»Weil sie denkt, dass ich ihnen nahestehe.«

»Was du nicht tust?«

»Fragst du mich das schon wieder? Wie gesagt, ich bin nur hier, um das Allerschlimmste zu verhindern, was Henriette angeht. Ich habe es Ingrid versprochen.«

»Und was ist es, was Henriette machen könnte?« fragt John.

»An dem Akt teilnehmen. Victor dorthin folgen, ihm helfen.«

»Victor ist der Ausführende?«

»Nicht allein. Sie sind mehrere. Aber Victor ist dabei, klar. Und vorneweg.«

Warren will wissen, wie das Bevorstehende praktisch aussehen könnte.

»Sie werden einen Anschlag verüben. Und danach Botschaften verschicken und sich bekennen. Das gehört ja dazu, sonst hat es keinen PR-Effekt.«

»Benutzen sie Schusswaffen, wenn so etwas geplant wird?«, fragt John.

»Was das betrifft, ist einiges los in Schweden. Die aktuellen Clan-Kriminellen machen immer öfter Bombenattentate und wollen so

Terror ausüben. Die schwedische Polizei hat noch kein Konzept gegen sie, ist damit aber gut beschäftigt. Die Rechten agieren in deren Windschatten. Sie sind nicht täglich im Fokus, aber die Behörden kennen sie weitgehend und beobachten sie. Die wissen, wie sie vorgehen und wer dabei ist. Aber Victor und auch andere sind kalte Spuren, sie werden vermutlich nicht täglich überwacht. Außerdem warten die Behörden zu lange, bis es schon passiert ist. Also zurück zu deiner Frage: Ja, sie benutzen Schusswaffen, aber sie bomben nicht. Im Moment jedenfalls nicht.«

John nickt: »Verstehe. Zu Victor findet man tatsächlich so gut wie nichts im Netz.«

»Außer dem Foto aus Frankreich von der Demonstration mit dem Front National«, sagt Warren.

Gun nickt: »Das ist eine alte Sache ... Aber ich glaube, dass er auch zwischendurch aktiv war. Ich glaube sogar, dass er den NSU in Deutschland unterstützt hat.«

»Und Henriette?«

»Die ist genau zu dem Zeitpunkt hier aufgetaucht, als der NSU sich in seinem Wohnwagen in die Luft gesprengt hat. Das war vor neun Jahren, 2011. Victor kam nicht viel später.«

»Bornholdt war da schon hier?«

»Ja, er und Hark Meyer haben ihre Grundstücke eher gekauft. Die waren vorbereitet, wollten hier ausbilden und Arier züchten. Der Schritt von der Theorie in die Praxis. Aber das verlief im Sande, auch weil Hannes seinen Schlaganfall erlitt. Der Hof, das sogenannte Wandererheim, wäre der Ort dafür gewesen ...«

»Ist es nicht verrückt, dass das hier in den Schären stattfindet? Da denkt doch niemand dran ...«

»Wenn sie sich geschickt verhalten, geht das Kalkül sogar auf. Die Krönung ist das Restaurant, das ist dermaßen extrem, speziell und interessant, dass niemand es als Fassade verdächtigt. So essen keine stumpfen Neonazis. Die essen Nackensteaks. Das Lokal taucht ständig in den Medien auf. Sie suchen geradezu Publikum. Eine schlaue Taktik, sich mitten in der Öffentlichkeit zu verstecken.«

»Aber sie sind unvorsichtig geworden. Dass sie so eine Feier wie neulich veranstalten, geht vielleicht noch. Aber nicht, dass Warren dabei zuschauen darf.«

»Das liegt an Eva«, sagt Gun, »das war sicher so nicht geplant.«

»Wann soll etwas stattfinden?«

»Übermorgen.«

»Wo?«

»In der City, Stockholm, vermute ich, das wird nicht direkt gesagt.«

John sieht nachdenklich aus. »Übermorgen, das ist nicht mehr lange hin. Kannst du uns zeigen, was im Forum geschrieben wird?«

»Klar, kommt mit.«

Gun erhebt sich heute mit noch mehr Mühe als sonst. Die Ereignisse lasten schwer auf ihr, bedrücken sie und fordern sie heraus.

Sie sagt: »Lasst uns dann auch gleich in die Konten von Bornholdt sehen, das kannst du doch? Warren?«

Warren realisiert gar nicht, dass er angesprochen wird. Die Wucht der Neuigkeiten verwirrt und überfordert ihn. Sobald über Victor gesprochen wird, denkt er Eva mit. Hat sie auch etwas mit diesen Plänen zu tun?

In zwei Tagen könnte ein Anschlag verübt werden. Dass John

darauf eher kaltblütig reagiert, überrascht Warren nicht. Aber auch Gun kommt ihm souverän und gar nicht verängstigt vor. Offensichtlich schläft sie in der Nachbarschaft solcher Leute sehr gut. Und Eva arbeitet und lebt mit solchen Typen Hand in Hand. Oder läuft bei ihr ein ganz anderer Film?

Gun drängt: »Warren, hörst du?! Die Konten!«

»Ja, richtig, die Konten. Das muss ich mir ansehen. Du meinst doch die Bitcoin-Konten?«

»Ja, und andere Kryptowährungen. Soll ich dir helfen?«

»Das wirst du vermutlich müssen. Wir können da nicht einfach digital vorgehen, wir brauchen die Zugänge. Und die können wir uns wohl nur direkt im Hause Bornholdt holen …«

John nickt: »Das vermute ich auch. Ich gehe nicht davon aus, dass die privaten Schlüssel zu den Konten irgendwo im Netz stehen, aber wir werden sehen. Du forschst erst mal, Warren?«

Gun drängt weiter: »Bitte fangt an! Lasst die Möglichkeit nicht vorübergehen. Eine Chance habe ich ja schon vertan. War nicht mein bester Tag, obwohl ein großer Wunsch in Erfüllung gegangen ist.«

Warren fragt: »Welcher denn?«

Gun sieht Warren direkt an. »Dass Hannes tot ist.«

»Und welche Chance hast du vertan?«

»Ihn mir noch einmal vorzunehmen …«

»Verstehe…« Um Gun etwas Linderung zu verschaffen, sagt Warren noch: »Vielleicht ist das die Wende für Henriette.«

Dem hat John etwas hinzuzufügen: »Oder gerade nicht«.

»Oder gerade nicht«, wiederholt Gun, »da hast du recht, John. Es geht jetzt in die eine oder in die andere Richtung.«

Sie setzt ihren mühsamen Gang nach drinnen fort. Warren und John folgen ihr und werfen dabei noch einen Blick auf das Meer. Der Sund ist aufgewühlt, die Böen drücken auf das Wasser durch.

Um die Nordspitze kommt die Snipa und hat Mühe, gegen die kurzen, steilen Wellen anzufahren. Sie ist mit zwei schwarz gekleideten Männern besetzt.

Vermutlich sind sie bei den Bornholdts gewesen, denkt Warren.

Oder bei der Bornholdt, jetzt lebt ja nur noch eine.

58

So kennt Warren Eva noch nicht. Sie scheint geknickt zu sein, ihre Laune ist getrübt: »Irgendwie geht es gerade nicht mehr um das Restaurant. Die Tagesbesprechung war lieblos, das Essen für unsere Verhältnisse nullachtfünfzehn …«

Sie ist bei Warren vorbeigekommen, auch das ist neu.

»Wie kommt das?«

»Ich weiß nicht. Das war schon vor dem Tod von Henriettes Vater so. Ständig hatte Victor Besuch, oder er musste irgendwo hin. Das sorgfältige Vorbereiten der Speisen fiel immer häufiger aus. Eigentlich arbeiten wir ja einen kompletten Jahreszyklus durch, bis zur Einmachzeit im Herbst. Das geht auch gar nicht anders, so viel wächst hier nicht. Sogar das Wild ist nicht immer zu schießen. Im Winter sind ja auch die Rinder nicht mehr da.«

»Wie hat Victor denn reagiert, als er von Bornholdts Tod erfahren hat?«

»Er war geschockt, wie paralysiert, dann hat er sich wieder aufgerichtet. *Wir erweisen ihm die Ehre. Das war ein guter Mann,* hat er gesagt. Und: *Wir übernehmen.* Er ist direkt zu Henriette rübergegangen, und wir mussten sehen, wie wir klarkommen.«

Im Vergleich zu ihrem sonst burschikosen und provokant-rücksichtslosen Verhalten wirkt Eva geradezu emotional, sanft und nachdenklich. Warren ist irritiert und erfreut zugleich.

Er hat sich zu ihr auf die Bank vor dem Haus gesetzt und sie umarmt. Er küsst sie. Sonst war es andersherum. Es fühlt sich gut an, dass sie herübergekommen ist.

»Weißt du etwas über die Beerdigung?«

»Er wird nach Deutschland gebracht. Dort gibt es einen besonderen Friedhof, da liegen auch andere Kämpfer. So eine Art Ehrenfriedhof.«

»Er wird nicht hier bestattet?«

»Nein. Hier gibt es ja keine Grabstellen.«

»Die könnte man doch machen!«

Eva blickt erstaunt: »Du setzt dich für eine Grabstelle für Bornholdt auf der Insel ein!?«

»Nein«, antwortet Warren schnell, »das ist nur eine Idee. Ich dachte, das könnte passen.«

Eva schaut immer noch erstaunt.

Dann fragt sie: »Wie stehst du überhaupt zur Bewegung?«

»Ich? Zu eurer Bewegung? Sicherlich nicht positiv. Und was du bisher so vom Stapel gelassen hast, das ist abstrus. Der harte Norden. Dieses ganze Rassistische, Antisemitische … Das ist zum Kotzen. Und es ist eine Katastrophe, dass du das nicht siehst.«

Warren bezieht endlich Stellung. Es ist ihm nicht egal, dass er damit etwas zwischen ihnen zerstören könnte, aber es muss gesagt werden. Er nutzt den Spalt, der von Eva geöffnet wurde. *Wie wird sie reagieren?*

»Unsere Bewegung …«

Eva scheint nachzudenken.

»Unsere Bewegung … Na ja, wenn man so will. Ich bin hier eher der Meteor, der durch den Sternenschwarm der Bewegung fliegt …«

Das Bild sagt viel, wenn Eva es ernst meint. Das würde bedeuten, dass sie nicht selbst Teil der Bewegung ist. Ihre Flugbahn wird auch von anderem gelenkt, sie folgt noch anderen Anziehungskräften.

Im Moment aber ist sie noch mittendrin, sie sagt: »Aber die hier sind megacool. Besonders Victor.«

Dann sagt sie: »Ich bin aber nicht Bonnie. So wie Henriette.«

»Und Victor ist Clyde? Das waren doch Verbrecher, keine Politischen …«

»Manchmal ist die Grenze fließend. Vieles wird gar nicht als das erkannt, was es ist. Man sieht nur die Oberfläche, was in der Tiefe liegt, sieht man nicht.«

»Alles, was da in der Tiefe gurgelt, scheint mir menschenverachtend und aggressiv zu sein. An der Oberfläche ist es heimatliebend …« Eva kommentiert nicht, was Warren sagt. Das erstaunt ihn.

Aber es passt zur Stimmung. Etwas hat sich geändert.

Warren spürt Evas Wärme und meint, ihr Herz schlagen zu hören.

59

__Bahnhof__, Kirche, Marktplatz und das Café der Bäckerei, sie alle liegen in Schrittweite zueinander. Die Straße führt vorbei an weiteren Einzelhandelsgeschäften, einer Drogerie, der Postfiliale, dem Schreibwarenladen. Der Platz vor dem Bäckereicafé ist der Schauplatz für alle Informationsstände und Agitationen. Er liegt fünf Gehminuten vom Bornholdt'schen Haus entfernt.

Jette ist die kleine Attraktion an Onkel Hannes Infostand. In den Farben Schwarz-Weiß-Rot ist er aufgebaut für die Bewegung der Kameraden. Onkel Hannes findet diesen Platz passend, das Denkmal für die Gefallenen der Kriege befindet sich auf der gegenüberliegenden Straßenseite. Seiner Meinung nach wird es zu wenig gepflegt. Er hat einmal für einen Schnitt der Hecke rund um das Denkmal gesorgt, ein Anruf beim Kameraden im hiesigen Ortsamt reichte aus.

Hier kommen fast alle vorbei: auf dem Weg zum Wochenmarkt, vom Bahnhof auf dem Weg an den Fluss, zum Einkauf am Samstag. Jette mit ihren blonden Zöpfen ist der Liebling der alten Damen, aber auch ältere Herren nicken zustimmend bei ihrem Anblick in Wollstrumpfhosen, derben Schuhen und einem Strickpullover, dem üblichen Aufzug der Bornholdt-Kinder.

»Das ist also die Kleine vom Bornholdt!«

»Nein, das ist seine Nichte.«

»Eine hübsche Deern. Haare wie ein reifes Weizenfeld …«

»Sogar eine kleine Dänin!«

»Seite, Seite, Mitte, Breite, Seite, Seite, Mitte, raus …« Jette hat eine Freundin dabei, sie spielen Gummitwist. Das finden die älteren

Damen herrlich anzuschauen und setzen sich so auf die Bänke, dass sie einen guten Blick haben.

»Teddybär, Teddybär, dreh dich um, mach dich krumm, Teddybär, Teddybär mach dich klein, Teddybär, hüpf auf einem Bein.«

Die Plakate und Zettel am Infostand setzen auf einfache Parolen: »Ausländer raus!« ist die direkteste. Das Recht der Frauen spielt eine größere Rolle, besonders das Recht auf Mutterschaft: »Mutter zu sein ist die höchste Erhebung!« Als Feind wird Amerika deklariert, gemeint sind die USA. »AMERIKA – Totengräber der freien Völker!« Eine Schale auf dem Infotisch bietet Salzgebäck in eckigen und zackigen Runenform an.

»Gummitwist! Ein amerikanisches Spiel bei Kamerad Bornholdt? Wie kann das denn sein?«

Ein Mann in schwarzer Kleidung drängt heran.

»Das sind ja interessante antikapitalistische Tricks! Passt auf, dass das nicht die Parteileitung mitbekommt. Oh Pardon, die Parteileitung ist ja schon anwesend …« Der Mann scheint zu stolpern, rempelt gegen den Stand mit den Broschüren.

Bornholdt tritt an ihn heran und zischt: »Sieh zu, dass du wegkommst, verpiss dich, du Schmutz!«

Onkel Hannes hat seine Faust geballt, der Schwarzgekleidete sieht das: »Kamerad Bornholdt, ich würde den Schlüsselbund aus der Faust nehmen, besonders den einen herausragenden Schlüssel. Das könnte sonst eine justitiable schwere Körperverletzung geben! Bornholdts berühmter Trick … Aber wem erzähl ich das, Herr Anwalt!«

Er sieht Onkel Hannes provokant ins Gesicht. Bornholdt ist blass geworden. Zwei Parteihelfer kommen und schleppen den Schwarz-

gekleideten zur Seite, drücken ihn auf eine Bank und bleiben bei ihm stehen. Der Betrieb am Stand geht weiter. Passanten nehmen Flugblätter mit, einige begrüßen Onkel Hannes auch persönlich. Die Stühle vor dem Café sind gut belegt, man sieht rüber zu Bornholdt und seinen Leuten.

Ein Streifenpolizist spricht in sein Funkgerät.

»In – der – He- xen - kü-che - geht – es – lustig zu«, Jette und ihre Freundin gummitwisten zu einem neuen Vers.

»Natürlich, anständig, zuverlässig und intelligent.«

Laut lobt der Schwarzgekleidete Jette und ihre Freundin.

Die Helfer zischen: »Halt die Klappe, du Drecksack! Und lass die Mädchen in Ruhe!«

»Wieso denn, ich habe doch nur gesagt, was euch gefällt, Kameraden! N… A…. Z… I…«

Dann erhebt er sich und geht zum Café, um sich einen Kaffee zu bestellen.

Er sitzt noch lange dort und beobachtet Onkel Hannes, dessen Helfer, die Mädchen und die Menschen, die an den Infostand treten.

60

Gun ist mit ihrem Luxusrollator aufgebrochen. Sie trägt ein weites Kleid in schillerndem Dunkelblau, ein Anteil Seide ist in die Wolle gewebt. Sie hat eine kleine Brosche mit der dänischen Flagge angesteckt, und um ihren Hals hängt eine Perlenkette. Als sie um die Ecke des Kapitänshauses biegt, geht Warren ihr entgegen.

»Du siehst aber feierlich aus!«

»Na ja, feierlich… Ordentlich gekleidet, wie man es eben macht, wenn dich die Nachbarn zum Essen einladen. Ich mag es so. Und so viele Gelegenheiten habe ich nicht mehr, um meine Kleider anzuziehen. Ich hänge ja immerzu auf der Insel herum, normalerweise ist es egal, was ich anziehe, das interessiert keinen …«

»Ich finde, du siehst klasse aus!«

Gun freut sich.

Sie schiebt den Rollator über das kurze Gras Richtung Veranda. Eine Eidechse huscht in das Fundament des Hauses.

»Früher wohnte hier ein Kapitän, der ein kleines Transportschiff bereederte. Er fuhr das Schiff selbst von hier die Küste rauf und runter. Die Sorte Kapitän, die es heute fast nicht mehr gibt. Ein stolzer Mann, sein eigener Herr. Er hat diese Parzelle vom Staat erworben, genauso wie der Bauer, der den Bornholdt'schen Hof bewirtschaftete. Der Kapitän hat auch das Vieh übergesetzt, das verkauft werden sollte. Sein Schiff hatte sogar noch ein Stützsegel, falls ihm die Maschine ausfallen sollte. Es war ein Schiff mit schönen Linien, nicht für die hohe See, nur für die geschützten Gewässer in den Schären. Wahrscheinlich habt ihr oben auf dem Boden noch Bilder davon oder sogar Gegenstände.«

»Auf dem Dachboden? Da bin ich noch nicht hingekommen …«

»Könnte sich lohnen.«

»Hast du den Kapitän gut gekannt?«

»Als ich gekommen bin, gehörte ihm das Haus schon nicht mehr. Victor hatte es bereits gepachtet. Aber einmal kam er noch, da war er so unterwegs wie ich jetzt. Hatte einen Schlaganfall erlitten und lebte auf dem Festland im Seniorenheim. Auch dann war er noch eine Persönlichkeit. Er konnte nicht mehr gut sprechen, aber er hielt sich aufrecht. Man sah, was das für ein Mann gewesen war!«

»Du schwärmst ja richtig, Gun!«

»Tue ich das?« Sie lächelt. »Ich mag solche Männer. Ja.«

Eva kommt auf den Hof, Gun begrüßt sie freundlich: »Hallo, Eva! Schön, dass wir uns hier treffen!«

Eva nickt: »Das finde ich auch!«

Warren sagt: »Charles und John bereiten das Essen vor, ich gehe rein und helfe. Bleibt ihr noch draußen?«

»Wir setzen uns vor die Veranda, Warren.«

Gun hat die Bremse am Rollator angezogen und sich auf die Bank gesetzt, ihr Kleid fällt locker über die kräftigen Beine. Sie ist ein stolzer Anblick, findet Warren. Fast wie eine Kapitänsfrau!

»Komm, setz dich zu mir!«, fordert Gun Eva auf.

Die Bank, auf der beide jetzt sitzen, ist es, die dem Hausensemble seinen Sinn gibt. Sie steht geschützt und ist dabei ein offener Ort. Der Platz des Kapitäns, wenn er von seinen Fahrten zurückgekehrt war. Hier hatte er Land unter den Füßen, jetzt konnte beruhigt sein. Das Meer ist Freund und Feind zugleich, tiefe Ruhe kehrt für die Seefahrenden erst an Land ein.

»Wie geht es dir, Eva?« fragt Gun.

Statt zu antworten, beginnt Eva zu weinen. Tränen laufen ihre Wangen hinab. Gun legt ihren Arm um sie.

»Es ist nicht mehr, wie es sein sollte«, sagt Eva leise.

»Victor?«

»Ja. Das Restaurant interessiert ihn nicht mehr. Er ist mit der Bewegung beschäftigt.«

»Hat er das Restaurant jemals ernst gemeint?«

Eva sieht Gun erstaunt an. »Sonst kann man so was nicht machen, nicht so.«

Gun nickt. »Vielleicht hast du recht. Aber was ist anders geworden?«

»Jettes Vater ging es immer schlechter, vielleicht hat das etwas verändert. Und nun ist er gestorben. Vielleicht ist etwas aus den Fugen geraten …«

»Der König ist tot«, sagt Gun.

»Im Moment spielt das Restaurant jedenfalls keine Rolle mehr. Victor sagt ganze Gesellschaften ab, er ist kaum noch da, bereitet irgendwas vor. Geht zum Schießen in den Wald.«

Die beiden haben nicht bemerkt, dass John hinter sie getreten ist. Er räuspert sich.

»Hallo, ich bin John«, sagt er zu Eva. Und: »Hallo, Gun!«

»Hallo, John«, antwortet Gun.

Eva sagt: »Ich weiß, wer du bist. Warren hat mir von dir erzählt, ich habe euch ankommen sehen.«

John sagt: »Ich habe ein wenig zugehört … Weißt du, was Victor vorhat?«

»Jettes Onkel ist aufgebahrt worden. Morgen kommen die Kameraden und nehmen Abschied.«

»Du auch?«

Eva sieht ihn erstaunt an: »Klar, es ist Hannes Bornholdt!«

Erneut hat sie feuchte Augen.

»Morgen wird er nach Deutschland gebracht. Victor macht das selbst mit seinem Schiff.«

»Wohin fahren sie?«

»Stadt wurde gesagt, Stockholm … Aber ich weiß es nicht genau.«

John sagt: »Wollen wir reingehen und essen? Wir sind so weit.«

61

Der Tisch im Wohnzimmer ist gewachsen. An beiden Seiten der Tischplatte kann man kurze Enden hervorziehen, sodass eine respektable Tafel entsteht. Auf eine Tischdecke haben sie verzichtet. Das Holz trägt Gebrauchsspuren, hier und da ist auch ein Holzwurm zu Hause gewesen. Es ist ein Gebrauchstisch, nichts Edles.

Teller, Bestecke, Gläser, die Männer haben eingedeckt. Neben den Sets liegen grobe Leinenservietten. Dagegen hebt sich hell das schneeweiße Porzellangeschirr ab.

Charles und John sitzen auf einer Seite des Tisches, Gun am Kopf, Warren und Eva auf der anderen Seite. Die Sonne blitzt unter den Abendwolken hindurch und schickt goldenen Glanz auf die Wasseroberfläche. Dieser Glanz spiegelt sich an der hellen Zimmerdecke.

Charles sagt: »Schön, dass ihr da seid, Gun und Eva! Wir freuen uns. Erwartet bitte kein großes Menü und besondere Speisen, ich bin etwas aus der Übung … Aber mit Johns und Warrens Hilfe hat es dann doch gereicht. Bitte fangt an!«

Es ist eine bürgerliche, einfache Küche: Fleischfrikadellen und Bratkartoffeln, dazu gibt es noch Rührei und einen grünen Salat in Sahnesauce. »Hakkebøf med bløde løg sagen wir dazu in Dänemark«, erklärt Gun, »das esse ich sehr gern, besonders mit den Zwiebeln! Gratulation!«

»Habt ihr das Hack von Victor?«, fragt Eva.

Warren nickt: »Habe ich vorhin bei euch geholt.«

»Schmeckt alles gut«, sagt Eva.

»Das will etwas heißen, wenn du das sagst … und wenn du es ehrlich meinst …«, sagt Charles.

»Du wirst bei Victor ja Gaumenfreuden gewohnt sein.«

»Das stimmt«, sagt Eva, »aber das mag ich auch. Ist eine klare heimische Küche.«

»Was für eine Idee ist das von Victor, so extrem auf regionale Produkte zu setzen«, fragt John, »woher kommt das?«

»Ach, es gibt doch einige, die das versuchen! In dieser Weise aber nur wenige, der bekannteste, weit über Schweden hinaus, ist Magnus Nilsson mit seinem *Fäviken*, der hat aber nicht mehr geöffnet.«

»Und heimisch ist gut?«, fragt John weiter.

»Ja, die heimischen Pflanzen und Tiere geben der nordischen Rasse Kraft, sie geben uns am besten Energie.«

»Wer ist denn diese nordische Rasse, wen zählst du dazu?«

»Die heimischen Völker des Nordens.«

»Die Deutschen auch?«

»Einen Teil von ihnen, sie sind ja auch vielfach verslawt, die verslawten dann weniger.«

»Gar nicht so einfach, das auf Dauer reinrassig zu halten, oder?«

»Stimmt. Aber es geht auch darum, eine neue nordische Rasse zu entwickeln, die sich gegen die Vermischung mit südlichen Völkern behaupten kann. Wir nehmen die Gene der anderen Völker gern auf, dann werden wir die stärkste Rasse. Und gewinnen den Überlebenskampf der Völker.«

»Hitler hat nie richtig definiert, was mit arisch gemeint ist, wer oder was arisch ist«, sagt Charles.

Eva sieht ihn an: »Der interessiert mich nicht sehr, der war ja selbst verslawt. Hannes Bornholdt hat das allerdings anderes gesehen.«

»Das stimmt«, sagt John, »der war enthusiastischer Hitler-Fan, geriebener Apfel und Milch zum Frühstück, kein Alkohol, Vegetarier … Aber so ganz hat Bornholdt das auch nicht eingehalten. Bier gehört zu eurer Bewegung dazu, oder?«

Eva sagt: »Von Bornholdt weiß ich wenig, ich habe ihn nur selten gesehen.«

»Dafür kennt ihn unser Stadtviertel in Hamburg gut, man muss nur die Bewohner nach ihm fragen. Bornholdt hat in den Achtzigern losgelegt, und in den Neunzigern und Anfang des neuen Jahrtausends dann richtig Gas gegeben.«

Eva zuckt mit den Schultern: »Ich weiß nichts davon, was bei euch los war.«

»Ich könnte dazu auch einiges beitragen, aber erst mal schmeckt es mir noch«, sagt Gun, »mögt ihr mir noch mal auftun?«

Warren belegt ihren Teller erneut.

Dann fragt er: »Was könntest du denn beitragen?«

Gun kaut in aller Ruhe weiter und sagt: »Ich war mit Hannes zusammen. Damals war er ein sehr gut aussehender, sportlicher und humorvoller Typ. Und auch noch blond …«

Guns Bauch wackelt.

»Wenn auch dunkelblond. Zu seinem Leidwesen nicht mehr so

strohblond wie wohl als Kind. Blaue Augen hatte er auch nie.« Gun blickt auf das Wasser.

Warren sagt: »Die Beziehung ist nicht gut ausgegangen?«

»Kann man so sagen, ja.«

Guns Stimme ist hart geworden, klingt bitter und unversöhnlich.

»Ich war schwanger von ihm. Das Kind war aber nicht lebensfähig. Danach war es dann zu Ende.«

Alle schweigen betroffen.

»Ich habe sehr lange gebraucht, um mich einigermaßen davon zu erholen. So ganz gelungen ist es mir nie. Ihr seht ja, was aus mir geworden ist, körperlich.«

»Siehst du da einen Zusammenhang?«

»Essen füllt und beruhigt. Es geht schleichend los und wird mehr und mehr.«

»Obwohl du selbst Ärztin bist, ist dir das passiert …«

»Das hilft nur bedingt. Ärzte rauchen ja auch, nehmen Drogen, sind alkoholabhängig. Ich habe aber auch nie etwas dagegen unternommen. Das gehört dazu, vielleicht ist es Buße. Weil ich das Leben dieses Kindes nicht geschützt habe. Aber ich will euch nicht mit Küchenpsychologie quälen.«

John blickt ernst und klar, wie es seine Art ist. Eva rollt eine Träne über die Wange, Warren sieht es mit Erstaunen.

An der Decke des Zimmers zappelt das gespiegelte Licht vom Sund. Das Sonnenlicht, die See, der Wind auf ihrer Oberfläche, alles reicht bis in dieses Zimmer.

»Ich räume ab«, sagt John, »und hole den Nachtisch.«

»Es riecht nach Zimt«, sagt Gun, »hast du was im Ofen?«

»Lass dich überraschen.«

»Erinnert mich an *Brunsviger*, die gab es bei uns häufig zum Frühstück«, sagt Gun, »Hefekuchen, er schmeckt wunderbar, wenn man ihn lauwarm isst.«

Warren grinst.

»Möchte jemand Kaffee?«

»Klar, ich«, sagt Gun, »viel Kaffee.«

»Und du, Eva?«

»Mir ist gerade etwas übel … Ich gehe kurz an die Luft.«

62

***Zwei Gletscher** bildeten die beiden Becken des Plöner Sees, das größere davon ist heute bis zu 56 Meter tief. Der See ist der größte Schleswig-Holsteins. Seit einiger Zeit nimmt Jette an den Lagern für Jugendliche am südöstlichen Ufer teil. Abenteuer hat Onkel Hannes ihr versprochen, als er sie dort anmeldete. Es wurde eine Mischung aus Kameradschaftserziehung, Ausbildung hausmütterlicher Fähigkeiten und Drill. Die Mädchen nähen Duftsäckchen und sammeln im Wald Heilkräuter. Es gibt Erste-Hilfe-Kurse. Und Strammstehen. Kniebeugen für die Mädchen, Liegestütze für die Jungen. Betten machen. Wer unsauber gearbeitet hat, muss nacharbeiten. Zum Frühstück gibt es Haferflocken und geriebenen Apfel.*

Gemeinsam machen sie Ausflüge, nach Plön oder Eutin oder auch an die nahe Ostsee. Schnitzeljagden führen durch den Wald. Dafür lernen sie Runenzeichen, die die jeweiligen Fundorte kennzeichnen.

Alle tragen die gleiche Kleidung, dunkle Trainingshose und weißes T-Shirt. Das dürfte Onkel Hannes nicht gefallen, T-Shirts sind im Kleiderschrank der Bornholdts verpönt, ein Bornholdt trägt Unterhemden. Aber hier trägt auch Jette T-Shirts. Für die Anreise sind jedoch Mädelbluse und langer Rock vorgeschrieben. Die Jungs tragen Grauhemden. Bunt ist auch hier verboten. Bunt ist der Feind. Auch farblich gilt das Reinheitsgebot.

Zur Pimpfenprüfung muss Jette drei Tischsprüche aufsagen, Karte und Kompass lesen können, fünf verschiedene Knoten machen und einen Meldelauf absolvieren – man bekommt einen Text vorgetragen, den man am Ende eines Ein-Kilometer-Laufs wörtlich wiederzugeben hat. Alle abgetrennten Gebiete Deutschlands zu kennen ist selbstverständlich.

Es gibt Wochenenden, an denen Angst geschürt wird. Der Feind kann jederzeit kommen. Jederzeit! Um Mitternacht werden die Kinder geweckt, die Betreuer flüstern: »Ohne jeden Mucks in den Wald flüchten! Still!«

Jette und die anderen fliehen in den dunklen deutschen Wald. Es raschelt und knackt, die Bäume stehen dunkel und still wie eine gespenstische Wand, die Kinder stolpern durch die Nacht. Einige haben Taschenlampen, Jette hat keine und strauchelt oft. Sie kann nicht erkennen, wohin sie tritt, auf festen Boden, in ein Erdloch?

Eine schaurige, von Angst erfüllte Rennerei. Kommt er gleich, der Feind?

Er kommt nicht, stattdessen erklingen aus der Tiefe des Waldes Lieder. Tiefe Männerstimmen singen. Die Betreuer sammeln die Kinder eines nach dem anderen ein. Sie führen sie zu den Männern, die rund um frisch verglühte Feuerstellen sitzen.

In der Mitte des Platzes tropft Blut von einem frisch geschlachteten Schweinekopf auf einer Stange.

Jette fürchtet sich wie noch nie in ihrem Leben.

63

Warren will Eva nach Hause begleiten: »Vielleicht bleibe ich noch eine Weile bei ihr. Wartet nicht auf mich.«

John, Charles und Gun haben sich im Abendlicht auf die Veranda gesetzt. Eine alte Petroleumlampe leuchtet den Innenraum nur ein wenig aus, so können sie auch erkennen, was draußen vor sich geht.

»Was glaubt ihr, wird geplant?«

»Morgen werden sie hier Abschied von Bornholdt nehmen, das wird ein Defilee werden, aber nichts Großes. Sie wollen mit Sicherheit keine Aufmerksamkeit erregen. Ich gehe davon aus, dass sie sowieso schon beobachtet werden. Die schwedischen Dienste sind ja nicht dumm. Man kann sich so weit in die Schären zurückziehen, wie man möchte, aber die Spuren sind nicht zu verwischen«, sagt Gun.

»Die Idee mit dem Restaurant ist schon genial«, sagt Charles. »Niemand erwartet so etwas als Tarnung, im rechtsradikalen Milieu geht es ja sonst eher anders zu, rustikaler, rauer, dumpfer …«

»Das liegt an Victor«, wirft John ein, »er ist ein besonderer Typ, bei ihm wirkt etwas sehr Individuelles, anders ist seine Laufbahn nicht zu verstehen. Und dann es gibt eben auch Hark Meyer, eine besondere Liga. Der ist tief in der Hamburger Society vernetzt, besonders bei uns im Flussort findet er sowohl Traditionalisten als auch aktuelle Anhänger von Führerschaft. Die alten Lager sind nach wie vor aktiv, so bürgerlich sie sich auch geben, so gut situiert sie auch sein mögen. Die Verbindungen reichen von hier und dort in alle Himmelsrichtungen, in die USA zu den rechten Republikanern und Trumpianern, nach Mittel- und Südamerika, und natürlich nach Skandinavien, nach Norwegen, Schweden, Dänemark, Finnland. Nicht zu vergessen: Russland. Die rechten Seilschaften sind ideologisch, aber vor allem auch im Business verbunden. Schifffahrt, Immobilien, Grundbesitz, Minen … Ideologie trifft Geld. Jemand wie Meyer wird es nie nötig haben, ein folkloristischer Hitler-Fan wie Bornholdt zu sein. Das macht Meyer nur noch gefährlicher. Dass sein Neffe ein Restaurant betreibt, das europaweit einen guten Ruf unter Feinschmeckern und in den Medien besitzt, kann auch sehr gut auf seinen Impuls hin geschehen sein.«

»Aber was planen sie?«, fragt Charles noch einmal.

Gun wippt mit dem Kopf: »Henriette hat mir nichts verraten. Ich weiß nur, dass sie in letzter Zeit einige Male mit Victor in Stockholm war.«

»Stockholm. Was ist da, weißt du etwas, John?«

»Leider nein, aber das können wir herausfinden.«

»Darf ich dich etwas fragen, Gun?«

»Ja, sicher!«

»Was treibt dich an, dieser Szene so nahezukommen? Willst du Rache nehmen?«

Gun winkt ab.

»Was bedeutet das?«, setzt Charles nach.

Nun antwortet sie: »Nein. Oder: Ja, Hannes Bornholdt sollte nicht ungestraft davonkommen. Vielleicht sage ich es so: Mir ist der Schlaganfall zuvorgekommen. Ich war bereit, seinen unheilvollen Weg auf Erden zu begrenzen. Aber ich hatte die einfältige Idee, ihn noch einmal zu stellen, ihn an uns und unser Kind zu erinnern. Jetzt ist er mir vorher weggestorben. Das ist bitter. Zugleich erleichtert es mich, dass er tot ist. Dann ist dieses Kapitel eben zu Ende. Tot und aus. Und ich habe ihn überlebt… Das war ja auch nicht so klar …«

Gun lacht gequält.

»Aber es gibt noch etwas anderes?«

»Natürlich, es gibt Henriette. Ich habe noch immer nicht die Hoffnung aufgegeben, sie vor dem Schlimmsten beschützen zu können. Das bin ich ihrer Mutter schuldig.«

»Was heißt das?«

Gun blickt in den fast dunklen Abend hinaus. Die blinkenden Lichter eines fernen Flugzeugs sind zu erkennen. Vereinzelt stehen schon Sterne im Dunkel.

Dann sagt Gun: »Ingrid und ich waren eng befreundet, erst kannte ich Hannes, und dann habe ich durch ihn Ingrid kennengelernt. Ich war bei ihrem Tod dabei, ihrem viel zu frühen Tod. Gegen ihren Krebs gab es damals keine Therapie. Heute würde es vielleicht anders ausgehen … Was von ihr blieb, war Henriette. Die sie absurderweise Hannes anvertraut hat.« »Warum nicht dir?«

Gun senkt ihren Kopf: »Ich war nicht Familie. Hannes hätte das niemals akzeptiert und Himmel und Hölle in Bewegung gesetzt,

Henriette für sich zu beanspruchen. Eine Blutsverwandte musste natürlich bei ihm aufwachsen. Damit hatte er gleich auch noch Zugriff auf einen jungen Menschen, den er für die Bewegung prägen konnte. Für Ingrid war er die erste Wahl, wenn auch keine gute. Aber er war eben Familie. Die steht doch immer noch über allem.«

»Hat das eigentlich geklappt, Henriette in die Bewegung einzugliedern?«, fragt John.

»Nur teilweise. Sie ist zu intelligent für die Rolle, die die Bewegung Mädchen und Frauen zuweist. Sie ist schnell ausgebrochen und ihren eigenen Weg gegangen. Allerdings stand sie stets in Kontakt mit der Bewegung, am Anfang auch als Mitglied der Partei. Dann wurde sie aber immer unabhängiger, wilder und unkontrollierter. Ich halte sie für ein Mitglied der NSU-Gruppe, das nicht erkannt wurde oder das, aus welchen Gründen auch immer, bis heute gedeckt wird.«

John nickt: »Und Victor?«

»Den halte ich für ein ebensolches Mitglied. Sie sind gefährlich, aber sie sind so geschult und intelligent genug, dass sie sich auch still und ruhig verhalten können, wenn es nötig ist. Auch lange Zeit.«

John hakt nach: »Du meinst, sie sind noch aktiv?«

Gun sieht ihn direkt an: »Sie werden aktiv werden. Da bin ich mir sicher.«

Charles wirft ein: »Was ich nicht verstehe, ist der Kameradschaftsabend, der hier stattgefunden hat. Der war doch viel zu auffällig für das sonstige Verhalten.«

»Stimmt«, sagt Gun, »das war ein ungewöhnlicher Fehler, vielleicht etwas Sentimentales, weil alle mit dem baldigen Tod von Hannes rechneten. Damit haben sie ja auch recht behalten.«

John ist ins Grübeln geraten: »Wenn etwas in Bonnie-und-Clyde-Manier zu Ehren von Hannes stattfinden soll, wird das keine schlichte Ehrenbezeugung sein …«

»Das sehe ich auch so«, sagt Gun.

»Das Boot ist noch in Ordnung, und wir können es benutzen?«, fragt John Charles.

»Ja. Und die Tanks sind noch ziemlich voll.«

»Reicht es bis nach Stockholm und Umgebung?«

»Ja, das reicht«, antwortet Charles.

»Ich kann mir vorstellen, dass wir es brauchen werden«, sagt John, »wenn etwas geschieht, wird es morgen im Laufe des Tages, nach der Überführung des Leichnams sein.«

»Damit könntest du recht haben«, sagt Gun.

»Charles, ich würde gern mit dir und Warren versuchen, die Finanztransaktionen von Hannes anzusehen«, setzt sie fort, »ich weiß, dass er sehr viel in Kryptowährungen geschoben hat. Es wäre mir eine große Freude, mit eurer Hilfe dort etwas aufzuräumen. Vielleicht können wir das Erbe des großen Hannes Bornholdt etwas … erleichtern und seinen letzten Willen ins Leere laufen lassen … Das habe ich ja gestern schon gesagt.«

»Das ist nicht einfach«, sagt Charles, »vielleicht weiß John hier sogar mehr als ich. Warren ja sowieso …«

John nickt. »Wir haben in Mexiko gerade einige Transaktionen durchgeführt. Die Drogenkartelle mögen die digitalen Währungen und finanziellen Darknets. Wir können es probieren. Vermutlich kommen wir nicht wirklich an die Bestände heran, aber wir könnten veranlassen, dass es anderen genauso geht. Es gibt Wege … Manchmal gehen die Passwörter und Codes verloren, dann hat man bei diesen Währungen keine zweite Chance! Das wäre doch schon mal was …«

»Das hört sich gut an!«, entgegnet Gun und wirkt vergnügt. Sie bedeutet Charles, dass er ihr Glas noch einmal füllen darf.

»Es hat sich übrigens bestätigt, was Warren gesagt hat. Wir müssen dafür in sein Haus. Digital war da nichts zu holen.«

»Vielleicht heute noch«, sagt Gun.

»Vielleicht«, sagt John.

Charles hebt seine Brauen.

64

Die Kameraden kommen. Martin hat die Transfers übernommen. Er fährt zweimal. 12, 13 Personen sind es jeweils, vielleicht 15. John beobachtet das Geschehen vom Kapitänshaus aus. Die Gruppen bleiben unauffällig, marschieren nicht mit Fahnen, zu viel Aufmerksamkeit scheint nicht gewollt zu sein. Die Insel soll weiterhin logistischer Planungsort und Rückzugsareal sein.

Die Gruppen gehen eng beisammen. Sie tragen keine Uniformen, nichts Buntes ist zu sehen, gedeckte Farben überwiegen. Braun, grün, dunkel gemustert, schwarz. John kann die Zusammenhänge in den Gruppen erkennen, wer führt, wer Mitläufer ist.

Einige Personen sind offenbar höherrangig, sie gehen mit Abstand zum Rest. Zu ihnen zählt Hark Meyer. Er ist mit dem eigenen Boot gekommen, in Begleitung des blonden Bootsmanns. Alle ziehen direkt zum Bornholdt'schen Hof weiter, am Restaurant und am Museum vorbei.

Wolf liegt an der Kette, die in einer hinteren Ecke am Zaun befestigt wurde. Er ist unruhig. In der Mitte des Hofes wurde ein braun-olivgrünes Zelt aufgebaut, durch die zum Teil aufgeschlagenen Eingangstücher sieht man Sitzbänke und Tische. Und man hat Sicht auf den geöffneten dunklen Eichensarg mit dem aufgebahrten Leichnam von Hannes Bornholdt. Er trägt eine beigefarbene, zweireihig geknöpfte Uniformjacke, Krawatte und Hemd. Er hat Hosen im Knickerbockerstil an, Unterschenkel und Füße stecken in langschaftigen Stiefeln.

Der Hitler-Fan ist vermutlich so eingekleidet, wie er es verfügt hat. Abschied in Nazitradition. Nur das Eiserne Kreuz oder andere Orden fehlen. Bornholdt hat zur falschen Zeit gelebt, für ihn gab es keine Orden zu holen. Zum Bundesverdienstkreuz am Bande hat es nicht gereicht, er hätte es auch abgelehnt und sich nicht von dem System ehren lassen, das er hasste und beseitigen wollte. Was für ein Leben hat er geführt? Von Frau und Kindern hat er sich getrennt, eine zweite Ehe blieb kinderlos. Seine zweite Frau hat nicht mit ihm hier gelebt. Sie ist in Deutschland geblieben. So gerissen Bornholdt mit Winkelzügen aller Art für die Bewegung Liegenschaft um Liegenschaft erobern konnte, so ungeschickt ist ihm das eigene Haus im Flussvorort abhandengekommen.

John hat auf einer Granitkuppe eine Position in einiger Entfernung zum Hof eingenommen, mit freier Sicht auf Schotterweg und Hofgeviert. Näher heran kann er nicht, er darf nicht als

Beobachter auffallen. Nicht jede Bewegung ist erkennbar, und er kann nichts vernehmen von dem, was gesprochen wird, aber das Hauptgeschehen ist verfolgbar. Die Wände des Zeltes reichen bis auf das Gras, Johns Blick fällt in die geöffneten Eingänge.

Victor sitzt vorn am Tisch, gegenüber von seinem Onkel. Henriette sitzt am Kopf des Tisches. Von der Restaurantbelegschaft ist niemand anwesend. Diesmal findet kein Gelage statt, auf den Tischen stehen weder Getränke noch Speisen.

Hark Meyer hat sich erhoben und spricht. Dann erhebt sich jeder einzelne der Männer, es sieht aus, als würden sie ein Gelöbnis sprechen. Danach treten sie an den Sarg, stehen kurz still und erheben ihren Arm zum gestreckten Gruß. Abschied von Hannes Bornholdt, dem Hitler-Jünger. Die Kameraden gehen damit ein hohes Risiko ein. Jeder könnte so wie John das Geschehen beobachten. Gäbe es einen Verdacht, würde er jetzt offenbar werden. Aber John sieht niemand. Keine Drohne, kein Hubschrauber, keine Leute auf Booten. Vielleicht bedarf es keiner Beobachtungen, vielleicht ist schon bekannt, wer sich hier versammelt. Aber worauf wird dann gewartet?

Sechs Kameraden treten erneut vor und stellen sich neben den Sarg. Zwei weitere tragen den Sargdeckel nach vorn. Henriette legt etwas in den Sarg, bevor der Deckel geschlossen wird. Der tote Hannes Bornholdt ist nicht mehr zu sehen.

Die sechs heben den Sarg, schultern ihn und tragen ihn über den Schotterweg Richtung Hafen. Vor dem Restaurant steht die Belegschaft und sieht dem Vorbeimarsch zu.

Auf der Ladefläche von Victors Boot wird der Sarg auf ein halbhohes Podest gelegt. Die sechs Männer nehmen auf den Bänken rechts und links vom Sarg nahe der Bordwand Platz. Victor und Henriette sind ebenfalls an Bord, sie haben schwarze Taschen dabei.

John hat seinen Posten rechtzeitig verlassen und steigt zu Charles und Warren an Bord. Auch Gun ist da. Charles hat die Motoren gestartet, das Boot liegt am Steg für die Tagesgäste. Sobald Victors Boot ablegt, werden sie es ihm gleichtun. Schon nach kurzer Zeit lösen Warren und John die Leinen, Charles zieht das Boot nach achtern vom Steg weg und legt den Gashebel nach vorn.

65

Victor hat die ENHET in die Fahrwasser Richtung Stockholm gelenkt. Die Sicht ist gut. Es ist kein Problem, Victors Boot im Blick zu behalten. Eine ganz leichte Brise geht, die Wellen sind flach und gleichmäßig. Victors Boot wird mit seinem flachen Rumpf kaum in Bewegung geraten. Eher trifft es auf Heckwellen von anderen Motorbooten oder einem Kreuzfahrtschiff. Dies ist der Inselvorhof Stockholms, hier sind die Hauptstädter unterwegs zu ihren Wochenendhäusern. Hier gibt es eine Öffentlichkeit.

Die vier sehen, wie entgegenkommende Boote zuweilen ihre Flagge dippen oder kurz aus der Halterung nehmen, um sie zu senken – Verneigung vor einem vorübergleitenden Toten. Die Fahrt der ENHET bekommt den Charakter einer Seeprozession. Der Sarg, der offen transportiert wird, ist gut zu sehen. Es hat Stil, was Victor und Henriette für Hannes Bornholdt zelebrieren.

Warren sitzt neben Gun auf der gepolsterten Bank und fragt: »Hattest du etwas Konkretes vor mit Hannes? Wärst du irgendwann aktiv geworden?«

»Manches Mal war ich drauf und dran, zu ihm zu gehen und ihm eine Spritze zu setzen. Gelegenheiten hat es gegeben, Henriette war ja nicht immer bei ihm, und sonst war niemand im Haus. Wolf kennt mich, von dem kam nur freundliches Schwanzwedeln. Aber ich habe es nicht getan. Ich hatte immer noch die Hoffnung auf ein Gespräch. Eine falsche Hoffnung, meine eigene Tumbheit, ein Nichtloslassenkönnen. Dieser Mann war verbohrt und aggressiv. Ziemlich sicher wurden durch sein Zutun Menschen ermordet. Ob er selbst Hand angelegt hat, weiß ich nicht. Ich Blödfrau dachte, dass man ihn noch erreichen kann. Dass man über die Verirrungen und wahnwitzigen Konstrukte einige Minuten sprechen könnte. Ich habe ihn ja noch anders erlebt. Vor der Tat selbst hatte ich keine Skrupel. Er hätte einen milden Tod gehabt, ich kenne mich aus. Jetzt bekommt er sogar noch einen starken Abgang. Es ist widerlich. Sieh es dir doch an! Es ist scheußlich!«

Warrens Hand liegt auf Guns Bein. Sie hat ein schwarzes Kleid angezogen. Nimmt sie doch Abschied? Muss man mit den Toten abschließen, auch wenn man sie hasst?

Victor nimmt das Fahrwasser Richtung Vaxholm, steuert mit herabgesetzter Geschwindigkeit am Kastell vorbei. Charles und Warren kennen diese Durchfahrt bereits. Das Leichenschiff findet Aufmerksamkeit sowohl am Kastell als auch landseitig im Ort selbst. Danach fädelt sich Victor bei Furuholmen in das Hauptfahrwasser Richtung Stockholm ein. Die Nobelvorort-Insel Lindingö bleibt rechts liegen. Bald ist die Silhouette Stockholms zu erkennen. Links liegen die Anlegeplätze der Kreuzfahrtschiffe und Fähren, rechts Djurgarden mit einem Freizeit- und Vergnügungspark. Victor steuert direkt ins Zentrum der Stadt und legt am Skepsbron in der Altstadt an, ein gutes Stück vom königlichen Schloss entfernt. Warren sieht, dass ein Leichenwagen auf der Pier steht, wo Victor anlegt.

Charles steuert etwas weiter nach links, und legt in deutlicher Entfernung ebenfalls an der Kaimauer an. Victors Boot ist bereits vertäut. Man kann sehen, dass der Sarg wieder geschultert wird. Hier gibt es keine Möglichkeit, mit der Bugklappe anzulanden, der Sarg muss hochgestemmt und auf dem Kai abgesetzt werden.

Die sechs Männer klettern auf die Kaimauer, stellen sich auf, heben den Sarg und tragen ihn Richtung Leichenwagen. Der Sarg wird hineingeschoben. Henriette und Victor stehen vor der Klappe. Einer der beiden Männer, die den Wagen fahren, greift in den Laderaum und befestigt den Sarg. Die geöffnete Klappe zeigt in Richtung des Bootes von Charles und Warren. Sie können die Szene beobachten. Eine Fahne wird über den Sarg gelegt.

»Ich vermute, die Farben sind Rot, Weiß und Schwarz«, sagt John. Gun nickt.

Henriette nickt ihrerseits, der Fahrer schließt die Heckklappe. Der Wagen hat eine dunkelgraue Metalliclackierung, die hinteren Seitenfenster sind mit Folie beklebt. Darauf steht zwischen einer Lebens- und einer Todesrune zu lesen: »Wer erfüllte seine Pflicht, und stets sein Bestes hat gegeben, für immer bleibt er uns ein Licht.«

Das Kennzeichen ist deutsch. HH AS 28.

»Dieser Wagen wird nicht zum ersten Mal für einen Kameraden benutzt«, merkt John an, »28 steht für Blood & Honour, auf das AS könnt ihr euch selbst einen Reim machen …«

Der Wagen rollt an und nähert sich dem Motorboot der vier, um eine Ausfahrt auf die Straße zu nehmen. Er wird weiter über Slussen hinweg Richtung Autobahnen und Schnellstraßen gesteuert werden. Bornholdts Weg wird über die E4 nach Südwesten gehen, raus aus der Hauptstadt, am Vättern entlang über Helsingborg und Malmö und dann über die riesige Öresundbrücke hinüber ins südliche Kopenhagen. Dann linksherum weiter südlich Richtung Deutschland, wohin der Sarg überführt wird.

Victor klettert zurück auf sein Boot und hebt vier schwarze Taschen auf die Pier. Zwei der sechs Männer, Henriette und Victor selbst nehmen sie auf die Schulter, als er wieder auf den Kai zurückgekehrt ist. Acht Personen überqueren die Straße und verschwinden in einer der Gassen, die in das Innere von Gamla Stan führen, dem inzwischen überwiegend touristischen Kern der Alten Stadt.

John stößt Warren an: »Los!«

Beide klettern über die Kaikante nach oben.

Charles spricht mit Gun: »Wir bleiben hier und halten uns für die Rückkehr der beiden bereit.«

»Vielleicht sollten wir etwas am Boot von Victor machen?«

»Vielleicht«, sagt Charles, »aber wir warten erst ab.«

»Ich würde gern sehen, was jetzt geschieht.«

»Wir werden es nachher hören.«

»Ist es gut, dass Warren mitgegangen ist?«

»Nein. Aber vielleicht kann er John helfen. Und John passt auf Warren auf.«

66

***Der Raum** ist holzvertäfelt, nur Männer sind anwesend. Die wenigen Älteren in Sakkos, die Jungen in Harrington-Jacken. Jette bleibt stehen und atmet tief durch. Das nächste Tablett wird hineingetragen. Regionales Bier, hansische Braukunst.*

»Braune haben bessere Laune!« hängt als Banner von der Decke quer im Saal.

Der Parteivorsitzende hat Jette entdeckt und winkt sie zu sich heran. Sie gibt ihm die Hand. Er hat eine große Hand, sie ist weich. Diese Hand hat schon viele Hände geschüttelt.

»Du bist die Tochter von Hannes?«

»Tochter nicht direkt. Ich wohne mit seiner Familie zusammen.«

»Seid ihr nicht verwandt?«

»Doch, er ist mein Onkel.«

»Das ist so gut wie seine Tochter«, der Parteivorsitzende lacht.

Sie werden von den anderen beobachtet. Es ist ungewöhnlich, dass ein Mädchen mit dem Parteivorsitzenden spricht.

»Setz dich hier an den Tisch.«

Er weist auf einen Platz, über Eck zu ihm, nah genug, um ihn gut hören zu können. Er beginnt zu der Versammlung zu sprechen.

Er legt die Prinzipien der neuen »Volks Artgemeinschaft« dar: »Kampf ist Teil des Lebens. Er ist naturnotwendig für alles Werden, Sein und Vergessen. Wir bekennen uns zu diesem nie endenden Lebenskampf.«

Der Parteivorsitzende appelliert an die Versammlung, fordert »Idealismus, Verantwortungsbewusstsein, fortwährende persönliche Leistungsbereitschaft, Kameradschaft«.

Er schließt mit den Worten: »Nur der organisierte Wille bedeutet Macht.«

Die Jugendlichen hören zu, sind aber mehr am Bier interessiert. Nach der Rede geht das Saufen richtig los. Erst spricht der Parteivorsitzende, dann wird gesoffen. Jette säuft mit.

Auf dem Weg zum Klo im hinteren Teil des Gebäudes quatscht sie ein nach Schweiß riechender Junge mit Bierfahne an: »Du bist die Tochter vom Bornholdt!« Und: »Alle Achtung.«

»Weder bin ich das, noch kann ich was dafür!«

»Aber du hast gutes Blut, das ist ja klar.«

»Das hoffe ich doch.«

Der Junge bohrt noch ein wenig nach, dann folgt er seinem Plan und sagt: »Ich will langsam mal nach Hause.«

»Gute Idee«, sagt Jette.

»Hast du Lust, dir meine Hakenkreuzfahne anzusehen?«

Jette hat keine Lust. Auf die Fahne vielleicht, auf den Jungen nicht.

Diese Art Jungen sind unpassend für die Bewegung und unpassend für sie. Sie will anderes. Wozu braucht die Partei diese Suffköppe? Warum spricht der Parteivorsitzende vor diesen Säufern? Das ist Jette nicht klar. Es scheint ihr vertane Zeit zu sein. So gut der Parteivorsitzende auch sein mag, so falsch findet sie das Drumherum.

Im Tagungsraum sitzt der Parteichef noch mit einigen Älteren zusammen, Jettes Onkel ist auch dazugekommen. Und ein gut gekleideter Herr, dessen Anzug, Hemd und Schlips sich qualitativ und ästhetisch von den zerbeulten Anzügen ihres Onkels unterscheiden. Der Mann ist glatt rasiert. An den Füßen trägt er gepflegte dunkelbraune Büroschuhe.

Im Flur der Kneipe hält Jette einen der Jungen an und fragt ihn, wer der Mann ist. »Der?«, fragt der Junge bierselig.

Dann grinst er: »Vielleicht ist das ja Meier.«

»Meier? Wieso Meier?«

»Na, viele heißen doch Meier.«

»Sehr witzig«, sagt Jette.

Sie verlässt das Ecklokal. Gegenüber steht die Fachwerkkirche des Ortes, links davon das Pastorat. Gegenüber das Gebäude eines alten Bauernhofes. Sie schließt das Schloss an ihrem Rad auf und steigt in die Pedale.

Sie biegt auf den Friedhof ein, folgt dem Weg parallel zur Flusschaussee und verlässt den Gräbergarten durch eine Lücke in der Hecke. Wenig später biegt sie auf das Gelände eines Parks, links liegen ein kleiner Teich und das Gehege mit den Hirschen. Dann kommt der große Ahorn, unter dem sich Tante Ursels Kindergarten immer zum Laternelaufen versammelte. Die hohe Lindenallee folgt.

Es war eine Mutprobe, zu der Parteiversammlung zu gehen.

Sie hat jetzt begriffen, auf welcher Stufe sie in der Partei stehen will. Wenn überhaupt.

Nicht bei den Saufbrüdern. Nicht unten.

67

Aus Richtung der Kaianlagen erscheinen Victor und Henriette, sie sind allein. Sie kommen an einem der vielen kleinen Läden an der Österlånggatan vorbei, die die Touristen locken sollen. Dieser bietet viel Maritimes an. Lampen, Flaggen, Galionsfiguren, Tauwerk, Schäkel, Blöcke, gerahmte alte Karten.

Weder Henriette noch Victor haben für die Auslage einen Blick. Sie lassen sich im schräg gegenüberliegenden Bistro und Grillrestaurant einen Platz geben. Besondere Corona-Auflagen gelten nicht, nur die üblichen Regularien. Sie warten, dass ihnen ein Platz zugewiesen wird. Die beiden haben um einen Platz in der Außenbestuhlung vor dem Restaurant gebeten.

Sie rufen die App des Restaurants auf, suchen in den Speiseangeboten nach etwas Passendem und buchen. Victor hat seinen Arm auf die Abtrennung gelegt, die den Restaurantbereich von der Fußgängerzone trennt. Henriette beobachtet den Außenbereich des angrenzenden Restaurants. Burger und Mineralwasser werden gebracht. Beide Restaurants sind gut besucht.

Die Österlånggatan ist wie meistens recht voll, es herrscht kein Gedrängel oder Geschiebe, aber ein scheinbar nicht endender Strom von Besuchern führt direkt an den Restaurants vorbei.

Warren und John haben die Situation aus einiger Entfernung im Blick. Dann geht es sehr schnell. Die sechs Begleiter, die auf dem Schiff waren, kommen paarweise kurz hintereinander die schmale Straße entlanggelaufen und werfen etwas in den Bereich des benachbarten Restaurants. Schlagartig breitet sich Rauch aus, schwarz, weiß und rot. Der gesamte Außenbereich ist sofort in Qualm gehüllt, Gäste springen auf und versuchen, sich zu entfernen. Dicker Rauch behindert die Sicht. Man kann nicht erkennen, was vor sich geht.

»Bleiben Sie ruhig!«, hört man jemand rufen.

Menschen schreien panisch. Viele drängen durch den Qualm

in Richtung des vermuteten Ausgangs. Einige treten die Pfeiler der Absperrung weg, um sich Durchgang zu verschaffen.

Langsam lichtet sich der Rauch, nach und nach werden Schemen sichtbar. Stühle liegen auf dem Boden, Tische wurden umgeworfen, die meisten Menschen sind verschwunden. Kellnerinnen und Kellner sind nicht zu sehen, vermutlich sind sie nach drinnen geflohen.

Im Bereich des benachbarten Restaurants beugen sich Menschen über eine am Boden liegende Person. Sie halten ihren Kopf, pressen ein Tuch auf die blutige Brust der Person. Der Mann hat die Augen geschlossen.

»Holt die Ambulanz!«, ruft jemand.

Ein Mann und ein Jugendlicher leisten der Person am Boden erste Hilfe. Von Henriette und Victor ist nichts zu sehen.

»Hören Sie mich?«

John schlägt dem Verwundeten auf die Wangen.

»Hören Sie mich?«

Der Mann reagiert nicht, seine Augen bleiben geschlossen.

Nach fünf langen Minuten ertönt endlich der fiepende Sirenenton eines Rettungswagens. Es gibt nicht viel Platz für den Wagen in der engen Altstadtstraße.

Die Sanitäter übernehmen, versuchen, den Mann zu stabilisieren. Zwei Polizeiwagen halten vor dem Restaurant. Polizisten drängen die Menschen zurück, die sich in der Straße aufhalten. Sie drängen auch John und Warren beiseite, die sich von dem Verwundeten zurückgezogen haben. Die Straße vor dem Restaurant wird gesperrt. John hält seine Jacke über dem blutverschmierten Hemd. Warren ist ohne Blutflecken.

Sie beeilen sich, aus der Menge herauszukommen, und schlagen den Weg zum Hafen ein.

Sie gehen zügig, ohne zu rennen.

68

Victor und Henriette kommen aus einer schmalen Gasse zwischen den hohen alten Häusern und gehen parallel zum Skeppsbron die Straße entlang. Es wirkt, als würden sie nicht zu ihrem Boot gehen wollen, doch nachdem sie sich vergewissert haben, dass ihnen niemand folgt, wechseln sie die Richtung und eilen über Straße und Kaifläche Richtung Boot.

Henriette und Victor schwingen sich an Deck, lösen die Leinen, starten die Motoren und setzen sich von der Kaimauer ab. Das Boot gleitet voran. Victor hält sich an die Geschwindigkeitsbeschränkung. Unauffällig fährt ENHET Richtung Hafenausgang. Niemand folgt ihnen.

»Wir warten«, sagt Charles zu Gun. Rauch war zwischen den Dächern der Altstadt zu sehen, seltsam bunter Qualm. Danach hörten sie Sirenen von Rettungsfahrzeugen, zuletzt die eines Polizeiwagens.

John und Warren tauchen auf. Sie überqueren die Straße, steuern auf Charles und Gun zu, schwingen sich über die Kaikante an Bord.

»Was ist los?«, fragt Gun aufgeregt.

»Lasst uns erst ablegen!«

Sie lösen die Leinen. Charles hat die Motoren gestartet, sie verlassen den Kai.

John berichtet: »Sie haben einen mit dem Messer niedergestreckt, ich hoffe, er kommt durch ...«

Charles sieht das blutbefleckte Hemd: »Bist du okay?«

»Ja, das ist nicht mein Blut.«

»Und du?«

»Alles okay, Papa!«

Man hat Warren schon mit festerer Stimme reden hören.

»Wer war es?«

»Ich vermute, Victor«, sagt John, »man konnte es nicht erkennen, dafür haben sie mit den Nebelkerzen gesorgt.«

»Wer war der Mann, den sie abgestochen haben?«, fragt Gun.

»Weiß ich nicht. Aber die Medien werden sicher bald berichten.«

»In welche Richtung sind sie gefahren?«, fragt Warren.

Gun deutet auf das Fahrwasser, das an den Fähren vorbei Richtung Lidingö führt.

»Zur Insel zurück?«, fragt Warren.

»Möglich. Aber vielleicht auch woanders hin.«

Charles fragt: »Haben sie euch gesehen?«

»Das wissen wir nicht«, antwortet John, »ich vermute aber: nein. Sie waren auf ihre Tat konzentriert.«

Eine dünne Wolkendecke ist von Südwesten über den blauen Himmel gezogen. Lidingö haben sie bereits passiert, hier ist die Geschwindigkeit nicht mehr beschränkt. Das Boot hebt seinen Bug aus dem Wasser und gleitet nach Norden. Von Stockholm ist schon lange nichts mehr zu sehen. Gun hat die App einer schwedischen Medienseite aktiviert.

Eilmeldung läuft am oberen Rand des Displays: »Der bekannte Journalist Stig Hendersson wurde bei einem Attentat in Stockholm lebensgefährlich verletzt. Nach einer Messerattacke hat er viel Blut verloren. Derzeit wird er im Krankenhaus notoperiert. Zur Tat hat sich eine Gruppe des *Nordischen Widerstands* bekannt.« Weiter unten ist ein Foto zu sehen, das ein blutbeflecktes Flugblatt zeigt. Offenbar stammt es vom Tatort.

Gun entziffert: *Wer Lügen verbreitet, den bestraft das nordische Volk.* Weiter unter: »Zu Ehren von Hannes Bornholdt.« – auf Schwedisch und auf Deutsch. Der Name wird von einer Lebens- und einer Todesrune eingerahmt.

»Ein Attentat zum Abschied,« sagt Charles.

»Ein letztes Farewell«, sagt John.

»Sie werden das fortsetzen«, sagt Gun. »Das war erst der Anfang.«

69

Hannes Bornholdt *ist selten zu Hause. In ganz Deutschland und im europäischen Ausland hat er Termine: Versammlungen, Treffen mit Kameraden. Jette bekommt nicht wirklich mit, was ihn so oft wegführt. Aus Gesprächen schnappt sie auf, dass es auch um Häuser und Grundstücke geht, manchmal um Firmengründungen. In Hamburg und anderswo finden immer wieder Prozesse statt, in* *denen Bornholdt Kameraden verteidigt. Details hört Jette nicht, die interessieren sie auch nicht.*

Die Zeit der Zöpfe und braunkarierten Röcke ist vorbei. Was sie damals bei jener Parteiversammlung spürte, hat sich verfestigt: Sie fühlt sich den Typen mit Bierbäuchen nicht verpflichtet. Die Idee an sich allerdings taugt ihr. Die Idee macht sie zur kommenden Elite. Das sondert sie ab von anderen Jugendlichen. Sie folgt nicht den Jugendleitern, nicht den niederen Parteichargen, überhaupt hält sie nur noch lose Kontakt zur Partei.

Jette trägt jetzt kurze blonde Haare, Kapuzenpulli und Jeans. Wenn Bornholdt sie damit erwischt, gibt es Krach, Onkel Hannes explodiert dann förmlich. Besonders, wenn Kameraden anwesend sind und Jette begegnen. Offensichtlich ist sie weder eines der Zopfmädchen noch der Skingirls. Jette hat andere Kontakte geknüpft, hat Autonome Nationalisten kennengelernt, die Sneakers, Sonnenbrillen und Palästinensertücher tragen. Das öffnet ihren Horizont, ohne dass sie ideologisch die Seite wechseln muss.

Kraken *heißt ihre kleine Gruppe im Vorort. Sie treffen sich am Bahnhof, am Fluss, auf einem der Hügel über dem Fluss, für jeden Tag haben sie einen anderen Treffpunkt. Sie prügeln sich mit den Punks aus dem Jugendzentrum im nächsten Vorort. Sie prügeln und werden verprügelt. Jette ist eines von zwei Mädchen, die anderen drei sind Jungs. Jette, Sabine, Paul, Victor, Corvin. Sie sind gegen Ausländer, für die weiße Rasse, gegen Langnasen.*

»Deutsche Mädchen! Schützt euch vor den Samenkanonen der Türken!« So heißt eine ihrer Sprühparolen im Hochhausviertel im Nachbarvorort. Dort gilt es, nach dem Sprühen sehr schnell zu verschwinden. Dort wohnen Gegner, die zahlreich sind und schlagkräf-

tig. Die Kraken *wissen, wo ihre Grenzen sind – und übertreten sie immer wieder.*

Corvin entwickelt sich zu einem Nazi-Dadaisten. »Es klopft, mein Führer!« heißt ein weiteres gesprühtes Statement der Kraken. *Entstanden ist der Spruch aus einem kurzen Techtelmechtel zwischen Jette und Corvin. Als beide auf dem Bett in Jettes Zimmer liegen, brüllt Onkel Hannes von unten, dass er jetzt schließen werde. Der junge Mann habe fünf Minuten, um zu gehen.*

»Es klopft, mein Führer!«, lautete seitdem der Hinweis an Corvin, seine Hose hochzuziehen und alles zu verstauen, so sperrig es auch gerade sein mochte.

Jette ist ideologisch mittendrin und doch freischwebend, autonom und gegen die Autorität im eigenen Haus.

Manchmal helfen die Tricks von Onkel Hannes, ein Schlüsselbund in der umschlossenen Hand zu halten, damit die Schläge mehr Wirkung erzeugen. Jette hat dabei noch nie einen der Schlüssel zwischen den Fingern herausstehen lassen, aber sie kennt auch diesen Trick.

Das Pfefferspray, das andere Mädchen zur Abwehr benutzen, setzt Jette gezielt gegen von ihr provozierte Angreifer ein. Gegen solche mit Samenkanonen und andere.

70

Warren hat eine Nachricht von Eva bekommen: »Können wir uns heute noch sehen? Wäre gut.«

Er antwortet: »Wir sind bald zurück«.

»Von wo zurück?«

»Ich komme vorbei.«

Warren hat das Steuer von Charles übernommen. Die Wolkendecke hat sich fast über den ganzen Himmel gelegt, nur im Norden hält ein schmaler Streifen Blau durch. Das Meer zwischen den Inseln spiegelt die Wolkendecke. Kleine Schaumköpfe tanzen auf den Wellenkämmen. Mit dem leicht zunehmenden Wind schlägt das Boot stärker in den Wellen und rumpelt kräftiger beim schnellen Ritt über die Wellen.

Knapp zwei Stunden sind sie unterwegs. Warren biegt in den Sund ein, Segelboote kommen ihnen zum Abendsegeln entgegen. Die Steuerleute winken Warren missmutig zu, denn sie wissen, dass von ihm gleich die Wellen kommen werden, die sie zu durchsegeln haben. Man grüßt sich trotzdem, so ist es Sitte auf See. Man ist Teil einer Solidargemeinschaft, die sich in Notfällen hilft, egal, ob Segler oder Motorbootfahrer. Wer nicht grüßt, von dem weiß man, dass er nicht Teil dieser Gemeinschaft ist. Aber sogar dem würde man helfen. So geht es hier zu. Das Meer ist für alle der Master, Taktgeber und Dominator. Die Schiffe können so groß sein, wie sie wollen. Wenn das Meer es will, sind sie seine Spielbälle.

Warren steuert tiefer in den Sund, links und rechts kommen die Ufer näher, bald kann man Guns Haus erkennen, kurz danach die Tonnen des Fahrwassers an der Nordspitze.

Auf der Rückfahrt war es still, alle mussten mit den Ereignissen fertigwerden. Wie wird es weitergehen auf der Insel? Business as usual? Als Tarnung wird es nötig sein. Aber hatte Victor nicht eine Grenze überschritten? Ihnen fehlen noch viele Informationen. Aber was fangen sie mit ihrem bisherigen Wissen an? Wer sind sie selbst in dieser Geschichte?

Als sie die Leinen befestigt haben, betritt Eva die Holzbohlen, die zum Boot führen. Offenbar war sie in Sorge um Warren und hatte sich schon zum Steg begeben. Warren umarmt sie und gibt ihr einen Kuss.

»Nehmt ihr meinen Rollator?«, fragt Gun von hinten.

Warren nimmt das Rollmöbel entgegen, setzt es auf dem Steg ab und hilft ihr hinauf.

»Hallo, Eva«, sagt Gun, »geht es dir gut?«

Eva antwortet nicht sofort, dann schüttelte sie den Kopf.

»Okay«, sagt Gun und legt ihren Arm um Eva.

»Irgendwas mit Victor?«

»Nein, der war nur kurz da, wir haben ja geschlossen. Er ist gleich zu seinem Onkel rübergefahren.«

»Und Henriette?«

»Ist mitgefahren.«

Warren fragt: »Willst du mitkommen? Wir müssen alle etwas essen.« Eva nickt.

71

Bis spät in die Nacht haben Charles und John vor den Bildschirmen gesessen und die aktuellen Informationen gelesen. Über Stig Hendersson wird berichtet, dass er investigativer Journalist und Nazijäger ist. Er veröffentlicht in allen Medien, mehrere Bücher sind von ihm erschienen. Er lebt in einem Vorort von Stockholm, in der Altstadt war er aus privaten Gründen, er hat dort einen befreundeten Fotografen besucht. Der befand sich mit ihm in dem Restaurant, wurde aber nicht verletzt.

Bisher ist unklar, woher die Attentäter so punktgenau vom Aufenthalt Henderssons wussten. Der Journalist bespielt die privaten Medienkanäle. Er hat auch einen Instagram-Account, nutzt diesen aber nicht für persönliche Mitteilungen, sondern für Bilder von Recherchen.

Offenbar existieren keine Aufnahmen von der Attentatssituation. Der Rauch hat das verhindert. Über die Attentäter ist entweder nichts bekannt oder es wird zu diesem Zeitpunkt mit Absicht zurückgehalten. Bisher wurde niemand verhaftet.

Umso mehr steht über Hannes Bornholdt im Netz. Seine Rolle im deutschen und europäischen Rechtsextremismus wird breit offengelegt, auch seine zahlreichen für die Bewegung erworbenen Liegenschaften sowie die Vereins- und Gesellschaftsgründungen zu den absonderlichsten Zwecken, etwa die Gesellschaft zur Fruchtbarkeitsforschung oder seine völkisch-neuheidnischen Gemeinschaften.

In Schweden ist bekannt, dass er ein Gut erworben hat, eine Art Basecamp zur Pflege der nordischen Rasse. Finanziert in nicht unerheblichem Ausmaß mit Mitteln aus der EU zur Förderung der ökologischen Landwirtschaft. Die schwedischen Tierschutzvereine machten ihm einen Strich durch die dicken Geldzuwendungen. Berichtet wird auch von Verbindungen zu skandinavischen Rechtsextremen. Flugblätter mit dem gelben Hakenkreuz auf blauem Grund und andere Symbole der *Nordischen Widerstandsbewegungen*, wie sie sich nennen, werden abgebildet.

Nicht berichtet wird von der Insel, auf der Bornholdt zuletzt lebte. Nicht berichtet wird von seiner Nichte Henriette Olsen oder Victor Meyer, auch nicht von Hark Meyer. Weiß man davon nichts? Oder gibt es Gründe, darüber zu schweigen?

Die Menschen im Kapitänshaus wissen nicht, wie sich die Dinge entwickeln werden. Es ist unwahrscheinlich, dass das Leben auf der Insel in seiner bisherigen Form fortzusetzen ist.

»Das wird nicht gelingen«, sagt John.

Charles nickt: »Unter anderem deshalb, weil wir mehr wissen, als hier zu lesen ist.«

John nickt: »Und das ist gefährlich. Wir wissen nicht, was sie von uns wissen.«

»Im besten Fall sind sie jetzt so sehr mit sich beschäftigt, dass sie nicht auf uns zukommen …«

»Im besten Fall. Es wäre aber nützlich zu wissen, was sie jetzt planen.«

Charles fragt: »Wann setzen wir uns mit den Behörden in Verbindung?«

John überlegt kurz: »Dann, wenn es nötig und sinnvoll ist. Das kann auch bedeuten, dass wir es sehr spät tun. Oder bestehst du darauf?«

Charles überlegt: »Ich muss das natürlich so früh wie möglich machen, ich kann mir nicht leisten, es nicht zu tun. Aber eigentlich ist es bereits zu spät.«

»Eigentlich müssen wir sie nur auf die Fährte von Victor und Henriette setzen, mehr Informationen haben wir momentan ja auch gar nicht.«

»Du bist zum Glück auf keinem Foto gelandet. Gefahndet wird aber sicher nach dem Mann, der den Journalisten erstversorgte ...«

John nickt. Es ist einiges abzuwägen. Das Attentat haben sie nicht verhindern können. Es wäre möglich gewesen, die Behörden vorher darüber zu informieren, wenn auch nur über den Verdacht. Das haben sie nicht gemacht.

Charles fährt fort: »Wir sollten mit Gun über Henriette reden. Die ist ja der Grund für Guns Anwesenheit.«

»Ich kann mir nicht vorstellen, dass sie das Restaurant weiterführen. Das käme mir sehr kaltblütig vor. Obwohl ... an Kaltblütigkeit hat es ihnen ja bisher nicht gefehlt.«

»Sehe ich genauso. Bis heute hat die Tarnung doch perfekt funktioniert.«

Die Männer sitzen in Charles' Zimmer. Gun ist zu Hause.

Warren und Eva haben sich zurückgezogen.

Der Leichnam von Hannes Bornholdt wird bereits in seiner deutschen Heimat angekommen sein.

72

Eva hat sich früh aus den Laken gewickelt, um für den Restaurantdienst bereit zu sein. Victor hat in ihre Telegram-Gruppe geschrieben, dass das Team-Meeting normal stattfinden werde.

Die Trauertage sind vorüber. Wir flaggen wieder normal.

Warren hat es zu Gun gezogen. Er sitzt bei ihr in der Küche und hält seine Teetasse in beiden Händen.

Dann sagt er: »Eva ist schwanger.«

Gun sieht ihn erstaunt an. »Ich vermute, von dir.«

»Ja.«

Nun bricht es aus Gun heraus, die große Frau bebt. Gun lacht Tränen vor Rührung und Überraschung. Sie greift Warrens Arm und sagt, immer noch schüttelnd: »Entschuldige, aber das ist wirklich komisch! Und es ist schön, Warren! Freust du dich?«

Zögernd antwortet er: »Ja.«

»Das ist gut. Das ist sehr gut!«

Deutlich weniger begeistert sagt Warren noch einmal: »Ja.«

»Weiß Charles es schon?«

»Du bist die Erste, der ich es sage. Auch meine Mutter und John wissen noch nichts. Ich weiß es ja auch erst seit heute Nacht.«

Gun zieht Warren an sich, umarmt ihn innig.

Nach einer Weile sagt sie: »Dieses Kind bekommen die nicht. Wir holen Eva da raus! Noch mal gelingt denen das nicht!«

Warren versteht, was sie meint.

»Du liebst Eva?« »Ja.«

»Das ist gut. Dann wollen wir dafür sorgen, dass die jungen Eltern gut da durchkommen. Will Eva das Kind?«

»Sie ist froh und besorgt zugleich. Aber ich würde sagen: Ja.«

»Wem hat sie es schon erzählt?«

»Das weiß ich nicht. Vielleicht noch niemand.«

»Victor?«

»Glaube ich nicht.«

»Gut, gut.«

Gun ist seit der Lacheruption in einen neuen Modus geraten, sie wirkt hoch konzentriert. So eine Aufgabe scheint ihr gerade recht zu sein.

»Noch mal gelingt ihnen das nicht!«, wiederholt sie kategorisch. »Und vorher räumen wir Hannes' Nachlass auf.«

73

Ein starkes Hochdruckgebiet hat sich in diesem Frühsommer noch nicht ausgebildet, sogar im Mai war das Wetter wechselhaft.

Beständig war nur die stete Änderung.

Die Wolkendecke des Abends und der Nacht ist klarem Himmel gewichen, nur über den Wäldern auf dem Festland sind Wolken aufgestiegen, die Feuchtigkeit der vergangenen Nacht sammelt sich. Nur die Küste selbst ist wolkenfrei.

Von der Nachbarinsel kommt Victors Boot, er ist allein an Bord. John beobachtet seine Ankunft. Es sieht alles aus wie vor dem Attentat. Am Fahnenmast ist der blau-gelbe schwedische Langwimpel gesetzt. Victor geht den Hügel zum Restaurant hinauf. Die Türen stehen offen, es wird gelüftet. Einige Mitarbeiter sind schon da, das Teamfrühstück ist vorbereitet. Alle setzen sich an den großen Tisch in der Gaststube. Victor berichtet: »Hannes wird heute in Deutschland beigesetzt. Dann ist alles gut. Sehr gut sogar.«

»In der Stadt ist ja einiges los gewesen …«

»Ja, nachdem der Leichenwagen abgefahren war. Es gibt noch gute Leute. Aber lasst uns über heute sprechen. Habt ihr etwas vorbereitet?«

»Erst mal unser Porridge hier, guten Appetit!«

Martin drängt, von den anderen Themen weg und zum Frühstück zu kommen.

Kaffee und Tee kreisen. Obst wird gereicht. Nüsse stehen auf dem Tisch. Milch, Joghurt, Birkensirup, Marmelade.

Eva sagt: »Wir haben gestern noch Dorsch bekommen, den sollten wir heute machen.«

Victor nimmt ein Blatt Papier, mit Bleistift schreibt er die Teile des Menüs auf. Porridge, Zwiebelblätter, Karotten, Kohlsaft. Dorschleber, Dorschrogen, Wurzelgemüse, aufgeschlagene Schafmilchsahne, Oregano. Beeren, Mädesüß-Bonbons. Likör aus Enteneiern.

Die Belegschaft weiß, was zu tun ist. Wie üblich werden weitere Speisen hinzukommen, Victor ergänzt während des Kochens mit dem, was er noch erspäht – in der Kühlkammer, im Beet bei den Gemüsen. Er ist ein virtuoser Koch.

Das vollständige Menü erscheint spät auf dem Schild vor dem Eingang. Mit dem Menü beginnen die Fragen der Gäste an die Belegschaft. *Worum handelt es sich dabei?* Victors Küche ist so speziell wie rätselhaft. Das Rätsel löst sich erst im Mund und entlädt sich in einem Aromenfeuerwerk.

Die Teller sind sparsam belegt. Oft ist es tatsächlich eine Vielzahl verschiedener Geschmacksrichtungen, die erst im Mund zu einem Gericht werden. Manche sagen: zu einem Gedicht. Victor ist das egal, zumindest behauptet er das. Aber er genießt es, wenn er den Gästen ansieht, dass das Essen gelungen ist. Wenn sie etwas schmecken, was sie noch nie geschmeckt haben, dann hat er sein Kochziel erreicht.

Heute sind keine Gesellschaften angekündigt, Victor scheint aus purer Erfindungslust zu kochen. Ein bisschen ist es wie früher.

Als alles besprochen ist, wird abgetragen. Alle machen sich an ihre Aufgaben.

Hinter dem Haus ist Wolf angekettet.

Henriette ist offenbar noch nicht auf die Insel zurückgekommen.

74

***Abends kommt** es vor dem S-Bahnhof zu einer Rangelei zwischen Jugendlichen. Die einen sind aus dem Ausgang gekommen, die anderen warten schon. Jette ist bei denen, die warten. Es sind nicht allein die* Kraken, *sie sind eine mehr oder minder spontan zusammengekommene Jugendgruppe, die Lust auf Randale hat. Nur zwei der Jungs um sie herum sind Parteimitglieder, die anderen sind höchstens assoziiert. Jette finden aber alle scharf. Sie ist das Mädchen, um das es geht.*

Besonders gut funktioniert das, wenn einer der ankommenden

Jugendlichen sie erkennt und so etwas wie »Nazischlampe« sagt. Das reicht schon als Funke.

Es wird keine große Sache, die Gruppen trennen sich ziemlich schnell. Sie wollen es auch gar nicht zu einer größeren Sache machen, sie haben Bier dabei und wollen noch in den nächsten Park.

Jette wird hoffentlich mitkommen, mit ihr wird das Ganze rund.

Eine andere Sache ist der Fotograf, der von der gegenüberliegenden Seite aus fotografiert. Jette bemerkt es und sagt: »Los, den Typ holen wir uns!«

Sie rennen auf den Fotografen zu. Zwei halten ihn fest, Jette nimmt seine Kamera und klickt im Display durch die Fotos. Er hat vor allem sie, das blonde Mädchen, fotografiert. Bei einer Aufnahme von Jettes Rücken, beim Gerangel im Bahnhofseingang, ist der Saum ihres Kapuzenpullis hochgerutscht, ihre Tätowierung ist zu sehen. Etwas Wellenartiges, das um eine Rune herumführt. Das sehen und dem Mann in die Hoden treten gehen fließend ineinander über.

Er sackt zusammen. Sie treten gemeinsam zu, Jette zuerst. In seinen Unterleib, gegen die Brust, seinen Kopf schützt er mit den Armen.

Die finalen Tritte gelten seiner Kamera, die Jette auf den Boden fallen ließ. Den Speicherchip hat sie rausgenommen. Das Objektiv bricht ab, das Kameragehäuse verbeult. Zweimal Schrott, der Mann und seine Kamera.

Es dauert keine Minute. Sie lassen von ihm ab, stürmen über die Kreuzung in den angrenzenden Park. Sie laufen weiter, überqueren eine Straße, laufen über das Gelände des Gymnasiums, queren die nächste Straße und setzen sich in den folgenden kleinen Park.

Unter einem Rondell von Kastanienbäumen stehen Bänke. Sie setzen sich und trinken Bier. Die Stimmung ist gut. Schnell dringt das Bier in den noch stark pumpenden Blutkreislauf.

Die kaputte Kamera ist voller Fingerabdrücke von Jette. Sie geht davon aus, dass sie erneut aktenkundig wird. Auf der Kühlerhaube eines Streifenwagens lag sie schon mehrfach, die Arme auf dem Rücken, die Hände in Handschellen.

Scheißbullen! Sie ist ein auffälliges blondes Mädchen, umgeben von einer Gruppe überwiegend schwarz gekleideter Jungs. Es ist bekannt, dass sie die Nichte von Bornholdt ist.

Der hält mit nichts hinter dem Berg. Er marschiert. Und seine Nichte auch.

Immer öfter schwänzt Jette die Schule. Noten sind ihr scheißegal.

Es geht um etwas anderes: Leben. Gegen das System sein.

Auf der richtigen Seite sein. Mit den richtigen Jungs zusammen sein.

Vielleicht muss Onkel Hannes aber noch mal ihre Verteidigung übernehmen.

75

»**Lasst uns endlich** über das Geld reden«, sagt Gun, nachdem sie zum Kapitänshaus herübergekommen ist. »Es geht um den Nachlass von Hannes, dafür brauche ich eure Hilfe.«

Sie sitzt mit Warren, Charles und John auf der Veranda. Vater und Sohn haben ihre Laptops heruntergeholt.

»Hast du schon etwas erreicht, Warren?«

»Habe ich. Henriette hat die Konten verwaltet, vermutlich konnte Hannes das nicht mehr selbst. Es gibt lustige Codewörter, Listennamen wie *Wolf* und *Blondi*. Dann *Wolfsschanze*, *Thule*, *Friedensflieger*, *Hetendorf*... Es gibt vielerlei Excel-Listen, in denen Transaktionen verzeichnet sind.«

»Gibt es auch *Adolf*?«, fragt Charles spitz.

»Habe ich noch nicht gesehen ...«

»Was tut sich da?«, fragt Gun, »Was steht in diesen Listen?«

»Viel«, sagt Warren, »sehr viel. Ich denke, man könnte entschlüsseln, wofür welche Gelder verwendet wurden. Es ist ein sehr umfangreiches Verzeichnis.«

»Du sprichst immer von Listen. Hast du denn auch Zugriff auf die Konten und die Gelder?«

Warren schweigt einen kleinen Moment, dann sagt er: »Nein. Das ist ohne die privaten Schlüssel nicht möglich. Die Listen sind nur so eine Art Buchführung, das hat mit dem eigentlichen Kryptosystem nichts zu tun.«

Gun ist wie erstarrt: »Das heißt, wir kommen nicht an die Gelder heran? Ist es das, was du gerade sagst?«

Man sieht, dass Warren die Antwort scheut. Zu seiner Überraschung schaltet sich John jetzt in das Gespräch ein.

Er sagt: »Nein. Das will Warren nicht sagen. Wir kommen ran.«

Warren staunt. Er blickt ungläubig zu John. Ein riesengroßes Fragezeichen steht in seinem Gesicht.

John zieht seinen Rucksack zu sich heran, greift hinein und zieht eine kleine silberne Kaffeekanne hervor. Das Silber ist leicht braun angelaufen, die Kanne hat eine Tülle mit schönem Schwung, einen ebenso schön geschwungenen Griff und einen Deckel zum Klappen. Auf einer Seite ist die Figur eines Adlers mit ausgebreiteten Flügeln eingraviert. Die Greife des Adlers stehen auf einem Lorbeerkranz, der ein Hakenkreuz umrahmt. Links vom Lorbeerkranz ist der große Buchstabe A eingraviert, rechts von ihm das große H. John stellt die kleine Kaffeekanne auf den Tisch. Nach genauerem Hinsehen lacht Charles laut auf und sagt: »Kaffee hat der Führer dann also doch getrunken! Nicht nur Fachinger …«

Gun greift sich die Kaffeekanne und hält sie in ihren großen Händen.

»Ist das wirklich die Kaffeekanne dieser Bestie?«

»Das weiß ich nicht«, sagt John, »aber es könnte durchaus sein.«

»Woher hast du die?«, fragt jetzt Warren.

»Ich habe sie aus dem Bornholdt-Haus.«

»Und was sollen wir damit?«

»Du brauchst doch die privaten Schlüssel?«

»Ja … Was hat das mit dieser Kaffeekanne zu tun?«

Warren rätselt noch immer.

»Da waren sie drin.«

John reicht Warren einen zusammengerollten Papierstreifen. Warren öffnet den Zettel und sieht darauf eine mit Kugelschreiber geschriebene lange Ziffernfolge.

»Du warst im Haus?«

»Ja.«

»Wann?«

»Gestern war die einzige Chance. Nach dem Attentat. Nachdem wir hier gesessen haben. So ruhig wie gestern würde es auf der Insel wohl so bald nie wieder sein.«

Gun klatscht in die Hände: »Das ist schlau. Das war der Moment, als niemand da war … Höchstens Henriette!«

»Es war tatsächlich niemand da.«

Gun fragt nach: »Und damit kann Warren jetzt an die Konten?«

»Ja. Ich habe es ausprobiert.«

»Genial, John.« Warren ist begeistert.

Er hat den Zettel schon längst fotografiert und eingegeben.

Er hebt den Daumen und wiederholt: »Genial, John. Absolut genial.«

Charles bemerkt noch: »Dass Bornholdt den Schlüssel so aufbewahrt, ist ja schon wieder irre.«

»Und auch wieder nicht,« sagt John, »es sind ja schon genügend Schlüssel für die Kryptowelt verloren gegangen und mit ihnen auch das Geld. So funktioniert das System. Wer den privaten Schlüssel nicht hat, der kommt nicht rein. Da sind schon Millionen verschwunden. Oder nicht verschwunden, aber eben nicht mehr erreichbar.«

»Kannst du jetzt Gelder transferieren?«, fragt Gun Warren.

»Im Prinzip ja, nur zu wem? Wer hat da ein Konto, wie man früher sagte?«

Charles hebt einen Finger, John hebt einen Finger.

Warren und Gun staunen. Charles und John sind also Teil der Kryptowelt.

Auf der Veranda im Kapitänshaus auf der Insel in den östlichen schwedischen Schären entsteht schlagartig eine neue Atmosphäre. Bingo!

Charles sagt: »Ich schlage vor, dass wir das über Johns Schlüssel machen. Das Geld soll ja nicht einfach nur abgezogen werden, sondern auch irgendwohin gelangen. Wir sollten es zu John transferieren.«

Gun sagt: »Erst mal geht es darum, dass Hannes seinen Raubzug nicht noch post mortem fortsetzen kann. Ich habe gelesen, dass in den digitalen Archiven, so nenne ich es mal, auch Dokumente ausgetauscht werden können. Kann man auch Verkäufe durchführen, von Häusern und anderen Liegenschaften?«

John sagt: »Im Prinzip ja. Diese Systeme kommen ohne Banken und Notare aus. Aber letztlich doch nicht ohne den Grundbucheintrag oder womit das in den jeweiligen Ländern geregelt ist … Miteinander kann man jede Art von Deal machen. Das Passendste ist, wenn diese Bewegungen selbst eine Währung kreieren.«

Guns Augen blitzen.

»Besteht die Gefahr, dass jemand anderes sich jetzt einmischt und umschichtet?«, fragt sie.

»Wer sollte das machen? Das könnte ja nur Henriette sein. Warum soll sie das tun?« Gun zuckt mit den Achseln.

»Die ersten Kinder von Hannes könnten sich melden.«

»Ja, aber wer weiß von diesen Geldern und Hinterlegungen? Das taucht doch nicht auf. Henriette weiß davon.«

»Was ist mit Hark Meyer?«, fragt John. »Kann es sein, dass er davon weiß?«

Die vier sehen sich an, ein klares Ja steht unausgesprochen im Raum. John antwortet selbst: »Das kann also sehr gut sein. Vielleicht ist er ebenso wie Henriette eingeweiht. Vielleicht ist es auch gar nicht Henriette, die diese Konten verwaltet, sondern Meyer?«

»Das kann man in der Tat nicht wissen«, sagt Charles, und Warren nickt.

Gun sagt: »Aber wir haben den Zugang, lass uns loslegen, bevor es jemand anderes tut. Können wir dabei irgendwie auffliegen, Warren?«

»Natürlich können die, die das System und die Transfers kennen, sehen, wohin transferiert wird. Allerdings verschlüsselt, da stehen ja keine Klarnamen. Die Transaktionen sind sichtbar, aber das ist es auch schon. Die privaten Schlüssel von John wird ja wohl niemand haben.«

»Dann lass uns loslegen«, drängelt Gun. »Nun macht schon! Ich werde nicht jünger.«

76

John hat die Ankunft der fünf Kameraden und Henriettes vom Kapitänshaus aus beobachtet. Während Henriette mit dem Quad losgefahren ist, haben die Besucher einige Taschen auf den Hof gebracht. Dann sind sie wieder in die Snipa gestiegen und haben Kurs auf die Nachbarinsel gehalten, wo Hark und Victor Meyer wohnen. Victor ist in seinem Restaurant, also ist klar, wen sie treffen wollen. John beobachtet, wie sie in die Bucht vor Meyers Haus einbiegen.

Johns Handy fiept. Er blickt aufs Display und tippt *Okay* ein.

Gun hat schwarzen Tee gekocht, zu dem sie Zitrone und Honig anbietet. Eva und Warren sitzen bei ihr vor dem Haus. Das Holz der alten Bank ist unbehandelt, Regen und Wind haben es ausgewaschen, lang gezogene Fasern sind als kleine Grate stehen geblieben, die Täler dazwischen sind zum Teil schon tief, aber noch ohne Risse. Die Bank ist stabil.

Von rechts kommt ein Boot, wieder die alte Snipa. Als sie sich genähert hat, können Gun und ihre Gäste die Personen an Bord erkennen. Gesteuert wird es von einem der Kameraden, die Bornholdts Sarg getragen haben. Vier weitere von ihnen sind an Bord zu erkennen. Und eine Frau.

»Henriette!«, sagt Gun.

Sie winkt ihr und pfeift. Gun kann pfeifen! Henriette wendet den Kopf, mit einer kleinen Handbewegung winkt sie zurück.

Die Snipa setzt ihren Weg Richtung Nordspitze fort.

»Geht es dir gut, Eva?«, fragt Gun.

Eva nickt: »Ja, alles gut. Nichts Besonderes.«

»Du weißt, dass die ersten Monate etwas unsicher sind, die Frucht muss sich erst richtig einrichten.«

»Schon klar. Ich habe viel Mutterschaftsliteratur gelesen, das gehört zur Bewegung. Wir Mütter sind doch die Säule, auf der die Zukunft ruht. Ohne uns gäbe es keine Fortsetzung. Keine Weiterentwicklung.«

Gun fragt: »Wie stellst du dir das mit dem Kind vor? Bleibst du auf der Insel? Bleibt ihr auf der Insel?«

Warren und Eva sehen sich an, dann antwortet Warren als Erster: »Ich gehe zurück nach Hamburg, das ist schon geplant, meine Mutter kommt in zwei Wochen wieder. Wir wollen uns da treffen.«

Eva fügt hinzu: »Okay, dann lerne ich die Großmutter auch gleich kennen?«

Warren fragt sich, ob Ironie mitschwingt. Er ist sich nicht sicher.

Die drei werden vom Geräusch eines näher kommenden Quads unterbrochen. Henriette biegt vom Schotterweg auf das Gelände neben Guns Haus. Sie muss sich beeilt haben. Henriette parkt an der Hausecke. Warren wundert sich, wie selbstverständlich sie auf die drei zukommt.

»Hallo, Henriette!«, sagt Gun, »setz dich zu uns. Du warst weg?«

»Ich hatte noch mit der Überführung und Bestattung zu tun.«

»Bist aber nicht mit nach Deutschland gefahren?«

»Nein, da ist ja alles geregelt.«

Warren stellt einen gravierenden Unterschied zwischen Henriette und Eva fest.

Henriette hat etwas Unerbittliches, Hartes, sie besitzt in jeder Äußerung etwas Kategorisches. John würde sagen: *Ihr fehlt die Defensive*, das Ausweichenkönnen, und damit die Basis für Erfolg. Nach Johns Einschätzung kann Henriette nicht erfolgreich sein.

Das ist bei Eva anders. Ihr geht es um das Leben. Sie ist nicht festgelegt, sie kann weiterziehen, dem Strom ihrer Gedanken, Ideen und Sehnsüchte folgen. Wie sie es selbst gesagt hat: Sie ist ein Meteor. Das gibt Warren Hoffnung, ohne dass seine Zweifel gänzlich verschwinden würden. Henriette ist ein Auslaufmodell. *Vielleicht wünsche ich mir das auch nur? Aber Eva ist eben meine Königin.* Henriette ist das Meer in all seiner Unerbittlichkeit, die zuschlagende Welle, die selbst nicht überlebt. Eva ist das Meer mit all seinen Möglichkeiten.

»Wie geht es auf dem Hof weiter?«, fragt Gun.

»Genauso wie bisher. Ich habe ja schon vorher fast alles allein erledigt. Hannes hat tapfer gekämpft! Aber er konnte mir nicht mehr helfen.«

»Wer erbt denn?«

»Das wird sich klären.«

Es ist zu spüren, dass diese Frage Henriette beschäftigt. Offensichtlich ist momentan noch gar nichts klar.

»Wie geht es Hark?«, fragt Gun. »Hat ihn der Tod von Hannes sehr mitgenommen?«

»Du kennst ihn doch, er lässt sich nichts anmerken, ist hart sich selbst gegenüber. Er schöpft Kraft aus dem Verlust, setzt noch mehr Energie ein als ohnehin schon.«

Henriette sieht erst Warren an, dann Eva. Ein Kontrollblick. Es ist klar, dass sie dieses Verhältnis weiter im Blick haben wird. Eine von ihnen und der junge Sommergast, das ist nichts, was vorgesehen war.

»Was machen die Kameraden bei dir?«, fragt Gun.

»Sie helfen mir auf dem Hof aufzuräumen. Es gibt ja einigen Nachlass von Hannes. Der muss gesichert werden.«

»Bleiben sie lange?«

Henriette sieht Gun prüfend an. Was interessieren Gun die Kameraden? Gun ist bei Henriette als Sympathisantin abgespeichert, jedoch nicht als Mitkämpferin und Parteisoldatin.

»Warum fragst du? Es ist noch nicht ausgemacht, wie lange sie bleiben.«

»Nur so, Neugierde. Du kennst mich ja ...«

Henriette nickt: »Ich muss los. Wollte nur nach dir gucken. Du bist also versorgt. Das ist gut.«

Henriette verabschiedet sich und geht zum Quad zurück.

»Macht es gut!«, ruft sie und gibt leicht Gas.

»Sie wird weggehen«, sagt Eva unvermittelt.

»Wie kommst du darauf?«

»Ist so ein Gefühl … Victor wird auch gehen.«

77

***28 ziert** den Pullover eines kleinen Kindes, das auf dem Arm seiner Mutter durch die gemütliche Kleinstadt mit ihren niedrigen Häusern getragen wird. Jettes Pullover trägt die Aufschrift* »Nationale, anstændige, pålidelige, intelligente«. *Das ergibt nicht wie im Deutschen die Abkürzung NAZI, aber jeder hier weiß, was damit gemeint ist. Ihr Freund Victor hält ein Plakat hoch: »Dänemark den Dänen – Enhed af dansk fædreland!«*

Die Zusammenkunft ist international: Norweger, Schweden, Schotten, Finnen, sogar Schweizer, Bulgaren und Russen sind zu dem Friedensmarsch in der dänischen Kleinstadt erschienen. Die deutsche Fraktion tritt mit bekannten Parolen auf: »Märtyrer des Friedens« – »Frei, national, sozial« – »Märtyrer sterben nie« – »Ewig währt der Toten Tatenruhm«.

Hannes Bornholdt ließ seine Beziehungen in den Norden spielen. In Deutschland wurde die Gedenkveranstaltung am Todestag des Führer-Stellvertreters mehrfach untersagt, deshalb hat er sie nach Dänemark verlegt. Die Ratsverwaltung der Stadt im Süden hat die Anmeldung zur Friedensdemonstration offenbar nicht tiefgehend genug geprüft. Sicherlich haben Erkenntnisse über mögliche Teilnehmer vorgelegen. Jetzt ist die Demonstration unterwegs, die Deutschen marschieren im dänisch organisierten Zug mit.

Leichter Augustwind weht herauf von der Ostseebucht, an der das Städtchen liegt. Der Zug ist farbig, schwarz, vor allem dänisch rot, weiß, blau, gelb, grün, aber klar gegeneinander abgegrenzt, nicht bunt durcheinander, keine Regenbogenmischung. Jede Farbkombination hat ihre Bedeutung.

Die Fahnen und Plakate wandern mit dem Zug an den niedrigen Häusern entlang, deren Fassaden oft ockergelb gestrichen sind. An den Fenstern sind hier und da die bekannten beidseitigen Spiegel befestigt, die Spione, mit denen die Bewohner den Verlauf der Straße vor ihrem Haus nach rechts und links einsehen können.

Das Fernsehen ist dabei. Eine Reporterin kommt auf Jette zu und fragt nach der Bedeutung von Rudolf Heß.

»Heß war ein selbstloser Diener der nationalen, nordischen Sache. Nicht verführbar, standhaft. Ehrlich, geheimnisvoll. Als Friedensflieger hat er versucht, der Sache des Nationalen noch eine Wendung zu geben. Es war klar, dass ein nordisches Reich nur ohne Hitler realisiert werden konnte. Das wurde nicht verstanden. Wir treten für seine Idee ein!«

Auf weitere Fragen antwortet Jette nicht.

Kein Futter für den Feind, Aufmerksamkeit genügt.

78

Abends kommt es erneut zum Treffen mit Gun im Kapitänshaus. Warren und John haben seit gestern intensiv an Bitcoin-Transaktionen gearbeitet, von Hannes und Henriette Bornholdt zu John.

Bitcoin hat derzeit nicht gerade einen Höchststand, gehandelt werden Bitcoins momentan bei um 8000 Euro. Warren hat bisher Bestände von annähernd 1000 Bitcoin identifiziert, also geht es immerhin um eine Summe von acht Millionen Euro.

Transaktionen brauchen Zeit im System der Kryptowährungen. Heute Nacht wollen sie mit den Aktionen fortfahren in der Hoffnung, dass niemand außer Henriette Zugänge zu den Beständen hat und sie nicht parallel aktiv ist. John vermutet, dass Hark Meyer eventuell Zugriff haben könnte. Bisher sind sie nicht auf andere Vorgänge gestoßen.

Unklar ist, ob sie auch Liegenschaften übertragen wollen und können. Real in den Besitz zu kommen hieße, irgendwann vor Ort zu sein, sichtbar zu werden und andere Personen zu treffen, vermutlich aus der Bewegung. Die vier – Charles ist für Nachfragen in Rufweite – entscheiden, sich auf die Gelder zu konzentrieren und die Aktion in dieser Nacht zu beenden.

»Wir bringen die Kinder von Bornholdt eventuell um ihr Erbe. Allerdings glaube ich nicht, dass ihnen diese Geldmengen zufallen würden, Henriette und Hark Meyer würden das bestimmt zu verhindern wissen. Das Geld soll sicher nicht an Menschen gehen, die nicht der Bewegung angehören. Es kann sehr gut sein, dass ihr bald auf Parallelaktionen trefft.« Charles gibt damit noch mal sein Go zu den Transaktionen.

John sagt: »Alles schaffen wir sowieso nicht. Heute Nacht noch, dann ist erst mal gut. Es geht ja darum, eigene Aktionen von Henriette und Hark Meyer zu verhindern …«

Charles fragt: »Und was machen wir mit den Summen, die abgeschöpft wurden?«

Gun meldet sich zur Wort: »Ich würde gern versuchen, für Henriette etwas zurückzulegen – für den Fall, dass sie von der Bewegung ausgeschlossen und nicht mehr versorgt wird. Nur für diesen Fall. Ich hoffe immer noch, sie eines Tages wieder erreichen zu können. Das bin ich ihrer Mutter schuldig.«

Sie macht eine Geste gen Himmel. Dass sie das ihrer Freundin Ingrid schuldig ist, erwähnt sie oft. Nachdem ihr Hassobjekt Hannes tot ist, sagt sie es noch häufiger.

John meint: »Ich schlage vor, dass wir ein schwedisches Aufklärungsmagazin fördern. Die haben schon viel gegen die neuen Widerstandsbewegungen im Norden getan. Wir tauschen die Bitcoins ein und lassen ihnen das Geld als Spende zukommen.«

Alle nicken.

»Für Henriette können wir 500.000 Euro zurückstellen. Ich glaube nicht, dass sie leer ausgehen wird. Charles kann das Geld konservativ anlegen, Gun erhält eine Vollmacht zur Verwendung.«

»Das kann ich gern machen«, sagt Charles.

»Damit bin ich sehr einverstanden«, sagt Gun, »es wäre nett, wenn du das für mich machen würdest, Charles.«

John und Warren gehen nach oben und arbeiten weiter. Es hat zu dämmern begonnen, aber die hellsten Nächte nähern sich, sodass nicht wirklich von Dunkelheit zu reden ist.

Beim Restaurant ist viel los, die Tische draußen sind alle belegt, der Service hat gut zu tun. Victor vermutlich auch.

Gun und Charles gehen davon aus, dass er den Restaurantbetrieb gerade jetzt weiterlaufen lässt.

Es ist kurz nach neun am Abend, sie sitzen vor der Veranda. Charles reicht Gun das Antimückenmittel. Noch stehen und tanzen die Insekten in der Luft. Bald wird sich das ändern, und die Schwärme werden ihr Nachtwerk beginnen.

Das Wasser ist spiegelglatt, der Wind hat sich gelegt. Der aufgehende Mond und erste Abendsterne lassen die Oberfläche des Meeres funkeln. Die bewegte Spiegelung ist von großer Magie.

Der Himmel in seiner Unendlichkeit steht stark und kräftig darüber.

Luftmeer und Wassermeer begegnen sich.

79

Der Tag beginnt schon früh zu strahlen. Es ist wolkenlos blau, der Himmel von skandinavischer Klarheit. John ist sehr früh nach der Computerarbeit mit Warren zu den Felsen am Ufer gegangen. Es ist vier Uhr, die Sonne steht bereits über dem Horizont. Es beginnen die magischen hellen Tage, sogar im südlichen Schweden, zu dem die Hauptstadtregion gerade noch gehört.

Die Steine haben Restwärme vom Vortag gehalten: ein Zeichen, dass der Sommer beginnt. Jetzt ist die Wärme der Steine noch eine Wohltat, am Ende des Tages kann man froh sein, die Füße vom Stein weg ins kühle Meer zu tauchen. Ameisen transportieren in lockerer Reihe Kiefernnadeln über den Granit.

John macht Übungen und dehnt sich. Mit Schlafmangel kann er umgehen. Wichtig ist es, den Körper präsent zu halten und beweglich zu bleiben.

Ein paar Vögel ziehen mit lautlosem Flügelschlag durch das Blau. John taucht mit einem Seemannsköpfer ins Wasser. Die Arme angelegt, fliegt er mit dem Kopf voran in das tiefe Wasser. Mit 20, 30 Butterflyzügen macht er sich warm und wechselt ins Kraulen über. Er atmet links ein, Arme und Beine geben gleichmäßigen Vorschub. Zehn Minuten zieht er so eine gerade Bahn. Dann erreicht er einen kleinen Felsen, dessen Kuppe trocken ist. John zieht sich an einer Felsspalte aus dem Wasser. Der Stein wärmt, Wassertropfen glitzern auf seiner Haut. John winkelt die Beine an und richtet sich mit dem Gesicht zur Insel aus.

Warren, Charles und er – sie werden nicht mehr lange auf der Insel bleiben. Sein Blick ist ein Abschiedsblick. John ist froh, wenn für sie alles ohne weitere ernste Vorfälle abläuft. Sein Job ist der Schutz der Familie, darum hat Charles ihn einfliegen lassen. Dass die beiden jetzt so lange geblieben sind, trotz der Ereignisse, hat durchaus zur Diskussion gestanden. Aber für Warren gibt es auch Eva. Das war und ist ein Grund, noch geblieben zu sein.

Was wartet auf Gun? Wie wird es für Henriette weitergehen? Wie für Victor?

Die derzeitige Ruhe auf der Insel ist Fassade, wie sie es schon seit Jahren ist.

Hannes Bornholdt, Henriette, Victor, Hark Meyer, sie alle haben diesen Ort um seine innere Ruhe gebracht. Ihre abstrusen

Ideen, ihre Aggressionen, ihre Machtgeilheit und ihr Sendungsbewusstsein streben nach Aktion. Eine davon hat es gerade erst in Stockholm gegeben, weitere sind mit Sicherheit bereits vorbereitet. Und für die meisten Beteiligten wird es keinen guten Ausgang nehmen.

Die Insel selbst wird Bestand haben. Letztlich wird alles irgendwann so aussehen wie vor dem Einzug der Bornholdts und Meyers. Die Felsen, die Farne und das Meer wird das Geschehen unberührt lassen. Was sind dem Meer gegenüber schon tausendjährige Fantasien? Das kurze Anschlagen eines klitzekleinen Wellenzuges. In der hunderttausendjährigen Bewegung von Milliarden von immer neuen Wellen.

Vor sich sieht John den kleinen Hafen. Der Landeplatz von Victors Boot ist leer, er ist noch zur Nachbarinsel gefahren. Die Snipa ist auch nicht da. Ein Quad steht fahrbereit auf dem Steg.

Das Kapitänshaus liegt in der Sonne, das Restaurant noch etwas verschattet hinter den wenigen Bäumen am Ufer. Die Wirtschaftsgebäude und das Museum führen in einer lockeren Linie zum Hof von Henriette. Einige Hühner sind schon unterwegs. Entweder ist die Klappe zum Stall nicht geschlossen worden oder diese Hühner sind abends zu spät gekommen. Wer zu spät kommt, den holt nachts Habicht oder Fuchs! Diese Hühner hätten dann Glück gehabt.

John geht in die Hocke und lässt sich sanft nach vorne kippen. Mit ruhigen Kraulschlägen zieht er Richtung Ufer.

80

Victor ist mit seinem Boot von der Nachbarinsel gekommen. Gemeinsam mit Martin fährt er mit dem Quad plus Anhänger zur Rinderherde.

Die Tiere zieht es nicht in die Nähe der Menschen, sie wissen ihre Sommerfreizeit zu schätzen und halten Abstand, auch das Kälbchen.

Kalle hat Victor gelockt, bis er seine Kälbchenohren sanft berühren konnte. Die großen Kuhaugen blicken ihn ruhig an.

Victor setzt das Bolzenschussgerät an, löst es aus, und Kalles Körper erschlafft. Er durchtrennt die Kehle mit dem zweischneidigen Dolch, den er am Gürtel trägt. Das Blut rinnt über seine Hände und tropft in den Boden. Das Leben in Kalles Augen ist bereits erloschen.

Nachdem er das Kalb getötet hat, wird es gehäutet, aufgebrochen und zum Abhängen in den Schuppen gebracht. Später wird es in den Kühlraum kommen und einen Monat dort bleiben. Niere, Herz und Leber werden noch heute auf den Speisezettel kommen. Vor dem Servieren wird das gekühlte Herz auf Zimmertemperatur gebracht, in kleine Würfel geschnitten und mit Rübenblättern in eine Schüssel gegeben, Brot und Liebstöckelsalz gereicht. Neben der kleinen Herzspeise gibt es eine Vielzahl weiterer besonderer Gerichte. Fleisch, Fisch, Wurzelgemüse, fermentierter Fenchel, Hüttenkäse, Preiselbeeren. Erneut ein Feuerwerk für den Gaumen. Kalles restliche Innereien isst man püriert.

Will Victor seinen Ruf auffrischen? Er wirft sich sehr ins Zeug. Erwartet er besondere Gäste? *Zu Ehren der nordischen Heimat* hat er auf die Tafel mit den heutigen Speisen geschrieben. Auf Schwedisch. *För att hedra det nordiska hemlandet.*

Eva bemerkt, dass Victor beim Zurichten und Kochen manchmal Tränen in den Augen hat. Den ganzen Tag über liegen eine fiebrige Geschäftigkeit und Konzentration über dem Restaurant.

Henriette ist vormittags zu Gun gefahren und hat gefragt, ob sie mit zur Klippe im Süden der Insel kommen möchte. Gun hat nach kurzer Überlegung zugestimmt und den Platz auf dem Sozius eingenommen. Sie sitzt dicht bei Henriette, der leicht nach vorn geneigte Sitz schiebt Gun nah an sie heran. Henriettes Haar riecht wie strohblonder Sommer.

Henriette ist Richtung Hafen gefahren, vorbei an Kapitänshaus und Restaurant. Am Bauernhof hat Wolf gebellt.

»Willst du ihn nicht mal von der Kette befreien?«, hat Gun gefragt.

»Dafür ist es zu spät«, hat Henriette geantwortet, »Ihm die Freiheit zu geben wird ihn unglücklich machen. Er ist sie nicht gewohnt.«

»Aber er ist immer noch ein Hund, das sollte ihm doch gelingen.«

»Daran glaube ich nicht«, entgegnet Henriette bestimmt, »er hat immer so gelebt und wird das auch weiterhin tun.«

»Schade«, sagt Gun.

Henriette fährt durch den Wald, über die Wiese und nimmt die Anhöhe vor den Klippen in Angriff. Dabei zerwühlt sie den Waldboden, für Quads ist der Trampelpfad zu schmal und der Boden zu locker.

Auf der Kuppe halten sie an. Die Bäume geben viele Blicke ins Rund der Inselwelt frei: zur Bewaldung des Festlands, zu den Stränden und Klippen der umliegenden Inseln und nach Süden zum offenen Meer.

Silbriges Grau liegt wie ein sanft schwingendes Tuch zwischen der urzeitlichen Steinwelt der Inseln. Tageswolken verschatten das Wasser leicht.

Henriette fährt noch ein Stück weiter, nah an ein Felsplateau. Sie stoppt das Quad, stellt den Motor ab, und hilft Gun beim Absteigen. Ein wenig riecht es nach dem Motor, Öl und Sprit. Henriette hakt Gun unter und führt sie auf das Plateau. Die Steine haben eine überwiegend rotbraune Färbung. Wenige weiße Quarzadern ziehen sich wie Zeichnungen durch das Gestein. Gelbe Flechten haben Muster gebildet.

Nah der Klippenkante setzt sich Gun auf einen Felsvorsprung, Henriette passt noch daneben. Wie jedes Mal nimmt dieser Blick sie gefangen, sorgt für ruhigen und tiefen Atem. Wer hinaussieht auf das Meer, von festem warmen Grund aus, wird ruhiger. Das ist ein Trick der Insel. Die Steine unter Gun und Henriette halten die Verbindung in die Tiefe der Erde. Das mag nicht wirklich stimmen, aber es fühlt sich so an. Kein schlechter Ort, um Dinge zu klären.

Gun nimmt Henriettes Hand: »Wir kennen uns schon lange«, sagt sie.

»Du kennst mich länger als ich dich«, antwortet Henriette.

»Wie meinst du das?«

»Na ja, man kann nicht wirklich sagen, dass ein Baby jemand kennenlernt … ich war ja noch sehr, sehr klein.«

»Und dann warst du auch schnell weg.«

Schweigen.

»Du hast dann bei Hannes gelebt, ich habe dich lange nicht gesehen.«

»Ja, eine ganze Zeit.«

»Deine ganze Jugend.«

»Im Flussvorort, ja. Warst du eigentlich bei uns, in der Zeit damals?«

»Einige Male habe ich mit Hannes Kontakt aufgenommen, aber er hat das brüsk zurückgewiesen. Du kennst ja seine Launen. Irgendwann hat er gar nicht mehr geantwortet.«

»Du stehst ja auch auf der anderen Seite.«

»Wie meinst du das?«

»Dich interessiert das Volk nicht und auch nicht seine Zukunft.« Henriette setzt hinzu: »Das nordische Volk.«

Gun schweigt. Das will sie gerade nicht vertiefen.

Aber sie sagt: »Du interessierst mich. Ich habe Ingrid versprochen, nach dir zu sehen.«

»Meine Mutter ist lange tot, ich kenne sie ja gar nicht. Ich brauche sie auch nicht. Ich habe eine Heimat. Die Bewegung. Was brauche ich da eine Mutter?!«

Gun sagt: »Ich möchte dich davor bewahren, dass du dein Leben wegwirfst, Jette!«

Henriette blickt sie empört an: »Dein Leben ist ruiniert, euer aller Leben. Mein Leben ist dagegen auf einem sehr guten Weg. Wir tun die richtigen Dinge. Wir sind gut organisiert. Wir stellen die Weichen.«

»Was heißt wir, wer ist das?«

Henriette sieht Gun lächelnd an: »Das weißt du genau: WIR. Wir machen nicht halt. Wir stoppen nicht. Wir sind hier zu Hause. Wir sind der Norden. Wir haben alle Mittel.«

Henriette klingt unerreichbar. Nicht zum ersten Mal.

»Apropos Mittel. Ihr habt gerade einige Euro aus eurer Kriegskasse verloren. Du solltest einen Blick auf deine Kryptokonten werfen.« Das war dumm. Gun könnte sich auf die Lippen beißen. Das war unfassbar dumm.

Die Reaktion kommt prompt. Henriette sieht sie scharf an und sagt: »Lass uns zurückfahren!«

Gun spürt Henriettes Nervosität und greift nach ihrem Arm: »Sag Bescheid, wenn du Hilfe brauchst. Mir ist egal, was du gemacht hast, für mich bist du Ingrids Tochter! Und das bleibst du auch.«

Henriette streift Guns Hand von ihrem Arm ab und hilft ihr aufzustehen.

»Lass uns gehen, Gun. Wir haben heute noch viel zu tun.«

Henriette führt sie zum Quad zurück.

81

Die Kameraden stochern in den fein angerichteten Speisen. Alle fünf sitzen vor dem Restaurant. Henriette ist dabei, und auch Victor hat sich hinzugesellt. Eva und Martin servieren.

Herzwürfel, pürierte Niere, Rübenblätter, Fenchel, Hüttenkäse, Preiselbeeren. Das ganz besondere Programm.

»Gibt es bald mal was Richtiges zu essen?«, murmelt ein Kamerad.

Aber Victor ist heute unerbittlich, es gibt sogar Champagner und Wein.

Nichts, das die Kameraden zu genießen wüssten. In ihrer Küche geht es derb zu, Bier und Hausmannskost. *Scheiß auf dieses Chichi*. Was soll das? Was ist mit Victor los?

»Wir reisen morgen ab, Henriette und ich«, kündigt Victor an. »Wir haben einen Einsatz in Norwegen, die Kameraden brauchen dort unsere Hilfe. Wir übergeben das Restaurant so lange an die Belegschaft, die werden es den Juli über geöffnet haben, danach ist die Ferienzeit sowieso vorbei. Dann wird ganz geschlossen. Der Hof steht euch für Übernachtungen zur Verfügung.«

Die Kameraden haben die Köpfe gehoben und hören aufmerksam zu. »Auf den Norden!«

Victor hebt sein Champagnerglas, auch die Kameraden greifen nach den Gläsern und halten sie vorsichtig in die Höhe.

»Auf den ewigen Norden!«

Victor stimmt das schwedisch viermalige Hipphipphurra an: »Hipphipp ...« »Hurra« »Hipphipp ...« »Hurra« »Hipphipp ...« »Hurra« »Hipphipp ...« »Hurra.«

An jedem anderen Tag hätten die Kameraden jetzt mit schweren Biergläsern auf den Tisch geklopft und den Lärm bis ins Ohrenbetäubende gesteigert. Mit diesen Gläsern würde es nur Bruch gegeben. Missmutig und überrascht stochern sie weiter in ihren Speisen: Viel ist es nicht. Deftig ist es nicht. Zu trinken gibt es nichts Anständiges. Wenn das ein Abschiedsessen sein soll, ist es gründlich misslungen!

»Was wird mit Hark? Bleibt er hier?«

»Er meldet sich bei euch und gibt euch Orders.«

Das Wort zündet: »Blut und Ehre!« ist die Antwort.

Die schwedischen Kameraden wechseln in ihre Sprache: »Blod och ära!«

Einer nach dem anderen sagt es.

»Ich darf euch noch etwas von Hannes geben«, kündigt Victor an.

Er hält eine flache schwarze Schachtel, drückt auf einen kleinen Messingknopf, und der Deckel springt auf.

Das Futteral ist mit hellem Seidentuch ausgekleidet. Darin liegen an rot, schwarz und weiß eingefassten Bändern fünf Orden. Ein Adler ist darauf zu sehen und die herausgestanzte Inschrift

»9. November München 1923 – 33«.

»Hannes hat euch fünf seltene Blutorden hinterlassen. Er hat bestimmt, dass ihr sie bekommen sollt. Für eure Verdienste, die er damit ehren will! Henriette, magst du sie den Kameraden im Namen von Hannes aushändigen?«

Henriette hat sich bereits erhoben, tritt von hinten jeweils an einen Kameraden heran und hängt einen Orden um.

»Ihr solltet den Blutorden natürlich nicht gerade in Sichtweite einer Polizeistation tragen …«

Victor grinst. Die Kameraden grinsen.

Dann grinst Victor noch breiter und gibt Martin und Eva ein Zeichen: »Jetzt gibt es richtig zu essen und zu trinken. Der Festakt ist vorbei.«

Victor lacht laut.

Eva kommt mit einem Tablett voller Biergläser, Martin bringt

Schweinekoteletts und Bratkartoffeln in großen Schalen, die er in die Mitte des Tisches stellt. »Die feine Küche hat ausgedient«, sagt Victor, »jetzt geht es zur Sache!«

Auch er hat ein Bierglas bekommen und ruft: »Skål! Auf Hannes!« »Auf Hannes!«, antworten die fünf und setzen die Gläser für den ersehnten tiefen, kühlen Schluck an die Lippen.

»Stehen Sie langsam auf! Langsam! Treten Sie hinter die Stühle, und knien Sie sich hin!«

Die Stimme aus dem Megafon erklingt hinter den Männern.

»Bewegen Sie sich langsam! Ich wiederhole: Bewegen Sie sich langsam!«

Einer der Kameraden springt auf.

Die Stimme wird sehr laut: »Knien Sie sich hin! Knien Sie sich sofort hin!«

Aus allen Himmelsrichtungen rücken schwarz gekleidete Männer mit angelegten Waffen vor. Polizei oder Spezialeinheit? Es sind keine Aufschriften zu sehen. Das spricht für eine Spezialeinheit.

Victor nickt den Kameraden zu: »Ruhig bleiben.«

Leise fragt er: »Habt ihr eure Waffen?«

Die fünf nicken.

Victor ist blass und rührt sich nicht. Die Kameraden auch nicht. Der eine, der aufgestanden war, kniet jetzt und sieht zu Victor hin.

Victor zählt sehr leise:

»Drei.«

»Zwei.«

»Eins.«

Bei »eins« zieht er die Pistole, die Kameraden ziehen ebenfalls ihre Waffen. Sie schießen in Richtung der Einsatzkräfte. Mehrere Schüsse fallen, von beiden Seiten. Dann haben die Einsatzkräfte die Gruppe erreicht, reißen die Kameraden und Victor zu Boden. Weitere Schüsse fallen.

Dann ist es still.

Kaum zwei Minuten sind vergangen.

Der Einsatz war perfekt koordiniert, es sind mehr als 20 Einsatzkräfte, für die Kameraden kam er wie ein Spuk.

Alle Kameraden sind in Gewahrsam, ebenso Victor.

Der Einsatzleiter versucht, die Lage zu überblicken. Er winkt den Sanitätern, die sich im Hintergrund gehalten haben. Einige Einsatzkräfte und sämtliche Kameraden sind verletzt, auch Victor. Er liegt auf der Seite, sein Kochhemd ist am Bauch rot gefärbt, auch am Bein blutet er. Er verliert viel Blut.

Die Sanitäter haben viele zu versorgen. Zu Victor kommen sie spät. Sie schneiden sein Hemd auf und legen Druckverbände an.

Ein Hubschrauber ist auf dem Platz am Hafen gelandet.

»Der Mann muss schleunigst versorgt werden«, sagt ein Sanitäter und weist auf Victor, »nehmt ihn zuerst mit. Die anderen versorgen wir hier.«

Offensichtlich hat es Victor am schlimmsten erwischt. Ihm wird eine Wärmefolie umgelegt, im Laufschritt bringt man ihn zum Helikopter. Wenig später hebt er ab.

Von den Stegen für die Besucherboote sind mehrere Motorboote zum Hafen herübergekommen, offenbar haben die Einsatzkräfte dort angelegt und sind über Land zum Restaurant gekommen. Jetzt legen ihre Boote im Hafen an, um die Verletzten zu versorgen und die Einsatzkräfte aufzunehmen.

Der Einsatzleiter sieht sich im Restaurant um, geht zum Museum und zum Hof der Bornholdts, offenbar besitzt er umfassende Kenntnis zur Topografie der Insel.

Von den Einsatzbooten kommen Gruppen von Ermittlern, die sich bereits Zugang zu den Häusern verschafft haben. Dies ist das Ende das Basecamps auf der Insel.

John, Warren, Charles und Gun stehen hinter dem Kapitänshaus auf einer Steinkuppe und beobachten das Geschehen. Auch zu ihnen kommen die Ermittler und nehmen ihre Personalien auf.

»Sie sind Feriengäste?«

»Ja«, sagt Charles.

»Welcher Nationalität sind Sie?«

»Wir sind Bürger der Vereinigten Staaten, die Dame ist Dänin.«

Der Ermittler kontrolliert die Ausweise und fotografiert sie. Dann geht er zum Restaurant.

»Wo ist Henriette?«, fragt Gun.

»Ich habe sie nicht bei der Schießerei gesehen«, sagt Warren. »Jetzt sieht man sie auch nicht …«

Er blickt sich um: »Wo ist Eva?«

Das ist für ihn wichtiger als Guns Frage nach Henriette.

»Ich geh runter und such sie«, sagt er hastig.

»Mach das!«, sagt Charles. »Ruf uns, wenn du Hilfe brauchst!«

Gun wiederholt ihre Frage: »Wo ist Henriette?«

Charles zuckt mit den Schultern.

»Lasst uns zum Haus gehen, wir haben noch ein wenig im Netz zu tun«, sagt John.

Gun stimmt zu, wenn man ihr auch ansieht, dass sie sich Sorgen um Henriette macht.

Charles gibt John einen Klapps auf die Schulter: »Gut gemacht! Gut, wenn man Verbindungen hat.«

»War nötig. Irgendwann wären sie zu uns gekommen. Es hätte nicht mehr lange gedauert.«

82

***Als Schulabschluss** von Jette wird das Jahrgangszeugnis des 10. Schuljahres gewertet. Danach ist sie viel zu selten in der Schule erschienen. Sie wohnt mal hier und mal dort.*

Victor ist nach Frankreich gegangen, eine kurze Zeit war auch Jette dort.

Onkel Hannes hatte nach ihrem 18. Lebensjahr nur noch finanziellen und Partei-Zugriff auf sie, alles andere lief an ihm vorbei. Die Verfahren übernahm er dennoch: Hehlerei, Strafvereitelung, Begünstigung von Bankräubern, Verstoß gegen das Waffen- und Sprengstoffgesetz.

Insgesamt zwei Jahre verbrachte sie in Haft. Ein Jahr nach ihrer letzten Haftentlassung wird sie in Verbindung mit einem Sprengstoffanschlag in Heilbronn gebracht, einem Nagelbombenattentat in Paderborn sowie mit mehreren Raubüberfällen. Gefasst wird sie nicht mehr. 2009, nach einem Aufenthalt in Kopenhagen, ein Foto zeigt sie dort mit einer älteren Frau, verliert sich ihre Spur.

Im Rahmen der Gerichtsverhandlungen im NSU-Prozess ab 2013 taucht ihr Name einmal auf, doch die vermuteten Verbindungen lassen sich nicht belegen.

Jettes Spur ist seit 2009 kalt.

Jette Olsen, die schärfste Braut aus dem Flussvorort, keiner weiß, was mit ihr geschehen oder wohin sie gegangen ist.

83

Eva ist nichts geschehen, sie war im Haus, als der Zugriff stattfand. Es war ein Risiko, sie nicht zu informieren. Aber John ist dieses Risiko bewusst eingegangen, er wollte verhindern, dass irgendetwas von dem durchsickert, was geschehen würde. Die Folgen wären unabsehbar gewesen. Wie hätte Victor reagiert? Wie Hark Meyer? Wie die Kameraden? Hätten sie als Erste angegriffen? Hätten sie alles niedergebrannt? In gewissem Sinn ist auch jetzt vieles niedergebrannt, auch wenn die Gebäude noch unversehrt stehen.

»Hast du Henriette gesehen?«, fragt Gun Eva, die zum Kapitänshaus mitgekommen ist.

»Ich habe sie nicht gesehen.«

Gun rätselt: »Ist sie in dem Getümmel tatsächlich entkommen?«

»Das wäre erstaunlich«, sagt Charles.

»Aber nicht unmöglich«, sagt John.

»Fehlt ein Boot?«, fragt Warren.

»Keine Ahnung«, antwortet Eva, »aber bei den Stegen gibt es jede Menge. Auch auf der Westseite liegen ein paar am Ufer …«

»Hat jemand etwas darüber gesagt, wie es mit dem Restaurant weitergeht?«, will Charles von Eva wissen.

»Nein, wann soll das passiert sein, und wer sollte das gesagt haben?«

»Kommt denn jemand infrage, der es fortsetzen könnte?«

»Am ehesten Martin … Aber ich kann mir das alles nicht mehr vorstellen. Die Geschichte wird doch jetzt in die Medien kommen.«

»Nicht automatisch«, sagt Charles, »das kann auch unter dem Deckel gehalten werden. Es gibt nicht viele Mitwisser. Bekanntlich hält sich die Zahl der Touristen ja in sehr engen Grenzen. Und von den anderen Inseln ist das Geschehen nicht zu erkennen gewesen, der Sund ist breit … Ich kann mir vorstellen, dass erst einmal weiter geschwiegen wird.«

Zu fünft sitzen sie vor Guns Haus. Es sieht aus wie eine harmlose Abendrunde. Mittsommer steht vor der Tür, die großen nationalen Ferien werfen ihre Schatten voraus, die Sommerhäuser werden in Schwung gebracht, die hohe Zeit des Jahres beginnt.

»Was werdet ihr jetzt machen?«, fragt Eva.

Charles sieht Warren an: »Ich denke, dass wir zügig aufbrechen. Mit Sicherheit werden wir weiter befragt werden, im Bornholdt'schen Haus sind immer noch Ermittler.«

John nickt: »Ich würde gern heute noch abreisen. Könnt ihr mich aufs Festland bringen?«

»Ja«, sagt Charles, »und dann kommen wir morgen nach. Gehen wir wieder nach Hamburg?«

»Würde ich vorschlagen. Wir können Helena Bescheid sagen, dann bereitet sie das Haus vor. Oder die Agentur von gegenüber wird aktiv.«

Warren hat noch nichts gesagt.

»Was machst du jetzt?«, fragt er Gun.

»Wenn Henriette nicht mehr hier ist, und davon gehen wir ja alle aus, dann breche ich auch meine Zelte ab und gehe nach Kopenhagen zurück. Und schaue, ob ich irgendwie Kontakt mit ihr herstellen kann. Vielleicht komme ich auch hierher zurück. Vielleicht kehrt sie ja doch noch um …«

Warren spürt, wie aufgewühlt Eva ist.

John spricht sie an: »Kannst du dir vorstellen, mit Warren und mir nach Hamburg zu gehen? So lange, bis sich hier alles geklärt hat? Wir würden uns freuen.«

Er blickt Warren an, der nickt und ist sehr froh über diesen Vorschlag. Am meisten freut ihn, dass er es nicht selbst vorzuschlagen brauchte.

»Müsstest du noch jemand informieren?«, fragt er Eva behutsam.

»Na, Martin und die anderen, klar. Ich weiß nicht. Ich lasse sie nicht gern allein. Habt ihr auch das Gefühl, dass auf einmal alles um uns herum schwankt?«

»Sie werden auch gehen, vermute ich«, sagt Charles. »Aber Warren meinte, ob du jemand privat informieren willst, deine Familie?«

»Das wäre nicht das Problem, für die ist es egal, ob ich auf der Insel bin oder sonst wo.«

Warren küsst Eva: »Ich fände es klasse.«

Gun ergänzt: »Du kannst aber auch gern mit mir kommen, nach Kopenhagen.«

Eva sagt: »Ich überlege mir das noch …«

Sie blickt Warren an, Charles und John. Die Nähe von John

findet sie beruhigend. Warrens Nähe ist ihr vertraut. Charles ist am weitesten von ihr entfernt. Gun tut ihr einfach nur gut. Die Situation auf der Insel tut ihr nicht mehr gut.

Also gibt es eine Tendenz: »Ich schau, was die anderen machen. Vielleicht komm ich nachher in euer Haus. Auf die Ermittler hab ich nicht so viel Lust …«

Gun sagt zu John: »Dann fährst du heute Nacht ab?«

»Es wäre gut, ja.«

»Das ist schade, aber ich verstehe das. Mit den Transaktionen sind wir ja einigermaßen durch. Darüber bleiben wir in Kontakt.«

»Das müssen wir. Was wir machen können, machen wir. Du hast schon Überweisungen bekommen?«

»Ja, ist angekommen. Wie besprochen.«

»Mir gefällt das sehr«, sagt Charles, »ich finde es gut, dass wir ein wenig von der Basis weggenommen haben. Auch wenn das vermutlich Haselnüsse, Peanuts sind im Vergleich zu dem, was Hark Meyer gemacht hat.«

»Hast du noch Informationen?«, fragt er John.

»Leider nein.«

»Bekommst du die noch?«

»Ich stehe nicht in direktem Kontakt. Ich habe nur den Tipp mit der Insel gegeben, dem wurde gefolgt. Aber ich bin dort nicht weiter bekannt. Das soll auch so bleiben. Ich habe nur einen alten Kumpel angerufen.«

84

***Das Leben** ist ein Wunder,* schreibt Sidney. Sie hat wirklich lange nichts von sich hören lassen. Das Display von Warrens Handy hat sich eingeschaltet, er hält es in der Hand. Danach kommt ein Foto von ihr, sie sitzt inmitten einer Schar Kinder.

Was machst du da?, textet Warren.

Helfe bei der Kinderbetreuung. In einer Gemeinde. Ich bin jetzt in Frankreich am Atlantik. Aber es sind keine einfachen Zeiten, wir fürchten, dass die Betreuung wieder eingestellt wird.

Warren fragt nach: *Wegen Corona?*

Klar, wg. Corona. Ich komme vielleicht bald nach Hamburg … es ist ungemütlich wg. Corona.

Warren antwortet: *Wir kommen auch …*

Wer ist wir? … John und ich, Charles nicht, glaub ich.

Dann setzt er noch hinzu: *Und Eva, die kommt auch …*

Wer ist das? …

Habe ich hier kennengelernt …

Liebe? …

Warren schickt ein Smiley. Sidney zeigt den erhobenen Daumen.

Und schreibt: *Denn es ist die Liebe, die rettet. Sagt Franziskus …*

Das hoffe ich, schreibt Warren.

Kuss, Großer! Dann schaltet sie ab.

Warren sitzt noch bei Gun. Vor sich haben sie den immer gleichen und immer anderen Blick auf den Sund. Es ist hell, die Farben von Felsen, Bäumen, Gras und Wasser sind kräftig, wie angezündet. Die Sonne steht schon tief.

Bald dunkelt das Wasser ein, und auch der Himmel, die Gesteine, das Grün. Der Vorhang der Nacht zieht langsam über die Landschaft, die Dunkelheit nimmt langsam die Farben. Nur einige Lichtpunkte bleiben. Positionslaternen von Booten und Seezeichen. Die Autos am Festland, deren Scheinwerfer heller als jeder Leuchtturm leuchten. Nach und nach kommen die Sterne durch, die Planeten, die Satelliten, die Positionslampen der Flugzeuge. Mancher Abgasstreifen steht lange am Himmel, angestrahlt von der nicht mehr direkt sichtbaren Sonne.

Sternschnuppen oder Polarlichter, das wäre noch mal etwas! Warren hat sich gegen die Mücken eingecremt und eine Decke umgelegt, er will lange draußen bleiben.

Er hofft, dass Eva noch rüberkommt.

Und dass sie mit nach Hamburg kommt.

85

Charles hat John ans Festland gebracht. John nimmt den Zug, der ihn nach Süden bringen wird, Richtung Malmö und Kopenhagen. Die Durchreise ist möglich, bei der Ankunft in Hamburg ist aber offiziell eine Quarantäne fällig. Corona-Zeiten.

Charles kehrt auf die Insel zurück. Er hat die Positionslichter eingeschaltet. Ruhig zieht das Boot seine Bahn über das fast glatte Wasser. Der Fahrtwind ist kühl, Nachtfahrten sind besonders schön.

Inzwischen kennt Charles die Wege, er muss kaum noch aufs Navigationsgerät schauen, er lässt es nur zur Kontrolle mitlaufen.

Draußen blinken die Tonnen in langer Reihe, dort geht es hinaus auf die offene See.

Immer noch liegen Boote der Ermittler im Hafen. Einige Segelboote haben an den Gästestegen festgemacht, es ist fast Mitternacht, die Besatzungen sind unter Deck und in den Kojen. Nur noch wenige Personen sitzen in den Cockpits und lassen sich vom Firmament einnehmen. Der Helligkeitssmog der großen Stadt ist ausreichend weit entfernt.

Charles setzt einen Fuß auf den Steg und geht Richtung Land. Er nickt einem Bootsbewohner zu. Der hebt sein Glas.

Charles kann ihn nicht klar erkennen, aber er kommt ihm bekannt vor. Helle Haare, selbst im Dunkel heben sie sich ab. Eine sportliche Figur. Charles fällt ein, wer es gewesen sein könnte. Der »Surfer«, der Bootsmann von Hark Meyer. Wahrscheinlich sein Bodyguard. Was macht der hier?

Charles geht vorüber und dreht dabei seinen Kopf mit. Der Mann bleibt sitzen. Im Niedergang des Schiffes taucht kurz der Kopf einer Frau auf. Sie hat ebenfalls helles Haar.

Die Boote und ihre Besatzungen wurden mit Sicherheit von den Ermittlern kontrolliert. Vielleicht ist das Boot erst heute gekommen. Charles steht auf dem großen Granit. Hier ist die Feuerstelle, hier stehen halb durchgeschnittene Baumstämme als rustikale Sitzgelegenheiten, am Rand steht ein ebenso rustikales Klohäuschen. Ein Kauz ist zu hören, sein lang gezogenes Huhuuu. Der Vogel sollte jetzt eigentlich die Brut verteidigen und nicht mehr locken und balzen. Ist da einer übrig geblieben und versucht noch mal alles?

Er folgt dem Pfad über den Felsen, der zur Kuhwiese hinabführt. Die Herde ist weder zu sehen noch zu hören. Sind sie im Wald? Die stämmigen Pferde sind noch gut zu erkennen. Sie stehen und schlafen. Sicher wird ein Fuchs unterwegs sein, vielleicht auch ein Marder.

Charles hört fast nur seine eigenen Schritte, sie sind laut. Alle Tiere werden ihn hören, nur er sie nicht. Er überklettert den Tritt am Zaun, im Personalhaus ist noch Licht.

Ob Warren bei Eva ist? Was wird sie jetzt machen? Eva ist anstrengend, aber nicht verbohrt, für sie gibt es Möglichkeiten, weiterzuleben.

Sie wird das Kind bekommen und mit dem Kind leben. Charles hält Eva für pragmatisch, sie wird nicht viel Tamtam um ein Kind machen, es wird einfach dabei sein. Mit oder ohne Warren. Er glaubt: ohne Warren. Und er glaubt: Es gäbe schlechtere Lösungen.

Charles schätzt diese junge Frau anders ein als Sidney. Sidney ist an anderen interessiert, aber vor allem an sich. Warren ist ihr gemeinsames Kind, sie hat ihn ausgetragen und geboren. Aber Warren ist für Sidney eine Beifügung im großen göttlichen Plan geblieben, bei aller direkten Zuneigung. Immerhin ist Warren ein Kind der Liebe.

Bei Eva herrscht ein anderer Ton. Pragmatisch fällt ihm dazu wieder als Erstes ein, neben allem Wirrungen und Experimenten. Es gibt keinen Grund zu der Annahme, dass Eva bereits mit 22 Jahren das Ende ihrer Entwicklung erreicht haben könnte. Charles kennt einige Dutzend Freunde, Verwandte und Kollegen mit halsbrecherischen und filmreifen Biografien, gespickt mit Vollbremsungen, Auszeiten und grotesken Irrwegen. *Ich werde Eva unterstützen. Sie und Warren und das Kind.*

Charles kommt am Bootsschuppen und der Bootsgarage vorbei. Die Bewegung eines Fisches, der kurz an die Wasseroberfläche kommt, ist zu hören.

Ein Kind von Eva und Warren wäre mein Enkel.

Ich mag diesen Gedanken.

Charles geht auf das Kapitänshaus zu. Es liegt dunkel da.

86

Gun ist zum Steg gekommen und schiebt ihren Luxusrollator über die Holzbohlen. Sie wird noch auf der Insel bleiben. Charles und Warren haben ihre Rollkoffer schon an Bord gebracht. Sie kehren noch einmal zurück.

»Ich glaube, ich habe gestern Henriette gesehen«, sagt Charles.

»Wo?«

»Auf einem Boot am Steg. Mit dem Bodyguard von Hark Meyer. Ich konnte sie nicht wirklich erkennen, aber nach und nach kommt mir der Gedanke, dass sie es war.«

»Und welches Boot war es?«

»Ist nicht mehr hier. Ein kleines Segelboot.«

»Etwas Unscheinbares …«

»Ja, wenn du so willst, ja.«

»Das könnte passen.«

»Du hast keinen Kontakt zu ihr?«

»Nein, das Handy scheint aus zu sein, jedenfalls die Nummer, die ich kenne.«

»Das ist klar.«

»Was wird sie hier gemacht haben?«

»Vielleicht hat sie etwas geholt. Sie wird sicher Depots angelegt haben.«

»Für Waffen?«

»Das muss es nicht sind, aber auch das ist möglich. Vermutlich eher Ausweise und alles, was mehrere Identitäten ermöglicht, falls nach ihr gesucht werden wird. Wovon ich ausgehe.«

»Depots im Wald?«

»Vielleicht.«

»Ja, das kann sein.«

»Wie lange bleibst du noch?«

»Wenn es stimmt, was du sagst, werde ich nicht mehr lange bleiben. Dann ist es sinnlos, hier auf Henriette zu warten. Sie wird nicht wiederkommen.«

Gun wendet sich an Warren: »Was ist mit Eva?«

»Sie will noch bleiben, beim Restaurant mithelfen.«

»Okay, dann schaue ich nach ihr. Das ist doch ein Grund, noch ein paar Tage dranzuhängen. Du willst aber los, Warren?«

»Das haben wir so besprochen. Wir sind ja in Kontakt.«

»Ich wünsche euch eine gute Reise.«

»Ich bleibe noch in Kopenhagen«, sagt Charles.

»Sehen wir uns? Ich bin ja auch bald da«, sagt Gun.

»Ich habe ein paar Meetings, trotz Corona-Zeiten sogar einige direkt. Wie lange ich in Kopenhagen bin und wo es danach hingeht, das klärt sich.«

»Ich sage dir Bescheid, wann ich hier abfahre.«

»Mach das, Gun, das finde ich gut. Dann klären wir, ob wir uns treffen. Vielleicht ist auch noch etwas wegen der Nazigelder zu besprechen.«

Gun umarmt Warren.

»Ich nehm Eva mit«, flüstert sie ihm ins Ohr und nimmt ihn fest in ihre kräftigen Arme, »wir bekommen das hin.«

»Ja, mach das, dann ist sie schon mal in Kopenhagen, das ist schon mal ein Teil des Weges.«

Gun drückt Warren noch einmal und gibt ihm einen Kuss auf die Wange. Warren sieht in feuchte Augen.

Sie drückt auch Charles kräftig: »Wir kriegen das alles geregelt …«

»Nicht alles, aber eine ganze Menge«, sagt Charles.

Er gibt Gun einen Kuss auf die Wange.

Jetzt hat sie richtig Wasser in den Augen und wischt sich die Tränen mit dem Blusenärmel fort.

87

Die S-Bahn-Türen öffnen sich, und Warren betritt den Bahnhof. Es ist geraume Zeit her, dass er zuletzt im Flussvorort war. Für ihn existiert kein zentraler Ort, den er Heimat oder Zuhause nennt. Missouri, ja, es gibt ein Gefühl für den Ort, an dem seine Großmutter wohnt und wo er als Kind gewesen ist. New York natürlich, wo er mit Sidney gewohnt hat und mit Charles. Singapore und der Oman sind keine Heimat gewesen, sondern Wohnorte, eher Stationen.

In Hamburg war es anders. Er hat eine normale Schule besucht, keine für die Kinder des internationalen Managements oder die Kinder der Reichen, zu denen er natürlich eigentlich gehörte. Und: In Hamburg waren sie zusammen: Sidney, Warren und John. Dieses Dreieck ist seine Heimat. Und Charles. Und bald vielleicht noch mehr, eigentlich schon jetzt.

Alles ist mehr oder weniger so, wie es vor fünf Jahren war. Plus Corona. Alles ist gerade reduziert, auch wenn Öffnungen möglich sind. Die Stadt ist eine Maskengesellschaft geworden.

Die Einkaufsstraße liegt nicht geschlossen da, aber sie ist fast menschenleer. Sein Blick richtet sich von der Höhe Richtung Fluss. Dies ist die Straßengabelung, an der die Touristen die Vermutung befällt, sie sähen das Meer. Dabei ist es nur der Fluss.

Der Fluss bringt das Meer täglich hierher, auch wenn es noch 80 Kilometer weit entfernt ist. Sein Wasser dringt bis hier und stoppt den Strom des Flusses auf Zeit. Verrückt: ein Fluss, der die Richtung wechselt. Weil das Meer stärker ist. Das gleiche große Meer, an dessen Ufer er in den letzten Wochen an anderer Stelle gewesen war. Ihre Insel, der Archipel, das Meer dort – sie sind in seiner noch frischen Erinnerung eine Einheit.

Schräg links zweigt die Flusstreppe von der Hauptstraße ab, ein grundschlichter Bau ohne jede Fantasie verstellt den Blick auf den Fluss. Ein Dreiecksgebäude mit einer verspielt verzierten Fassade bildet die andere Seite des Portals, das in die Treppen und Gänge führt. Warrens Füße erinnern sich noch an die unebenen Stufen der Treppe, aber er muss ihre Erinnerung auffrischen.

Fünf, sechs Stufen, dann ein kleines Plateau von wenigen Schritten, dann wieder drei, vier, fünf Stufen. Die Treppe führt durch eine Gebäudeenge. Ein Fachwerkhaus folgt, dann noch eins. Rechts die Villa der Bleuls. Helena wohnt hier nach wie vor. Sie ist nicht mit nach Missouri gegangen, wie seine Großmutter es sich gewünscht hatte. Sie hat hier weiter ihre Pflegedienste geführt und die ihr anvertrauten Häuser gepflegt, in Ergänzung zur kleinen Agentur von gegenüber.

Vor ihrem Haus stehen Johns Neoprenschuhe. Segelt er schon wieder, kaum dass er angekommen ist? Gibt es die Flotte der *Motten* noch?

Warren verspürt Lust, einmal auf so ein Gerät zu steigen. Er wird John bitten, ihm die Kunst des segelnden Fliegens beizubringen.

Er klopft und hört die vertrauten ihm entgegenkommenden Treppengeräusche. Die Bohlen knarren, die Tür wird geöffnet.

John sagt: »Es ist doch offen!«

»Das kann ich ja nicht wissen.«

John umarmt Warren herzlich: »Bruder!«

Das ist neu. *Seit wann bin ich Bro*?

»Ich freu mich!«

Warren tritt ein. John lässt die Tür offen stehen, es ist warm. Mittsommer. In Schweden wird es jetzt hoch hergehen. Wenn es nicht so gelaufen wäre, wie es das ist, würden sie auf der Insel um den Baum tanzen. Und dafür einen Spruch der Schweden kassieren. Sie wurden für Deutsche gehalten, dabei sind sie US-Amerikaner und damit viel schwedischer als angenommen. Schweden hat viel Amerikanisches übernommen, Straßenkreuzer zum Beispiel. Die Einkaufsmalls draußen vor den Städten. Und *Blood and Honour*, wie Warren lernen musste.

Irgendwie sind die westlich orientierten Länder in ihrem Extremismus verwandt. Die Einflüsse gehen hin und her. Ob für den Linksextremismus oder die Rechten und Neonazis. Im Meer der Möglichkeiten schaukeln die Boote der Gesinnungsfraktionen, nehmen mal mehr, mal weniger Fahrt auf, je nachdem, woher der Wind der Geschichte gerade weht.

»Kannst du mir zeigen, wie ich die *Motte* segle?«

Warren geht das Projekt direkt an.

John wackelt ironisch mit dem Kopf: »Ganz vielleicht.«

Und: »Versuchen können wir es. Seit wann bist du ein Draufgänger? Willst du nicht mit etwas Leichterem anfangen? Aber okay. Wir probieren es. *Laser* bist du ja schon gesegelt …«

»Ist Helena da?«

»Weiß ich nicht. Ich habe den Hausschlüssel aus dem Versteck genommen. Man sieht nicht viele Leute. Die Corona- und Quarantäneglocke liegt über dem Land, obwohl es gerade Lockerungen gibt.«

»Das Virus ist ein Killer«, sagt Warren.

»Du hast recht, das ist ein echter Gegner«, sagt John. »Aber auch dieser Killer hat Schwächen. Er ist nicht unangreifbar, nicht unbesiegbar.«

Warren bringt die Tasche nach oben in sein altes Zimmer.

Alles ist wie früher, aber es muss gelüftet werden. Ansonsten hat Helena gute Arbeit geleistet.

John ist im Nebenzimmer, Warren geht zu ihm.

»Weißt du was von Almut?«, fragt er.

John hebt den Kopf: »Nein. Ich hatte keinen Kontakt. Du auch nicht mehr?«

»Ist in Schweden etwas eingeschlafen.«

»Nimm doch den Kontakt wieder auf.«

»Ja, will ich auch.«

John fügt hinzu: »Frag sie nach Hark. Vielleicht weiß sie mehr.«

Warren stutzt: »Almut?«

»Ja … Frag sie bei Gelegenheit.«

»Okay, mach ich.«

John reicht ihm eine kleine Broschüre: »Hier, war im Briefkasten.«

»Was ist das?«

»Schau drauf …«

Warren liest vor: »Der Haus- und Grundeigentümerverein lädt zur Jahresversammlung … Sind wir da Mitglied?«

»Ich glaube nicht, aber vielleicht verteilen sie das, hier wohnen ja viele Eigentümer. Dreh um und schlag hinten die Innenseite vom Umschlag auf.« *Vereinsnachrichten,* steht dort.

John tippt auf eine Zeile: »Hannes Bornholdt 1946 – 2020.«

Und weiter steht dort: »Wir trauern um unseren langjährigen Zweiten Vorsitzenden.«

Warren staunt: »Ist das unser Hannes? Ich meine, der Onkel von Henriette?« »Genau der«, antwortet John. »Du kannst Almut auch nach ihm fragen, finde ich spannend, was sie von ihm weiß.«

Warren streicht mit dem Finger über die Druckerschwärze der Trauerzeile. Vor den Jahreszahlen steht eine Geburts- und eine Todesrune. Sie fühlen sich leicht erhaben an.

88

»Wie geht es dir?«

Warren schreibt Eva.

Sie antwortet schnell: »Alles Bingo. Carlos geht es gut.«

»Wer ist Carlos?« »Na ……!«

Warren stutzt.

»Wird es ein Junge?«

»Keine Ahnung. Für mich ist es jedenfalls Carlos … erst mal. Kann auch Carla werden.«

»Gefällt mir beides!«

Warren hat genug von den geschriebenen Nachrichten und macht einen Videoanruf. Eva ist in einem Zimmer zu sehen.

»Wo bist du?«

»Im Angestelltenhaus, aufräumen. Die meisten hören auf, Martin macht mit zweien weiter.«

»Und was machst du dann?«

»Fahre zu meiner Mutter, gehe zur Ärztin, danach will ich Gun besuchen. Wenn das erlaubt ist. Und dann will ich zu dir.«

Während sie das sagt, grinst sie wunderbar frech in die Kamera. Sie macht, was sie entschieden hat. So kennt er sie.

Warren grinst zurück und zeigt den Daumen: »Cool, Eve, ich freu mich … Ich freu mich so … Wird auch Zeit, dass du zur Ärztin gehst …«

»Gun hat mich schon untersucht, die fand alles okay. Seit wann sagst du eigentlich Eve?«

Warren grinst.

»Seit Carlos.«

»Carla«, sagt Eva.

»Was denn nun?«

»Keine Ahnung, ist auch wurscht. Ich weiß nicht, welche nordische Göttin Carla hieß, aber das finden wir noch raus …«

Warren stöhnt: »Geht das schon wieder los! Hör auf mit dem Quatsch!«

»Ganz ruhig, Judenbengel. Ich hoffe, das Kind kriegt nicht so eine krumme Nase wie du …«

»Ich habe keine krumme Nase.«

»Ach nee? Was ist das denn, was ich da sehe?«

»Komm einfach her …«

»Hab ich doch schon gesagt: Ich komme.«

Warren fragt: »Was ist sonst auf der Insel los? Ist Gun noch da?«

»Heute losgefahren, Martin hat sie ans Festland gebracht.«

»Und die Ermittler?«

»Sind noch da. Drehen jeden Stein um. In Henriettes Haus, im Museum, im Wald … Das Zeugungsbett von Carla haben sie auch entdeckt.«

»Die Thingstätte? Meinst du, da haben wir Carla gezeugt?«

»Zum Beispiel. Oder kurz danach. Es gibt ja ein, zwei, drei, vier Möglichkeiten, und der Mond stand gut. War aber überraschend, dass es so schnell geklappt hat. Ganz schön fruchtbar, wir beide! Ich wollte immer schon mit einem reichen Juden schlafen …«

»Eva! Hör auf!«

»Sagen, was ist …!«

»Okay. Ich bin nicht reich.«

»Aber auch nicht so richtig arm, oder? Hat dein Vater nicht ein bisschen Geld?«

Warren hält den Mittelfinger in die Kamera: »Fick dich.«

»Hallo? So spricht man nicht mit einer werdenden Mutter.«

»Sieh zu, dass du herkommst.«

Eva grinst: »Bin schon unterwegs.«

Sie dreht den Kopf von der Kamera weg, dreht die Kamera selbst und hält sie aus dem Fenster. Die Kühe sind da. Dann schaltet Eva ab.

Warren hat keine Vorstellung, wie es mit ihm und Eva und dem Kind weitergehen soll.

Von nebenan ruft John: »Sidney kommt morgen!«

Waren verschafft das ein warmes Gefühl. Eben hatte er schon so eine Wärme gefühlt, jetzt noch mal, ein wenig anders. Es läuft. Es geht ihm gut. Draußen an der Treppe leuchten die Lampen auf.

Gegenüber wird das Haus der Bleuls beleuchtet. Auch im Haus wird ein Licht eingeschaltet. Ist Helena da? Er wird morgen rübergehen.

89

***Hark Meyer** war derjenige, der alle wieder zusammenbrachte. Er hat den Kontakt zu Victor gehalten und mit ihm die Idee des Heimat-Restaurants entwickelt. Bei den Gesprächen in Meyers Villa an der Flusschaussee lief ihnen das Wasser im Mund zusammen.*

Außerdem musste es eine Lösung für den Aufenthalt von Victor geben, an dem auch Jette teilnehmen konnte. Hannes war einverstanden, es zu versuchen.

Sein erstes Gut in Schweden musste er aufgeben, die schwedischen Behörden hatten viel einzuwenden, und die Medien waren aufmerksam geworden.

Das war nichts, was ihn wirklich gestört hätte, damit kam er klar. Aber Harks Idee war gut, das konnte klappen. Zumindest auf Zeit.

Außerdem war es eine Möglichkeit, Jette einzubinden. Ihr erstes Treffen war spröde verlaufen, sie hatten sich lange nicht gesehen.

Aber man hatte sich zusammengerauft. Victors Restaurant war dann ein wenig zu bekannt geworden.

Aber die Lage war genial.

Auf einer kleinen Insel im großen Meer der Möglichkeiten.

90

Die neue Briefträgerin bringt die Post. Das Monatsheft der Kirchengemeinde. Dazu ein Blatt mit der Aufschrift *Corona-Virus – eine Biowaffe?* Und eine Postkarte.

Der Text auf dem Corona-Blatt zitiert einen Virologen, der von langjährigen Experimenten mit Coronaviren berichtet, maßgeblich mitfinanziert von der Bill-und-Melinda-Gates-Stiftung.

Diese Forschung produziert gefährliche künstliche Viren, von denen viele ein Potenzial als Biowaffe besitzen.

John sagt: »Die Pandemie ist ein gefundenes Fressen für Verschwörungstheoretiker aller Art. Bill Gates ist dann immer der sogenannte Profiteur. Die Juden sowieso. Und dann geht es los: Alles nur Inszenierung. Alles im Auftrag des *Tiefen Staates*, des eigentlichen Machtkartells. Quasi im Vorübergehen wird auch noch der Holocaust geleugnet. Und als Bonustrack: tote Kinder durch Masken. Alles geht wild durcheinander, wie in ihren dummen Köpfen. Der Staat ist der gemeinsame Feind. Dadurch kommen alte Linksextreme und Rechtsextreme zusammen.«

Warren sieht John etwas skeptisch an. Der fährt fort: »Ein gefundenes Fressen für die Hark Meyers dieser Welt. Corona bietet ideale Voraussetzungen, um daraus neue Motive für die rechte Bewegung zu schöpfen, daraus Honig zu saugen. In Hamburg hat Meyer als Anwalt immer wieder RAF-Angehörige verteidigt. Privat war und ist er ein Mitglied der Society, Charles hat ihn ja auch in Kopenhagen beim Reeder- und Bankermeeting getroffen. Alles erste Adressen. Für Karl Mohr, unseren Nachbarn und Reeder, hat er einiges verwaltet, unter anderem den Kontakt zu Almut. Im Vergleich zu Bornholdt ist er der sehr viel etabliertere Strippenzieher. Bornholdt war nur ein skrupelloser Rechtsextremer, ein verbohrter Hitler-Fan, eine lachhafte, wenn auch gefährliche Figur. Zweifellos intelligent, aber ein Zwängler, eindimensional, stumpf. Hark Meyer ist ein anderes Kaliber. Dass er nach rechts außen gewandert ist, ist für ihn nur eine Variante. Der Staat und seine Bediensteten, die Politiker, alle sind aus seinem Blickwinkel immer nur Mittel zum Zweck und auf Zeit nutzbar. Die Positionen in den Behörden und Ämtern dürfen gern die alten Parteien besetzen, sie sind nur Erfüllungsgehilfen. Nützliche Idioten. Für Meyer geht es darum, die eigenen Geschäfte zu sichern. Ab und zu erlaubt er sich dann politische Eskapaden, er ist ein Spieler. Das törnt ihn an.«

Warren wechselt das Thema: »Was ist mit Eva? Wie siehst du sie?«

John schmunzelt: »Mach dir keine Sorgen. Sie probiert gerade vieles aus, ein bisschen Bürgerschreck, ein bisschen Verführung. Egal, was sie behauptet: Ein Kind war bestimmt nicht vorgesehen, nicht zu diesem Zeitpunkt. Aber wenn es dann passiert … Ein bisschen was von diesem Verhalten siehst du auch bei Sidney. Beide haben einen inneren Kompass, der ihnen anzeigt, was ihnen guttut. Und wenn die Wende radikal ist und das Leben grundlegend verändert, dann tun sie es eben. Da sind beide sehr stark, auch rücksichtslos und extrem. Stärker als ich.«

»Und Evas ständiges Gerede vom Judenbengel?«

»Das ärgert dich?«

»Mächtig.«

»Dann hat es ja seinen Zweck erfüllt.«

»Mehr ist das nicht? Bei anderen sind es abstehende Ohren oder Unsportlichkeit? Und bei mir ist es eben meine Herkunft?«

»Wenn du auf klassische Bildung und vorbildliches Verhalten scharf bist, dann bist du bei Eva in die falsche Klasse geraten. Das kann passieren, wenn unser guter alter Freund, der Sex, ins Spiel kommt.«

Der letzte Satz wundert Warren sehr.

»Mir fehlt die Leichtigkeit, die solche Menschen haben«, sagt John. »Mir ist bewusst, dass man es auch Rücksichtslosigkeit nennen kann.«

»Egoismus.«

»Auch das.«

»Du bewunderst Sidney!«

»Ja, mehr als das.«

Er grinst: »Du freust dich auf Sidney, John!«

»Klar. Du doch auch.«

Warren nimmt die Post in die Hand, die Karte ist ein Déjà-vu: eine Karte mit der Aufnahme des Flusses, an dem sie wohnen. Eine kitschige Aufnahme über den Lauf des Flusses nach Westen in Richtung Abendsonne. Das Flusswasser spiegelt orangefarben das Sonnenlicht, der Sonnenball ist noch in einer schmalen Sichel zu sehen, weitestgehend schon versunken. Im Vordergrund, fast schwarz, als Silhouette zu erkennen, einige Paddler. Von einem Paddel läuft ein feiner Wasserfluss in den Strom zurück.

Willkommen zurück, steht handgeschrieben auf der Rückseite. *Almut.*

PS: Ich habe ab und zu Freigang!

91

Die Pforte quietscht, die Angeln müssten geölt werden. Warren hat sich oft gewundert, dass Sidney diesen hässlichen Jägerzaun nicht hat austauschen lassen. Gegen etwas Schmiedeeisernes? Jedenfalls keine Baumarktware. Dem Quietschen folgen Schritte auf dem Kopfsteinpflaster, Sidney öffnet die Eingangstür. Sie kommt einfach herein, als wäre sie nicht viele Monate fort gewesen.

Warren steht im Flur. Sidney umarmt ihn, warm und weich, sie riecht nach Meer. Warren nimmt eine tiefe Prise aus ihrer Halsbeuge.

Sidney ist wieder da.

Jetzt sind alle wieder hier: John, Sidney, Warren.

»Gut siehst du aus, Großer«.

Warren mag das Wort nicht. Er kennt es aus der Zeit, als er klein war. Damals sollte es bedeuten: Wir stehen auf einer Stufe, du und ich. Jetzt ist es die banale Anerkennung einer Tatsache.

Sidney hat eine Umhängetasche dabei, die sie auf die großen Fliesen im Flur gelegt hat.

»Ist John oben?«

»Jaa ...«

Warren zieht das Wort in die Länge.

Sidney geht nach oben, die hölzernen Stufen knarren. John sitzt am Schreibtisch vor seinem Laptop.

»Recherchen, John?«

Sie umarmt ihn von hinten. Lange. Legt ihr Gesicht an seins.

»Worum geht es diesmal?«

»Die Welt, wie immer.«

Er küsst sie, zupft mit seinen Lippen an ihrem Lippenrand entlang. Sie haben sich lange nicht gesehen. Aber das Gefühl füreinander bleibt, vielleicht liegt es manchmal unter der Oberfläche, aber es ist da.

»Schön, dass es dich gibt«, sagt er.

Sidney pustet ihm ins Gesicht: »Lass uns runtergehen, wir haben viel zu erzählen.«

Sidney hört von Johns Geschäften in Mexiko und von Australien, wo er vorher war. Seit ihrer letzten Begegnung reiste er einmal um den Globus. Er ist zu Hause in Laos gewesen, in Australien zum Segeln, auf den Fidschis, Galapagos, auf Bergtour in den Anden, danach in Mexiko. Zwischendurch noch bei seiner Mutter in Kalifornien. Dann kam der Anruf von Charles.

Gemeinsam berichten Warren und John ausführlich über die Insel und das Geschehen dort.

Sidney sagt: »Ich kenn jemand mit dem Namen Bornholdt, eine Frau kommt zum Yoga hier in der Nachbarschaft. Und sie hat auch Geschwister, so viel ich weiß.«

»Wenn die Kinder von ihm sind, die haben nichts mit dem Rechtsextremismus des Vaters zu tun. Das macht es für die Bewegung vertrackt. Ihren Pflichtanteil können sie auf jeden Fall einziehen, wenn nicht mehr, je nach Testament. Und Temperament.«

»Und diese Henriette?«

»... ist wichtiger Teil der Operationen. Eine Hardlinerin.«

»Aber Gun glaubt, dass sie sie da rausbekommen kann?«

»Sie hält sich bereit. Sie ist vielleicht ein wenig gutgläubig.«

»Eine gute Frau! Magst du sie auch, Warren?«

»Ja, Gun ist klasse. Ich mag sie sehr. Sie ist klug.«

»Und dann magst du ja noch jemand ...«

Sidney lacht: »Eine Botschafterin der Army of Love, wie mir scheint!« Warren grinst: »Könnte man sagen ...«

»Wer hat denn die Initiative ergriffen?«

»Sie.« »Typisch AoL.«

»Und selbst, wer ist gerade dein Favorit?«

Sidney hebt tadelnd den Zeigefinger: »Der steht hier, weißt du doch. Aber es gibt tatsächlich ein bisschen zu erzählen. Lasst uns erst mal etwas essen.«

Im Kühlschrank ist die Auswahl klein, mit Warrens Hilfe zaubert Sidney einen Salat und Spaghetti mit einer Tomaten-Kapern-Petersilien-Sauce auf den Tisch. Ein Stück Parmesan hat John zum Glück gekauft, die Basisausstattung für einen mediterranen Snack ist vorhanden. Dann sitzen sie zusammen am derben Küchentisch, umrahmt von den alten Fliesen des alten Hauses. Von Westen schieben sich Sonnenstrahlen durch den Baum an der Grundstücksgrenze.

Sidney berichtet, dass sie ihre Pilgerstrecke nicht nur wegen Corona abgebrochen hat, sondern weil sie von einer spirituellen Gemeinschaft in Frankreich hörte, die sie vom Weitergehen auf dem Weg nach Santiago de Compostela abgehalten hat. Eine Gemeinschaft mit freien Wurzeln, wie sie sagt, nicht streng christlich, aber doch ein wenig, nicht streng buddhistisch, aber doch daran angelehnt. Etwas, das zum Freigeist Sidney passe.

»Ich werde hingehen und erst einmal dort bleiben.«

John und Warren blicken sich an und denken: *Aha. Jetzt also das.*

Warren fragt: »Verpflichtest du dich da auf eine bestimmte Zeit?«

»Nein, wenn du da bist, bist du Teil der Gemeinschaft und ihrer Regeln.«

»Und wie lange bleibst du hier?«

»Das ist noch nicht klar. Ich wollte euch sehen … Ich werde ein wenig bleiben, um mit euch zusammen zu sein. Kommt Charles noch?«

»Steht noch nicht fest, aber ich vermute, er kommt in ein paar Tagen.«

»Das wäre schön!«

Die Gartenpforte quietscht erneut.

Warren öffnet die Tür und nimmt Eva in seine Arme. Sie hat eine große Umhängetasche dabei.

»Alles klar?«, fragt sie.
»Das sollte ich dich fragen.«
»Zeig mir das Haus und unser Zimmer … Ist noch jemand da?«
Warren öffnet die Küchentür.
»Hallo, John!«
Eva gibt ihm einen Kuss auf die Wange.
»Hallo, Eva, schön, dass du kommst, sehr schön sogar!«
Dann sagt er: »Das ist Sidney, Warrens Mutter.«
»Hab ich mir schon gedacht … Hallo, Sidney!«
Die Frauen umarmen sich, vorsichtig und genau.

92

Eine Weile sitzen sie zusammen, dann möchte Warren Eva den Ort zeigen, das berühmte Treppenviertel. Und den Fluss.

Er wählt die Strecke am Hang entlang, auf gleicher Höhe mit ihrem Haus. Der Weg führt um das kleine Tal herum, das hinter dem Bleul'schen Haus liegt. Links und rechts stehen die Häuser, oberhalb weitere, unten im Tal die, die schon im Schatten liegen. Am Ende des Weges führt eine sehr steile Treppe Richtung Ufer und Fluss.

Der Fluss, den Eva sieht, ist nicht viel schmaler als der Sund an der Insel, von der sie kam. Ein dicker Schlepper fährt einem mächtigen Containerschiff entgegen.

»Solche Schiffe habe ich gerade vor Kopenhagen gesehen.«

»Aber mit weniger Containern, vermute ich«, entgegnet Warren, »die ganz großen fahren nur bis hier, danach wird umgeladen auf kleinere Feeder. Wie war es mit Gun?«

»Sehr angenehm, mütterlich. Sie hat mir noch andere Sachen erzählt als der Frauenarzt. Sie hat ja selbst Kinder bekommen.«

»Was ist eigentlich mit dem Kind passiert, das sie mit Hannes hatte?«

»Sie hat tatsächlich akzeptiert, dass ihr das Kind weggenommen wurde und bei Pflegeeltern aufgewachsen ist. Erst spät hat sie den Jungen wieder zu sich geholt. Er ist inzwischen nach Kanada ausgewandert.«

Eva hält inne.

»Die Idee ist ganz gut, die Hannes damals hatte, die Kinder nach nordischen Prinzipien zu erziehen, sie früh mit der Natur in Verbindung zu bringen, mit ihnen draußen zu sein …«

Sie haben sich auf die Schlackensteine gesetzt, die das Ufer sichern.

»Aber für eine Mutter ist das natürlich nichts. Ich werde das jedenfalls nicht machen.«

»Was machen?«

»Das Kind weggeben.«

»Wieso? Will das denn jemand?«

»Die Bewegung hat Heime und Pflegefamilien, das kann man machen. Die sind auch ganz gut.«

»Hab ich eigentlich auch etwas dazu zu sagen?«

»Klar, wenn du was zu sagen hast!« Eva sieht Warren herausfordernd an: »Hast du? Ich glaube, du bist nicht damit befasst, in dir wächst ja niemand heran.«

Warren ist immer noch dabei, sich zu sortieren. Das Geschehen auf der Insel war unwirklich. Dass die dortigen Ereignisse eng mit diesem Ort verknüpft sind, ist unglaublich. Am unwirklichsten aber ist, dass er mit der Frau, die neben ihm sitzt, ein Kind bekommt.

Warren findet es gut, dass Eva gekommen ist. Vielleicht lässt sich später mehr klären. Wo Eva künftig leben will, welche Rolle er dabei spielt.

»Seltsam, dass ein Fluss in Richtung seiner Quelle fließt«, sagt Eva, »das kenne ich nicht.«

»In zwei Stunden ist es wie vorher, dann haben wir Stauwasser, danach fließt er wieder zum Meer.«

»Wie weit ist es bis dahin?«

»80, 90 Kilometer ...«

»Gibt es da Inseln?«

»Keine Schären, wir haben keinen steinigen Untergrund wie in Schweden, hier gibt es Sandbänke und sandige Inseln, die größeren liegen etwas nördlicher.«

»Da hinten, das sind aber Inseln, oder?«

»Ja, das waren mal mehrere, die hat man zusammengelegt. Überhaupt ist an dem Fluss, wie du ihn siehst, vieles von Menschen gemacht.«

»Klar, der Fluss wird ja nicht freiwillig solche komischen Steine abgelagert haben.«

Eva weist auf die Schlackesteine.

»Hier waren früher sandige Ufer, das stimmt. Von Natur aus wäre der Fluss nur zwei, höchstens drei Meter tief, und nicht 15 oder 16 Meter wie jetzt.«

»Wie wird das gemacht?«

»Ausgebaggert. Eigentlich ist es schon ein Kanal. Das sieht man aber nicht.«

»Nein, es sieht schön aus. Aber schlammig, kein Ostseewasser. Mächtig wirkt es. Ruhig. Kraftvoll.«

Eva nimmt Warrens Hand und legt sie auf ihren Bach: »Außen merkt man nicht viel. Der kleine Nazi ist noch sehr klein.«

»Kleiner Nazi? Ich hoffe doch, das wird er nicht!«

»Och, seine Mutter könnte ihm einiges beibringen.«

Warren erinnerte sich an das, was John über Eva sagte.

Er sagt: »… aber die Liebe ist die größte unter ihnen.«

Eva schaut ihn erstaunt an: »Woher kommt plötzlich dieses christliche Zeug, Judenbengel?«

»Von Sidney.«

»Ach, richtig, die ist ja keine von den Nasen, sieht eher wie eine von uns aus.«

»Eva, jetzt wäre wirklich ein guter Zeitpunkt, dir deine Provokationen an den Hut zu stecken. Es war von Anfang an geschmacklos und ekelhaft, und es wird nicht besser. Damit findest du hier keine Freunde. Aber du könntest ein paar neue Freunde brauchen. Unter deinen alten hat es ja Schwund gegeben.«

»Kleiner, nicht so böse werden … Das kommt eben dabei raus, wenn du mit einer Nazibraut schläfst.«

Dann verblüfft ihn Eva mit den Worten: »Gott hat unsere Schuld zertreten und unsere Sünden in die Tiefe des Meeres hinabgeworfen.«

»Von wem?«

»Von irgendeinem Papst. Die wechseln ja pausenlos.«

»Und was meinst du damit?«

Eva blickt auf das Wasser: »Man kann zwischendurch auch mal reinen Tisch machen, neu eindecken. Das Meer ist tief, da passt viel hinein. Aber auf der Oberfläche bleibt es so wie immer.«

»Das ist aber auch das Gefährliche. Mit dem nächsten Sturm kann alles wieder nach oben spülen.«

Eva sieht Warren an, diesmal ernst: »Lass gut sein, kleiner Papa …«

Sie tupft ihm sehr zart einen Kuss auf den Mund.

Warren sagt: »Ich zeig dir noch was …«

Er will mit ihr zum Gedenkstein gehen, der nicht weit von hier auf der Wiese steht: »Dem schwedischen Volk für Hilfe in der Not.«

Eine Dankinschrift der Bürger aus der Nachkriegszeit von vor 75 Jahren. Eine ferne Botschaft aus dem Meer der Ereignisse und der Möglichkeiten.

Morgen wird die kürzeste Nacht des Jahres sein.

Mittsommer.

Ihr Kind wird im Frühjahr zur Welt kommen.

93

Sonnabendvormittag ist der Marktplatz des Flussortes Schauplatz des ganzen ›Dorfes‹, tout le village ist vor Ort. Man ist unterwegs zum Einkauf und zur Begegnung. Die Anzüge der Herren blieben im Schrank, gehobene Freizeitkleidung dominiert. Nicht alle tragen Masken. Einige der Nichtmaskierten haben einen kleinen Stand beim Bratwurstwagen am Eingang zum Markt, neben der altertümlichen Litfaßsäule.

John tritt näher und liest die Slogans auf den Flyern:

»Politiker müssen haften.«

»Wir wollen Freiheit.«

»Maskenzwang sofort beenden.«

»Heimatschutz statt Mundschutz.«

»Es reicht.«

Diese Slogans sind nicht nur auf den Flyern zu lesen, sie sind auch als Anstecker oder Broschen zu haben. Gern gegen einen Einwurf in den Spendentopf.

Der Mann hinter dem Klapptisch trägt schwarze Jeans und einen gleichfarbigen Hoodie mit der Aufschrift NORDMARK.

»Colle Sprüche«, sagt John anerkennend. »Seid ihr von der Partei? Kann man mitmachen?«

Er hat offengehalten, von welcher Partei. Der groß gewachsene kräftige Mann mustert ihn. Sie sind etwa gleich groß, John ist weniger massig.

»Keine Partei, jeder Bürger sollte mitmachen. Wenn wir nicht aufpassen, werden wir eine Militärregierung bekommen, dieser Staat wird das nicht überleben.«

»Was nicht überleben?«

»Die sogenannte Pandemie. Das ist doch alles gemacht … Wir werden verarscht.«

John nickt, und der Mann sagt: »Es gibt einen neuen Verein …«

Er dreht sich zu einer Frau um, die ein schwarzes Poloshirt trägt, dazu eine dunkle sportliche Hose. Sie reicht ihm eine Faltbroschüre. Der Mann verdeckt die Frau, John kann sie nicht genau sehen.

Der Mann reicht die Broschüre an John weiter. Sie enthält dieselben Texte wie der Flyer, den sie im Briefkasten hatten: »Coronavirus – eine Biowaffe?« Eine Website ist angegeben und eine Adresse hier im Ort als Sitz eines Vereins: »AHA – Nationaler Volksverein. In Erinnerung an Hannes Bornholdt«.

Neben John haben weitere Marktgänger die Broschüre bekommen.

»Hannes Bornholdt? Der hatte doch hier um die Ecke sein Haus …«

Der Passant setzt nach und fragt: »Was ist mit Bornholdt? Wieso in Erinnerung?«

»Er ist vor Kurzem gestorben. Wir stehen hier auch zu seinen Ehren.«

»Oh, das wusste ich noch gar nicht. Ich nehme die Broschüre gern mit …« Der Mann nickt anerkennend.

John blickt noch einmal zu der Frau im Poloshirt, die sich im Hintergrund aufhält. Seine Ahnung hat ihn nicht getäuscht. Henriette steht weiterhin von ihm weggedreht. John tritt seitlich neben den Tisch, der Mann dahinter beobachtet ihn aufmerksam.

John sagt so laut, dass sie es hören muss: »Wie geht es Victor?«

Langsam dreht sie sich um, sieht ihn mit Verachtung an: »Er ist tot.«

»Heil Hitler, Henriette«, sagt John zu ihr, der Frau mit den Initialen HH auf dem Poloshirt, das sie nicht wie andere als Sportkleidung trägt.

94

»Ich hatte das Gefühl, dass Hark Meyer hinter mir steht, als sie das sagte«, berichtet John. »Aber das stimmte nicht. Es war Einbildung … Eine eigenartige Empfindung. Ich muss mich vor meiner kleinen Paranoia schützen …« Die Schilderung der Szene auf dem Marktplatz sowie die Nachrichten, dass sich Henriette im Ort befindet und dass es einen Verein zu Ehren von Hannes Bornholdt gibt, werden an der Flusstreppe aufmerksam gehört.

John, Sidney und Warren sitzen auf der weißen Bank, die an die Backsteine des Fachwerkhauses gestellt ist.

»Hört das irgendwann auf?«, fragt Warren.

John hat dazu eine klare Meinung: »Nein, es wird nicht aufhören. Nicht rechts und nicht links, und auch nicht in der Mitte. Anderswo geht es noch viel schlimmer zu. In manchen Teilen Mexikos herrscht Krieg zwischen den Drogenkartellen. Hier in Deutschland ist es relativ ruhig, das Meer der Möglichkeiten ist hier sehr tief. Alle können einen Platz für sich finden: die Sanften, die Gierigen, die Verspielten, die Brutalen. Sie alle sind da, mal mehr und mal weniger sichtbar. Die Henrietten und Victors sieht man selten. Hark Meyer ist die ganze Zeit da, mal in dieser oder in der nächsten Rolle. Hannes Bornholdt wollte auch gesehen werden.«

Eva ist von oben gekommen, sie hat länger geschlafen. Es ist eine Nacht der Paare gewesen, Eva und Warren, Sidney und John. In nebeneinanderliegenden Zimmern haben sie geruht, unter festen Dächern, geschützt vor starken Winden, durch die umliegenden Häuser und die eingebettete Lage in den Hügeln am Flussufer.

Lebensdaten der Personen des Textes und der Zeitgeschichte

Die Handlung von SEA ist räumlich und zeitlich im Jahr 2020 platziert. Die hier genannten (historischen) Personen der Zeitgeschichte bilden den Referenzraum der Handlung. Die fiktiven Personen sind in diesen Referenzraum gesetzt. Sie sind hier kursiv gekennzeichnet. Die Aufführung erfolgt chronologisch nach Geburtsjahr.

Adolf Hitler *1889 †1945, nationalsozialistischer Politiker, 1933–1945 Diktator des Deutschen Reiches

Georg Ferdinand Duckwitz *1904 †1973, Kaufmann und Diplomat, half 1943 mit bei der Flucht von 7000 Juden von Dänemark nach Schweden und rettete sie damit vor der Deportation

*Ferdinand Bornholdt, später Olsen *1904* †1970

*Karl Mohr *1915 †2015*

*Fredrikke Olsen *1920* †1980

*Margret Liebermann *1935*

Horst Mahler *1936, ehemaliger Rechtsanwalt, ehemaliger Linksterrorist und heutiger Neonazi

*Hark Meyer *1940*

*Ingrid Olsen *1943 †1981*

*Gun Svensson *1950*

Jürgen Rieger *1946 †2009 Rechtsanwalt, Multifunktionär der rechtsextremen Szene mit Gut in Schweden

*Hannes Olsen, später Bornholdt *1946 †2020*

*Almut Liebermann-Renger *1952*

*Charles Fabianski *1962*

*John Cohen *1970*

*Sidney Liebermann *1972*

*Henriette Olsen *1980*

*Victor Meyer *1982*

Magnus Nilsson *1983 Koch mit zwei Michelin-Sternen und bis 2019 Betreiber des Restaurants Fäviken

*Eva Frederiksen *1997*

*Warren Liebermann *2000*

Zitate, Quellen, Literaturhinweise und Dank

S. 5 Procol Harum, A Salty Dog

Die Bücher von Magnus Nilsson (siehe auch den biografischen Hinweis auf S. 319) waren natürlich eine Inspiration für das, was Victor im Buch an »Heimatküche« kocht – von Magnus Nilsson findet man diverse Bücher, wir nennen hier beispielhaft dieses: Magnus Nilsson, »Fäviken«, Hamburg 2012 – das Original erschien bei Phaidon, London 2012 – sein Restaurant »Fäviken« in Mittelschweden hat Nilsson leider geschlossen, es wäre sicherlich immer noch eine Reise wert! Aber natürlich gibt es auch andere »Naturküchen«. Die Speisen hier im Buch sind aber eng an Nilssons Küche angelehnt.

Einen eindrücklichen Einblick in ihr »Leben in einer Neonazi-Familie« gibt Heidi Benneckenstein in ihrem Buch »Ein deutsches Mädchen«, Stuttgart 2017. Manche Details dieses realen Lebens sind in der Figur von Henriette (Jette) adaptiert. Was Benneckenstein aus Süddeutschland schildert, hat auch in Norddeutschland in ähnlicher Form stattgefunden – zumal sich die regionalen Gruppen auch immer wieder an besonderen Orten überschneiden und treffen. Bei Benneckenstein findet man sehr viel detaillierter die Szenen und Ereignisse, die einer »Henriette« passiert sein könnten. Die Einladung zur Besichtigung einer Hakenkreuzfahne (die »Briefmarkensammlung« des jungen Neonazis) steht bei ihr im Buch. Die Schilderung einer »Jugendleite« findet man bei ihr auch sehr viel ausführlicher. Die Szene mit einem blutigen Schweinskopf im Wald ist bei ihr als reales Erleben geschildert. Einige der Lied- und Textzitate (»Deine Haare, die sind blond«, »Und der braune Teddybär«) kommen ebenfalls in ihrem Buch vor. Wer weiteren und realen Einblick in neonazistische Lebensläufe erlangen möchte, dem ist ihr Buch sehr empfohlen!

Über die Neonazi-Szene informiert eine Vielzahl von Büchern, wir nennen hier exemplarisch diese beiden: Andrea Röpke und Andreas Speit (Hrsg.), »Braune Kameradschaften«, Berlin 2005 sowie ebenfalls von Andrea Röpke und Andreas Speit herausgegeben »Neonazis in Nadelstreifen«, Berlin 2009. Jens Mecklenburg: danke für die Hinweise auf diese Bücher und die kritische Lektüre.

Auch über die Ostsee gibt es eine Vielzahl von Büchern, wir empfehlen hier wegen seiner Prägnanz: Rolf & Matthias Reinicke, »Mare Balticum«, Ribnitz-Damgarten 2018. In diesem Buch findet sich auch der Begriff des »harten Nordens«, den wir in geologischer, aber auch ganz anderer Weise verwendet haben.

Graciana Petersen und Leopold-Fischer Brandies: Danke für die Gespräche und Informationen über Kryptowährungen – es war ein besonderes Erlebnis, mal kurz durchs Darknet zu spazieren, Poldi! Zu Leopold Fischer-Brandies findet man z. B. hier mehr: www.equal-equity.com

RIVER – SEA – LAKE
DIE TRILOGIE

Norbert Klugmann & Klaas Jarchow

RIVER. Die Toten und die Lebenden

Roman
320 Seiten, Hardcover mit Schutzumschlag
20,00 € (D) ISBN 978-3-96194-111-7
August 2020

Auch als E-Book & Hörbuch erhältlich

Norbert Klugmann & Klaas Jarchow

SEA. Die Lebenden

Roman
328 Seiten, Hardcover mit Schutzumschlag
20,00 € (D) ISBN 978-3-96194-121-6
September 2021

Auch als E-Book erhältlich

Norbert Klugmann & Klaas Jarchow

LAKE. Die Toten

Roman
ca. 320 Seiten, Hardcover mit Schutzumschlag
20,00 € (D) ISBN 978-3-96194-122-3
September 2022

Auch als E-Book erhältlich

Norbert Klugmann & Klaas Jarchow
RIVER – Die Toten und die Lebenden

Many moons and many Junes have passed since we made land

Prolog

Es ist der Abend, an dem alles beginnt. Karl Mohr macht einen seiner Besuche bei Leonie. Seit gestern ist unerwartet aus Zürich ihr Sohn da, Amor. Karl spricht ihn auf das Darlehen an. Er ist erzürnt, wenn der Schuldner sich nicht an Vereinbarungen hält. Er schätzt es nicht, wenn der Schuldner nicht darüber spricht, was er plant, und nicht erklärt, warum er nicht zahlt. Amors Kunstgalerie mag es schlecht gehen, das kann passieren, wenn man unternehmerisch aktiv ist, nicht alles gelingt auf Anhieb. Aber Karl kann es auf den Tod nicht ausstehen, wenn Schuldner mauern, am Telefon nicht erreichbar sind und Informationen zurückhalten. Amor öffnet die Haustür – und weiß sofort, dass er das besser unterlassen hätte, aber das Licht vor der Eingangstür ist schummrig, er hat den Besucher nicht erkannt.

1

Zwei große Containerschiffe begegnen sich auf dem Fluss. Der Kreuzfahrtsegler SEA CLOUD fährt in den Hafen ein. Die Spitzen seiner hohen, nur scheinbar dünnen Masten reichen nicht einmal bis zur Höhe der Kommandobrücke der Containergiganten. Der Luxussegler mutet an wie ein Gruß aus vergangener Zeit. Dem Fluss ist es egal, wer kommt. Er hat schon viele Schiffe gesehen. Sonnenversengte Piratenschaluppen aus morschen Hölzern, vom Sturm gebeutelt, zerschossen von den hoheitlichen Häschern. Zehntausende solcher Gefährte hätten Platz auf ihren stählernen Nachfolgern.

Mehrmals täglich stoppt sein Fließen für kurze Zeit. Für Momente kehrt Stillstand an der Oberfläche des Flusses ein und manchmal auch Ruhe. Kurz darauf beginnt er wieder zu fließen, wird das Wasser wieder weggezogen. Hinaus Richtung Nordsee und Atlantischer Ozean. In die Ferne, zum Meer; um Stunden später wiederzukehren.

18

Das Haus, in dem Sidney, John und Warren wohnen, liegt an einer Weggabelung. Links führt die Treppe hinab zum Fluss, nach oben ins Dorf, wie alle hier sagen. Gequert wird die Flusstreppe von zwei weiteren Wegen, einer führt geschwungen hinein in den Hang, der andere, kürzere, hinauf zur schmalen Straße.

Sidney ist auf dem Weg zum Wochenmarkt und in ein Café. Fast jeden Tag gibt es hier einen Markt, denn hier wohnt der Euro. Also stehen die Marketender früh auf. Heute ist es der Markt mit den überwiegend regionalen Anbietern und ökologischen Waren. Es gibt Obst- und Gemüsestände, Fleischereien, Blumenhändler. Dazwischen mediterrane Angebote oder Wurstwaren aus Südtirol und vom Gallowayrind.

Sidney hat lange weiße Lilien gekauft, etwas Obst und Gemüse. Fleisch muss nicht sein. Jetzt sitzt sie im Café gegenüber vom Markt draußen in der Sonne. Kaffee und Tee, Müsli, Obstsalat, Bagels, die warme Quiche – das Angebot ist schmackhaft. Sidney legt sich eine Decke über die Knie, ein kühler Wind zieht durch die Straße. Sie hat sich eine Lokalzeitung geholt.

Eine Ausstellung zur Geschichte der Juden im Stadtteil wurde eröffnet. Ein Reeder wird vermisst. Eine Bank wurde überfallen. Der Kommentator rätselt über die Hintergründe dieser Tat, die wie aus der Zeit gefallen zu sein scheint. In den letzten Jahren gab es weit und breit keinen einzigen Banküberfall mehr. Geldtransporter werden noch überfallen, das ja. Aber Banküberfälle? Sidney sagen diese Erörterungen wenig. Der Kommentator fährt fort: Geld besorgt sich das Milieu inzwischen auf andere Weise. Über Cyberkriminalität, Scheingeschäfte, Aktienleerkäufe, Wetten, Bitcoins – der

Möglichkeiten gibt es viele. Vielleicht ging es gar nicht um dieses Milieu, sondern um andere Täter. Es folgt ein Schlenker in die Historie terroristischer Vereinigungen.

Sidney berührt, dass die Zeit, von der berichtet wird, die Jahre ihrer frühesten Kindheit sind. Und dass der Journalist auf das Viertel zu sprechen kommt, in dem sie gerade ihren Ingwertee trinkt: »Ulrike Meinhof hatte das Viertel schon lange verlassen, dann erst kam der Terrorismus, der sich mit ihrem Namen verband, hier an.« Die Geschichte vom tödlichen Attentat auf den Bankier Rudolph wird nicht im Detail wiederholt, offenbar handelt es sich um etwas, das im kollektiven Gedächtnis der lokalen Historie präsent ist … Ein Nachschein legt sich auf Sidneys Wahrnehmung, eine diffuse Erinnerungswolke.

21

Die junge *Frau trägt Jeans und einen schlichten Pullover. Sie hat Blumen in der rechten Hand. Sie öffnet die alte Gartenpforte und geht über den kurzen gepflasterten Weg bis zur Klöndör, wie man im Norden die in der Mitte geteilten Holztüren nennt. Zumeist führten sie in die Diele oder in die Küche der alten Fachwerkhäuser. Jetzt steht die Frau vor der Tür, auf dem Balken rechts ist ein Klingelknopf aufgeschraubt.*

Sie drückt auf den Knopf und hört hinten im Haus die Klingel anschlagen.

Schritte, die sich nähern.

Die Tür wird geöffnet und macht dabei ein Geräusch in den geschmiedeten, eisernen Angeln – es quietscht leise.

»Ja, bitte, was möchten Sie?« Dann Erstaunen. »Almut? Bist du es?« »Ja, Tante Ingrid. Ich bin es.«

Mehr Unterhaltung ist nicht möglich. Sowohl Almut als auch ihre Tante werden von drei schwarz gekleideten Personen zur Seite geschoben, die die Frauen ins Haus drängen und die Tür hinter sich schließen.

»Wo ist Ihr Mann?« Ingrid Rudolph antwortet nicht.

Die drei Personen sind bewaffnet, sie stoßen Ingrid Rudolph voran. Sie tragen Motorradmasken über dem Kopf. Almut Renger hält sich im Hintergrund.

»Mein Mann ist nicht da.« »Wo ist er?« »Das weiß ich nicht.«

»Rufen Sie ihn an. Fragen Sie ihn, wo er ist und ob er gleich kommt. Stellen Sie dabei auf laut.«

Ingrid Rudolph tippt Ziffern auf der Tastatur des festen Telefons, das auf einer Anrichte im Wohnzimmer steht. Der Anrufton ist zu hören, dann wird abgenommen.

»Sekretariat Rudolph, Schlichting…« »Hallo Frau Schlichting, ich bin's. Wo ist wohl mein Mann gerade?« »Er ist unterwegs zu Ihnen, er müsste bald kommen, ist hier vor einer halben Stunde losgefahren.« »Gut, Frau Schlichting, ich danke für die Auskunft … Wir fahren morgen in die Lombardei…« »Lombardei?« »Ja, Lombardei!«

Auf der anderen Seite, im Vorzimmer des Bankiers, entsteht eine klitzekleine Pause. Dann sagt die Sekretärin: »Lombardei. Ich verstehe.« »Auf Wiederhören, Frau Schlichting.« »Auf Wiederhören, Frau Rudolph. Ich hinterlege es, dass Sie morgen in die Lombardei fahren.« Die Bankiersgattin legt den Hörer auf.

Die Maskierten sind beunruhigt. »Was soll das mit der Lombardei? Ist das ein Code?«

Frau Rudolph antwortet nicht. »Setzen Sie sich auf das Sofa!«, weisen die Maskierten sie an.

Einer bleibt bei ihr im Zimmer, diese Person ist ziemlich sicher eine Frau. Die anderen beiden, vermutlich Männer, gehen zurück in den Flur, schließen dabei die Tür. Almut Renger hält sich ebenfalls im Flur auf.

Nach kaum zehn Minuten hört man die Geräusche der Gartentür, kurz danach wird die Klinke an der Klöntür gedrückt. Das blau lackierte Holz schwingt nach innen auf, ein Mann im Anzug tritt ein. Die beiden Männer schießen auf ihn, ohne zu zögern, ohne Zuruf. Schallgedämpft. Der Bankier fällt durch die Schüsse nach hinten. Hinter ihm ist niemand zu sehen, kein Personenschutz. Nur der Vorgarten in dunklem Abendlicht. Aus den Fenstern des Hauses gegenüber scheint elektrisches Licht.

Almut Renger klopft an die Tür zum Wohnzimmer, die maskierte Frau kommt heraus, mit den beiden Männern verlassen alle vier Attentäter das Haus, gehen zügig, aber beherrschten Schrittes durch den Vorgarten. Erst jetzt stecken die Männer ihre Pistolen ein.

In der offenen Tür hinter ihnen liegt der Bankier, seine Frau beugt sich über ihn.

Die vier Attentäter gehen die kurze Treppe zur Straße hinauf, überqueren sie und steigen auf der gegenüberliegenden nächsten Treppe weiter den Hang hinauf. Sie bewegen sich schnell, ohne überhastet zu wirken. Kurze Zeit später, noch etwas höher, werden sie die nächste Straße erreicht haben, an der vermutlich ihr Auto steht. Wer sich hier auskennt, verfügt über ideale Fluchtmöglichkeiten.

Die Polizei muss unten an der Straße halten und zum Haus des Bankiers laufen.

Bis dahin sind die Attentäter längst weg.

Die Geschichten der Menschen sind es, die bleiben.
Die der Toten und der Lebenden.

»Der Terror und das Treppenviertel. Es ist durchaus so, dass der RAF-Strang vor allen anderen, der Familiengeschichte, dem Kunstmarktmotiv und dem Sex, das Interessanteste an diesem Roman ist.«
Hamburger Abendblatt

»Ein düsterer Strom fließt in Hamburg.
RIVER macht Lust auf die nächsten beiden Bände.«
Welt am Sonntag

»RIVER liest sich wie eine Netflix-Serie, die – so hofft man – auf mindestens acht Folgen angelegt ist.«
Moka